Suis-moi, je te fuis !

LOUISE MANET

Suis-moi, je te fuis !

roman

HARPERCOLLINS FRANCE

83-85, boulevard Vincent-Auriol, 75646 PARIS CEDEX 13.
Service Lectrices — Tél. : 01 45 82 47 47

www.harlequin.fr

ISBN 978-2-2803-7714-0

A la fée déjantée
qui sommeille en chacune de nous.

Chapitre 1

Voyons le bon côté des choses, ça aurait pu être pire. Mon autorisation de découvert est supprimée, mais j'ai obtenu une remise sur les agios, enfin, seulement pour ce mois-ci.

Je sors de mon rendez-vous avec la banque, un peu démoralisée, et me dirige vers ma vieille voiture. La portière s'ouvre dans un grincement qui fait tourner la tête des passants.

Pas grave, j'ai l'habitude.

Après plusieurs essais, mon Opel Corsa modèle 1992 finit par démarrer. Je m'engage dans la circulation dense du centre-ville, laissant un nuage de fumée noire derrière moi. Mes talons accrochent le tapis de sol. Je n'ai pas l'habitude de conduire avec des escarpins mais aujourd'hui, j'ai mis le paquet. Obtenir un crédit pour racheter une voiture digne de ce nom mérite qu'on se donne de la peine et c'est exactement ce que j'ai fait brushing de ma tignasse blonde qui me descend aux épaules, eye-liner pour accentuer mes yeux de chat bleu-gris, petite robe noire cintrée qui rend grâce à ma taille fine et talons de dix centimètres pour rehausser mon mètre soixante-cinq. Je ne suis pas fière d'en être réduite à utiliser mes attributs féminins pour avoir gain de cause, mais c'était ma dernière option ! Si j'avais su que mon conseiller, souffrant d'une allergie carabinée à cause du printemps, s'était fait porter pâle et que c'était cette vieille rombière qui le remplaçait, je ne me serais pas donné tout ce mal ! Enfin bref, je n'ai plus qu'à espérer que mon bon vieux tacot ne me lâche pas avant que j'aie pu mettre un peu d'argent de côté, sinon je ne sais pas comment je vais pouvoir aller travailler. Des gens comptent sur moi et ça me met d'autant plus de pression.

Soudain, on me percute à l'arrière. J'ai à peine le temps d'en prendre conscience que je m'écrase contre le volant et qu'une douleur lancinante s'empare de mon front.

Ça m'apprendra à toujours attendre de croiser les flics pour mettre ma ceinture !

Je m'extirpe lentement de la voiture, encore sonnée par ce qui vient de se passer.

— Oh ! mon Dieu ! Je suis sincèrement désolée ! Vous allez bien ?

Une jeune femme d'une vingtaine d'années à peine, grande et blonde, surgit devant moi. Elle tient difficilement debout tant ses jambes jouent des castagnettes, porte ses mains manucurées à son visage, et me scrute de ses yeux paniqués.

— Ça va, dis-je, en grimaçant toutefois un peu.

L'arrière de ma voiture, en revanche, a bien morflé : le pare-chocs est fissuré au milieu et s'est décroché sur un côté, la plaque d'immatriculation est pliée et le feu droit cassé.

Pourquoi je me suis levée ce matin, au fait ?

— Oh ! mon père va me tuer ! s'écrie la blondinette en découvrant les dégâts. Je ne sais même pas comment on remplit un constat !

Je l'observe quelques secondes pour voir si elle joue

la comédie, mais elle semble sincère. Je m'attarde sur sa tenue : une robe crème à motifs fleuris parme, des bijoux parfaitement assortis : bracelet, pendentif et boucles d'oreilles qui n'ont pas l'air d'être en toc, loin de là. Rien qu'avec l'un d'eux, je pourrais sûrement m'acheter une belle voiture d'occasion avec direction assistée et vitres électriques. Le rêve !

— Je vais en chercher un dans ma boîte à gants, dis-je en m'éloignant.

Elle m'arrête.

— Ecoutez, je suis attendue et déjà très en retard. Est-ce que ça vous dérangerait de me suivre jusque chez moi ? Mon père vous dédommagera pour les réparations et saura remplir correctement les papiers nécessaires.

Ben voyons ! Cette fille à papa croit peut-être que je suis à son service ?

Je m'énerve.

— Moi aussi j'ai un planning chargé, figurez-vous !

Bien sûr que si : lessive, ménage, enfilage de mon jogging pouilleux mais confortable pour faire toutes mes corvées, vous voyez bien que je suis débordée !

— Je comprends, fait-elle en se mordant la lèvre et se tordant les doigts. C'est juste que je ne sais pas trop quoi faire. J'ai eu tellement peur et tout le monde m'attend là-bas, et... et...

Et la voilà qui se met à pleurnicher !

Je me radoucis.

— D'accord, d'accord, je vais vous suivre.

Mon bon cœur me perdra.

— Vous habitez loin ? je demande.

Ses grands yeux bleus s'illuminent et trahissent son soulagement.

— Non, la maison se trouve sur les hauteurs, juste là.

Elle m'indique le quartier le plus huppé de la ville.

J'aurais dû m'en douter.

— Allons-y, mais ne roulez pas trop vite, ma voiture a un peu de mal dans les côtes.

— Merci, merci, vous êtes géniale !

Elle m'étreint, avant de s'engouffrer dans son Audi TT flambant neuve.

Sa réaction spontanée me surprend. Pour un peu, je la trouverais attachante.

Comme je le craignais, Titine cale plusieurs fois pendant son ascension vers les sommets de la bourgeoisie. Le pot d'échappement crache autant de fumée qu'une centrale nucléaire. Si ça continue, les propriétaires du coin vont relever ma plaque et me coller un procès pour pollution illégale.

Sérieux, ils pourraient ?

Pendant le trajet, j'ai un aperçu de la conduite chaotique de Princesse Sarah et je comprends que Titine n'avait aucune chance de s'en sortir indemne.

L'Audi TT passe de grandes grilles en fer forgé et file à vive allure dans une allée de graviers aux bordures fleuries. J'ai soudain l'impression qu'un videur va surgir d'un instant à l'autre pour m'interdire l'entrée de la propriété : « Désolé, madame, les tas de boue ne sont pas autorisés à pénétrer dans cette enceinte. »

A force de regarder la pelouse coupée net au millimètre, les arbres centenaires et les statues de nymphes ornant la fontaine en pierre, j'ai perdu la trace de la jeune chauffarde. J'accélère, et un énorme nuage de fumée vient gâcher ce décor parfait (et sûrement tuer deux ou trois oiseaux au passage). J'aperçois enfin l'Audi déjà garée devant une bâtisse imposante dont l'immense porte d'entrée est encadrée de deux colonnes grecques. J'ai les mains moites en sortant de la voiture.

Qu'est-ce que je fous là ?

— Par ici, m'indique la jeune maîtresse des lieux qui tient un coffret luxueux contre elle.

Elle doit voir que je le fixe avec insistance, car elle ajoute :

— On fête les cinquante ans de mon père aujourd'hui et, tête en l'air comme je suis, j'ai oublié les bougies spécialement fabriquées pour l'occasion.

Des bougies de créateur ? Pourquoi est-ce que ça ne m'étonne pas ?

Nous passons la porte et je découvre un hall d'entrée à couper le souffle. Vous allez voir que, dans deux secondes, Sissi l'Impératrice va descendre du grand escalier !

— Je vais chercher mon père, je reviens tout de suite.

Je me retrouve seule dans ce décor surréaliste et j'ai bien envie de m'enfuir en courant. Après tout, Titine a déjà une roue à la casse, ce n'est pas comme si elle était intacte avant de se faire rentrer dedans. N'empêche, un petit chèque pour me permettre d'entamer immédiatement les réparations serait plus que bienvenu dans ma situation.

Depuis l'entrée où je me trouve, j'aperçois la baie vitrée ouverte qui donne sur le jardin, de l'autre côté de la maison, et d'où s'échappent des rires et des voix animées.

Monsieur l'ambassadeur donne une petite sauterie et moi, j'arrive comme un cheveu sur la soupe ! Génial !

J'ai mal au crâne rien que de songer au prix des tableaux qui ornent les murs de six mètres de haut. La petite fille en moi a envie de crier « écho » pour voir combien de fois le mot ricochera dans ce hall plus grand que mon studio.

— Tu es sûre qu'elle n'a rien ? fait une voix d'homme, tandis qu'approchent des bruits de pas.

— Je ne crois pas. Elle m'a dit qu'elle allait bien,

se défend une voix fluette qui m'est presque familière, maintenant.

Je suis mal à l'aise d'entendre leur conversation. Je n'ai rien à faire là et m'apprête à repartir.

Il doit me rester un rouleau de chatterton à la maison, ça fera l'affaire pour rafistoler le pare-chocs en attendant de gagner au Loto.

— Bonjour, je suis Grégoire Vassel, le père de Catherine, me salue alors un grand et bel homme aux cheveux poivre et sel coupés court, et aux yeux bleu acier captivants qui finissent de me clouer sur place avant même que j'aie eu le temps d'actionner la poignée de la porte d'entrée.

J'ai la gorge sèche et me sens ridicule d'avoir été surprise en plein délit de fuite. Je serre la main ferme qu'il me tend et admire sa poigne, tout comme le bouton de manchette qui rutile à son poignet. Cet homme est la classe incarnée. Pas étonnant qu'il ait autant d'argent, il respire le pouvoir et la réussite !

— Bonjour, Morgane Genet.

J'ose soutenir son regard et mon pouls s'accélère.

Allons Morgane, tu viens de tenir vaillamment tête à une banquière acariâtre, tu ne vas pas te laisser déstabiliser par un millionnaire ! (Milliardaire ?)

— Oh ! Morgane, comme la marque de vêtements ! s'enthousiasme son ingénue de fille.

Ah ! jeunesse décadente, qu'allons-nous faire de toi ?

— Je pense qu'il s'agit plutôt de Morgane, la célèbre fée, n'est-ce pas ? rectifie ce M. Vassel en levant les yeux au ciel, avant de me sourire d'un air complice.

Oh ! misère, je peux sentir mon pouls depuis mon entrejambe !

Soudain, il me dévisage, et son regard devient glacial.

Pitié, faites que je n'aie pas parlé tout haut sans m'en rendre compte !

— Catherine, tu m'as dit que mademoiselle était sortie indemne de l'accident ! lâche-t-il alors d'un ton sec à l'attention de sa fille.

— Oh ! mon Dieu ! Votre front ! Oh ! Je suis tellement désolée ! s'exclame cette dernière en me regardant, horrifiée.

— Va chercher de l'arnica. Il doit y en avoir dans la salle de bains du premier étage.

Catherine — puisque tel est son prénom — monte en courant l'escalier et, moi, je me touche le front et y découvre une bosse énorme et douloureuse.

— Vous voulez vous asseoir ? Un verre d'eau ? Je peux vous faire conduire à l'hôpital sur-le-champ, ce serait peut-être plus prudent.

La voix de Grégoire Vassel s'est adoucie, et il affiche un air tendre et prévenant. Je le trouve touchant de s'inquiéter ainsi pour une simple contusion. D'ailleurs, il s'est tellement approché que son eau de toilette boisée envahit délicieusement mes sens, me faisant presque oublier la main qu'il vient de poser sur mon épaule. Mon entrejambe, lui, s'en rend aussitôt compte. *Pulse, pulse, pulse.*

— Ça va, je vous assure, ce n'est qu'une petite bosse.

C'est seulement à ce moment-là que je réalise que je dois être affreuse avec ça sur le front ! Pourquoi je n'ai pas laissé Justine me faire une frange lors de mon dernier passage entre ses ciseaux experts ? J'aurais eu de quoi cacher la misère.

Note pour plus tard : écouter plus souvent ma meilleure amie qui ne dit pas que des conneries.

— Allons jusqu'à mon bureau pour que je puisse vous faire un chèque de dédommagement.

Nous nous dirigeons vers un couloir spacieux aux tons beige et gris.

— Vous avez une très jolie maison, dis-je pour

masquer ma gêne et, aussitôt, je m'autoflagelle intérieurement pour avoir sorti un truc aussi banal.

Il ne relève pas et revient sur l'accident.

— Je suis profondément navré que vous ayez eu à souffrir de mon laxisme envers Catherine. J'espère que vous me pardonnerez. J'ai beaucoup de mal à lui refuser quoi que ce soit. Elle a absolument voulu passer son permis alors qu'elle a un chauffeur attitré. En un an, elle a cassé trois rétroviseurs, plié deux lampadaires publics et arraché une bouche d'incendie. Mais c'est la première fois qu'elle met en danger quelqu'un d'autre qu'elle-même, et je pense que c'est le signe que je dois l'empêcher une bonne fois pour toutes de conduire.

Son ton est redevenu ferme et autoritaire, et je ressens de la compassion pour sa fille. Peut-être voulait-elle un peu d'indépendance ? Peut-être que son permis de conduire constitue pour elle une sorte d'affranchissement de sa condition de gosse de riche ? Un genre de rébellion vingt-quatre carats ?

— Quelques leçons supplémentaires de conduite suffiraient probablement à résoudre le problème...

Au regard qu'il me lance, il est clair que ce n'est pas du tout la suggestion qu'il souhaitait entendre. Je viens de commettre mon premier impair avec Monsieur Pété-de-thunes, semble-t-il. Il m'ouvre galamment la porte et j'entre dans son bureau.

La pièce est claire et accueillante. Les fenêtres donnent sur une cour et laissent passer la lumière qui vient mettre en valeur les cadres accrochés aux murs affichant des photos anciennes d'orfèvres ou d'horlogers.

Vassel... comme Vassel la célèbre joaillerie ?

Alors que je regarde mon hôte d'un œil nouveau, celui-ci sort un chéquier du tiroir de son bureau et commence à le rédiger. Le silence est étouffant. Je reste plantée là, comme une malheureuse quémandant de quoi se sustenter, et je n'aime pas du tout cette image de moi.

Sa fille arrive avec un tube de crème à la main.

— Ah ! Vous voilà. J'ai trouvé l'arnica. Voulez-vous que je vous en mette ou préférez-vous le faire vous-même ?

— Heu... je vais me débrouiller, merci.

Je n'ose pas lui dire que tout cela n'est pas nécessaire et que je veux seulement partir au plus vite d'ici.

— Un cabinet de toilette se trouve juste là, m'indique Grégoire Vassel en pointant une porte sur la gauche de son bureau.

Je le remercie et m'y dirige, un peu gênée. Je ferme la porte derrière moi et allume la lumière : « cabinet de toilette » est un euphémisme ! Pour le commun des mortels, c'est tout simplement la Rolls des salles de bains : douche à l'italienne avec mosaïque de carreaux or et noir, parquet foncé sûrement importé de Bali, W-C modernes sans le fameux pied pénible à nettoyer, lavabo en granit. Si, ça, c'est un cabinet de toilette, à quoi ressemblent les salles de bains de la maison ?

L'éclairage a beau être diffus et censé valoriser, il est sans pitié pour moi. Je vais bientôt me transformer en licorne avec ce qu'il est en train de me pousser sur le front. J'applique l'arnica en grimaçant, puis tente de me plaquer une mèche sur le côté pour cacher l'hématome. *Mouais... Bof...* Mais pour traverser le hall et regagner prestement mon carrosse-citrouille, ça fera l'affaire.

Je sors enfin de mon relooking extrême. Catherine a déjà disparu. Grégoire Vassel s'approche de moi et me tend un chèque.

— J'ai prévu large pour nous épargner les tracasseries administratives et un malus supplémentaire à ma fille par la même occasion, déclare-t-il en esquissant un sourire.

Je le remercie, mais manque de m'étouffer avec ma propre salive en découvrant le montant à quatre zéros qu'il a inscrit.

— Je ne peux pas accepter, c'est vraiment trop, dis-je, en tentant de lui rendre le chèque.

— N'en parlons plus, voulez-vous ? Si cela pouvait également éviter de faire la une des journaux, je vous en serais reconnaissant.

— Vous achetez mon silence ?

Comment a-t-il pu croire que j'allais m'amuser à contacter la presse au sujet de l'accident ? Me prend-il pour la dernière des garces ? Le feu me monte aux joues tant j'ai les nerfs en pelote.

— Non, je vous dédommage pour vos frais matériels et le préjudice subi. Veuillez me pardonner si je vous ai offensée. Je n'insinuais pas que vous seriez capable d'un acte malintentionné, mais je me dois de préserver ma réputation ainsi que celle de ma fille, vous comprenez ?

Toujours en colère, je croise son regard, déterminée à ne pas me laisser intimider.

— Pour votre information, je suis une personne intègre qui n'a pas besoin de dessous-de-table pour tenir sa langue. Je ne suis peut-être pas née avec une cuillère en argent dans la bouche, mais je n'ai pas besoin de votre charité.

— Je comprends, mais cet argent vous sera utile quoi que vous en disiez, donc soyez raisonnable et acceptez-le.

Je pointe sur lui un doigt furax.

— Vous ne savez rien de moi !

— Je peux voir votre véhicule depuis la fenêtre de ce bureau.

Mes épaules retombent soudain sous le poids de l'embarras.

— Reprenez votre chèque, monsieur Vassel.

Soudain, il me saisit la main (dans laquelle je tiens encore la source de notre désaccord), la pose contre son torse, puis murmure en me regardant droit dans les yeux :

— S'il vous plaît, permettez-moi de contribuer à l'achat d'un véhicule plus sûr. On ne sait jamais, vous pourriez recroiser la route de ma fille, bien que j'aie l'intention de tout faire pour l'éviter. Je serais rassuré de vous savoir en sécurité plutôt que dans ce cercueil roulant.

Pulse, pulse, pulse.

Il est doué, il est vraiment doué ! Et, moi, je suis faible, terriblement faible, et sûrement en manque de sexe depuis trop longtemps à en croire les réactions de mon corps qui ne serait pas contre un rodéo ardent dans le fauteuil en cuir, juste là.

J'arrive à extirper ma main de la sienne au prix d'un lourd effort et fais quelques pas en arrière.

— Vous gagnez, dis-je en capitulant, pas très fière de moi.

Et j'ajoute, sarcastique :

— Mais vous devez en avoir l'habitude, je présume.

— Pas autant que je l'aimerais, répond-il de sa voix suave et électrisante.

Il faut que je sorte d'ici.

— Greg ? Ah ! tu es là, tout le monde t'attend, voyons !

Une belle brune en robe de créateur rouge débarque dans le bureau et me toise avec mépris.

— Et vous êtes... ? me demande-t-elle sur un ton trahissant le peu d'intérêt qu'elle a pour ma réponse.

— Sur le point de partir, je rétorque, lançant un dernier regard à « Greg ».

— Je vous raccompagne, dit-il alors, ignorant la pimbêche pour mon plus grand plaisir.

— Non, ce ne sera pas nécessaire, je connais le chemin et mon carrosse m'attend, réponds-je, en lui faisant un clin d'œil.

Mais qu'est-ce qui me prend ?

— Au revoir, mademoiselle Genet.

Son sourire est à tomber.

— Au revoir, monsieur Vassel.

Je sors du bureau sans prêter attention à la brune dédaigneuse qui a l'air de s'agacer passablement de notre conversation complice, ce dont j'éprouve une certaine satisfaction.

En regagnant ma voiture, je sens le regard de Grégoire Vassel sur moi depuis la fenêtre de son bureau, mais je ne me retourne pas. J'aurais bien tenté un déhanché sexy mais, en escarpins sur les graviers, je préfère m'abstenir. Avec la chance que j'ai aujourd'hui, je risquerais de finir étalée de tout mon long dans la splendide allée au lieu de subjuguer le propriétaire des lieux.

Pour une fois, Titine est coopérative et démarre du premier coup, non sans crachoter son fidèle nuage de fumée noire.

Après une manœuvre pour m'orienter vers la sortie, je passe devant la fenêtre du bureau. Grégoire Vassel est toujours là, à m'observer.

Cette fois, c'est moi qui gagne !

Chapitre 2

Deux semaines se sont écoulées depuis mon rendez-vous chez le banquier et, accessoirement, ma rencontre avec la famille Vassel. Le chèque est toujours plié en quatre dans mon portefeuille. Je n'ai pas encore pu me résoudre à l'encaisser. De toute façon, une partie serait aussitôt engloutie pour combler mes dettes. Etrangement, Titine doit savoir que j'ai à présent les moyens de la remplacer parce que, depuis, elle démarre au quart de tour. Enfin, tout est relatif, disons qu'elle tousse beaucoup moins.

Quand j'arrive chez Léonard, une bonne odeur de café m'accueille comme d'habitude dès le pas de la porte. C'est toujours un plaisir de passer un peu de temps avec lui. Je suis auxiliaire de vie. Je m'occupe de plusieurs personnes âgées de la ville : je fais leurs courses, leur ménage, les conduis à leurs rendez-vous, les accompagne au cimetière rendre visite à leurs proches. C'est comme ça, j'ai la fibre petits vieux. Je m'entends très bien avec eux. J'aime leurs anecdotes qui commencent souvent par « de mon temps », j'aime leurs avis bien arrêtés sur tout ce qu'ils ne connaissent pas, j'aime leur affolement devant la crise économique et notre avenir, alors que certains d'entre eux ont pourtant souffert de la guerre. Les seniors, c'est un peu comme des enfants. Il faut les surveiller, vérifier qu'ils prennent bien leurs médicaments, ne pas les croire quand ils font leur tête de petit vieux tout mignon et qu'ils essaient de nous faire avaler des couleuvres. Comme la fois où Huguette Mornay m'a assuré qu'elle n'avait absolument pas tenté de récupérer sa tartine coincée dans le grille-pain avec une fourchette, ce qui a pourtant fait sauter les plombs et manqué de l'électrocuter.

Oui, ils sont comme des enfants, en beaucoup moins ingrats. Ils se contentent de peu, sont toujours heureux de me voir, même dans leurs mauvais jours. Ils râlent parfois, sont bougons, mais ça ne dure jamais longtemps. Et, quand ils le sont, c'est la plupart du temps à cause de leurs enfants justement. Beaucoup ne les appellent pas, ne passent jamais les voir. Quand ils ont le bonheur de leur visite, c'est souvent en coup de vent, accompagnés de petits-enfants qui les vouvoient parce qu'ils les connaissent à peine. Et qui les ramasse à la petite cuillère après ? Moi !

— Bonjour, Léonard, comment allez-vous, ce matin ?

— Oh ! j'ai un pied plus profondément dans la tombe qu'hier, répond-il en haussant les épaules, assis devant la table en formica de sa cuisine.

— Oui, mais moins profondément que demain.

Je le taquine, prenant place à son côté pour m'atteler au réapprovisionnement en médicaments de son semainier.

Ça fait trois ans que je lui rends visite et savoure un bon café hebdomadaire. Léonard a un percolateur professionnel, vestige du temps où il tenait l'une des brasseries les plus réputées de Paris. Il fait partie de ces gens qui prennent leur retraite à contrecœur. Sa femme est décédée il y a maintenant quatre ans et, depuis, il tourne en rond dans sa maison, se cognant à sa solitude. Les petits soubresauts de la vie qui le retiennent en ce monde sont sa chasse incessante aux chats de gouttière venant uriner sur ses rosiers, les journaux télévisés présentés par Elise Lucet pour qui il a le béguin, ses cheveux encore bien fournis dont il est très fier et dont Justine le complimente à chacune de ses visites mensuelles pour rafraîchir sa coupe. Et surtout, ce qui anime son quotidien, ce sont les colis de café que lui envoie régulièrement son fils, parti vivre et travailler en Colombie pour un sélectionneur réputé d'arabica. Mais, aujourd'hui, Léonard est de mauvais poil. Cette semaine, le facteur est en congé et son remplaçant ne s'est pas donné la peine d'attendre qu'il atteigne la porte pour réceptionner son paquet. Il a tout simplement déposé un avis de passage dans la boîte aux lettres, après avoir sonné seulement une fois.

— Ne vous en faites pas, je passerai au bureau de poste vous le chercher. Mais il faut que je me dépêche avant la fermeture.

Le visage de Léonard s'éclaire alors, plein de reconnaissance, et c'est dans ces moments-là que je me dis que ça valait la peine de plaquer ma carrière dans le marketing, même si, depuis, je joins difficilement les deux bouts. Oui, je n'ai pas pris la voie la plus facile, ni la plus rentable, mais mon travail a du sens.

Après une bonne demi-heure de queue au guichet, je ressors du bureau de poste avec le précieux colis. Mais voilà qu'au moment de repartir Titine joue la diva et refuse de démarrer.

— Allez, ma vieille ! On repasse juste chez Léonard. Après, tu nous ramènes à la maison et je te laisserai roupiller jusqu'à demain.

Titine n'a que faire de ma voix mielleuse et de mes caresses sur son volant.

Je ressors, armée de mon manche à balai multifonction pour maintenir le capot ouvert pendant que je plongerai la tête dessous (il m'aide aussi à éloigner les mecs bourrés qui me collent un peu trop en fin de soirée). Je prends l'air concentré, comme si la solution allait apparaître comme par magie devant mes yeux. Karim a beau avoir essayé à plusieurs reprises de m'expliquer à quoi sert chacun de ces bidules, à part situer le moteur et la batterie, c'est à peine si je me souviens où remettre du produit lave-glace. Il n'y a rien à faire, ça ne rentre pas dans mon cerveau girly. Je n'ai pas l'option « nana sexy douée en mécanique » à la Daisy Duke[1] qui rend dingues les mâles. (Cela dit, j'ai le même short en jean.) Mais j'ai celle de la nana avec de jolies fesses (on m'a toujours dit que c'était mon meilleur atout, et ce n'est pas tombé dans l'oreille d'une sourde), qui fait mine d'examiner le moteur comme si elle avait une idée du problème, mais qui espère secrètement que sa silhouette pas dégueu suffira à alpaguer un bon samaritain pour l'aider à faire démarrer sa satanée bagnole. J'ai toutes mes chances aujourd'hui, j'ai mis mon jean fétiche qui rend grâce à mon fessier ravageur.

Un SUV noir aux vitres teintées ralentit à mon niveau, puis passe son chemin. Si même le FBI jette l'éponge, je ne suis pas sortie de l'auberge ! J'appellerais bien Karim à la rescousse, mais il rencontre un acheteur potentiel pour ses sculptures ce matin, alors je vais éviter de lui faire foirer la vente avec mes sempiternels problèmes de voiture.

Le gros 4×4 est de retour en sens inverse et, cette fois, il s'arrête. La portière arrière s'ouvre et une grande

1. Quoi ? Vous n'avez jamais vu *Shérif fais-moi peur* avec les cousins Bo et Luke au volant de General Lee ? Comment ça, vous n'étiez pas nées dans les années 1980 ? Bon sang, je me fais vieille !

silhouette élégante descend du véhicule. L'homme est au téléphone et porte des lunettes de soleil, mais je le reconnais à sa chevelure poivre et sel et à ses boutons de manchette qui m'éblouissent depuis l'autre côté de la rue.

Grégoire Vassel traverse la route comme si les voitures allaient forcément s'arrêter sur son passage et se dirige droit vers moi. Il met fin à sa conversation, puis retire ses lunettes, qu'il accroche nonchalamment au col ouvert de sa chemise.

Comment un geste aussi anodin peut-il me donner envie de la lui arracher, cette chemise, et de me servir du capot de Titine pour assouvir l'un de mes nombreux fantasmes, là, tout de suite, avec lui ?

— Bonjour, mademoiselle Genet. Sans ce cercueil sur roues dont vous ne vous êtes visiblement toujours pas débarrassée, j'aurais eu du mal à vous reconnaître. Cette frange vous va très bien.

Il s'approche et me serre la main, sans paraître se soucier qu'elle puisse être pleine de graisse de moteur (ou alors, il voit clair dans mon jeu et a démasqué mes lacunes en matière de mécanique).

— Monsieur Vassel, dis-je simplement, concentrée par la sensation de sa main chaude et ferme sur la mienne.

Pulse, pulse, pulse. Et voilà, c'est reparti !

— Des ennuis de démarrage ?

— Oh non, je m'amuse juste à faire le coup de la panne pour voir si un gentleman en costume est prêt à se salir les mains pour me venir en aide.

Je ne peux m'empêcher de faire la maligne quand je suis mal à l'aise, c'est plus fort que moi. Il me lance alors un sourire amusé, et mon rythme cardiaque s'emballe aussitôt.

— Pourquoi ne pas avoir encaissé le chèque que je vous ai donné ?

— Qui vous dit que je ne l'ai pas fait ?

— Ma comptabilité.

— Eh bien, pour un homme à la tête d'un empire aussi important, vous êtes sacrément près de vos sous pour vérifier l'encaissement du moindre chèque !

La ferme Morgane ! Tu vas nous le fâcher si tu continues.

Il croise les bras et j'observe le tissu de sa chemise s'étirer sur sa musculature.

Oh ! my Godness !

— Pas du moindre chèque, du vôtre. J'avoue que j'étais curieux de savoir pour quel véhicule vous alliez opter. De toute évidence, vous aimez vivre dangereusement, ajoute-t-il en balayant du regard mon tacot rafistolé.

— Que voulez-vous, j'ai un penchant pour tout ce qui est vintage, dis-je en haussant les épaules.

Il pose alors des yeux rieurs sur moi et lève un sourcil amusé.

Quoi ? Qu'est-ce que j'ai dit ? Il ne pense pas que je parle de lui, si ?

— Que diriez-vous de m'accompagner chez un concessionnaire et que nous résolvions une bonne fois pour toutes ce problème de voiture ?

— Vous plaisantez ?

— Est-ce que j'en ai l'air ?

Non, je dirais plutôt qu'il a l'air dangereusement sexy, mais je m'égare...

— Vous avez sûrement des choses plus importantes à faire, et d'ailleurs moi aussi.

Je lui indique d'un geste le paquet posé sur le siège passager.

— Quelqu'un attend ce colis comme d'autres attendent le Messie, alors je vais devoir y aller.

Il reste impassible devant mes gesticulations nerveuses

et mes excuses bidon. Et, moi, ça me déstabilise complètement !

— Bien, dans ce cas, permettez-moi de vous conduire où vous devez effectuer cette livraison si importante.

Je l'observe, interdite. Pourquoi insiste-t-il ? Il doit bien voir que je veux me débarrasser de lui au plus vite. Ça l'amuse de me mettre mal à l'aise ?

— Vous n'avez pas un déjeuner d'affaires ? Une partie de golf à disputer ?

Il secoue la tête avec un petit mouvement des lèvres qui me fait fondre.

Morgane, t'es une pauvre fille !

— Vous savez, si vous aviez encaissé mon chèque, je ne me sentirais pas aussi redevable à votre égard. Vous seule êtes responsable de cette situation.

Il est très sûr de lui. D'habitude, les mecs sûrs d'eux, ça m'agace, mais là, je ne sais pas pourquoi, ça m'excite.

— Vous ne lâchez jamais le morceau, avouez ? dis-je en croisant les bras.

Son regard descend alors vers ma poitrine, puis revient à hauteur de mon visage. J'ai les joues en feu.

— Disons que je suis du genre persuasif, nuance-t-il, en dévoilant des dents blanches que j'imagine déjà mordiller mon épaule nue.

Je souris, angélique, récupère mon manche à balai et, tout en refermant le capot sous l'œil amusé de Mister J'ai-jamais-eu-à-mettre-les-mains-dans-le-cambouis, je rétorque :

— J'aurais plutôt dit « borné ».

Je dépose mon arme fétiche sur mon siège, attrape le colis de Léonard et mon sac à main, puis verrouille la voiture. Nous traversons la route jusqu'au SUV qui attend sagement en warning depuis tout à l'heure, obligeant les autres véhicules à se déporter sur la voie de gauche pour l'éviter.

Quel excellent exemple pour sa fille !

Je prends place à l'arrière à son côté et le vois chuchoter quelques mots à l'oreille de son chauffeur. Je me sens minuscule sur cette large banquette en cuir crème. Avec mon jean, mon T-shirt et mes ballerines, je fais tache dans tout ce luxe. Je donne l'adresse de Léonard au chauffeur qui commence à rouler, puis je me cale sur le siège en tenant fermement le paquet posé sur mes genoux. Je repense à Titine, abandonnée dans la rue, et à la contravention monstrueuse qui me guette si je ne l'enlève pas très vite de là.

Le SUV tourne à l'angle de la pharmacie et de la librairie, et je glisse malgré moi sur le cuir de la banquette. Je me retrouve collée contre Grégoire Vassel, au comble de la gêne. Lui, en revanche, a l'air de s'amuser de mon embarras, tandis que je bafouille des excuses et reprends ma place au plus vite de l'autre côté de l'habitacle. Je pose le colis à mes pieds, boucle ma ceinture de sécurité, et me cramponne à l'accoudoir de la portière de toutes mes forces. Puis j'observe le paysage défiler à travers la vitre pour éviter son regard. Je constate alors que le chauffeur fait fausse route.

— Attendez, il fallait tourner à droite après le fleuriste !

L'homme ne répond pas et ne dévie pas de son trajet. Je croise son regard dans le rétroviseur, et il a presque l'air de s'excuser de ne pouvoir suivre mes directives.

Je me tourne aussitôt vers mon kidnappeur qui arbore une mine de pure (fausse) innocence. Je sens mes mains devenir moites.

— Où allons-nous ?

— Vous verrez...

Là, il commence à m'inquiéter sérieusement !

— Ça ne me fait pas rire !

— Détendez-vous, nous sommes presque arrivés.

Son regard est tendre et moqueur. J'ai autant envie de le gifler que de caresser les rides sexy qu'il a au coin des yeux quand il sourit.

Oh ! ça ne tourne pas rond dans ma tête, on dirait !

J'essaie de deviner où il nous emmène en scrutant les alentours. Nous entrons dans la zone artisanale et passons devant des magasins de décoration, d'électroménager et des concessions automobiles.

Ben voyons !

Le 4×4 se gare sur le parking d'un concessionnaire de la même marque que Titine. Le chauffeur m'ouvre la portière. Je descends. Ma voix le remercie, mais mes yeux crient à la trahison.

— Vous pouvez y aller, Victor, Mlle Genet me raccompagnera à la maison, déclare alors un Grégoire Vassel plus que confiant.

L'homme obtempère et s'éloigne déjà.

— Vous ne doutez de rien, je lâche devant son culot assumé.

— Vous n'oseriez pas laisser un gentleman en costume errer comme une âme en peine dans cette zone artisanale ?

— Les taxis, ça existe !

Il m'ouvre la lourde porte en verre. J'entre, puis le suis jusqu'au comptoir d'accueil avec le colis de Léonard dans les mains. J'ai l'air d'une factrice.

— Monsieur Vassel ! Quel plaisir de vous revoir ! Comment allez-vous ?

L'homme est bedonnant et sa calvitie criante, malgré les mèches grasses rabattues sur son crâne pour tenter de camoufler l'évidence.

Il serre vigoureusement la main de mon accompagnateur, puis me salue également, avec toutefois plus de réserve, à mon grand soulagement.

— Elle est prête ? demande alors Monsieur La-classe-incarnée au concessionnaire suintant de politesse.

Attendez une minute ! Ne me dites pas qu'il a manigancé tout ça à l'avance ? Ça fait combien de temps qu'il prépare son coup ? J'aurais très bien pu encaisser son chèque entre-temps. Ce type est barge. A moins que ce soit un psychopathe qui m'ait suivie depuis des jours... Et pourquoi je me sens flattée ? Mouais, c'est moi qui suis barge.

De toute évidence, le vendeur a conscience de l'épaisseur du portefeuille de celui qui s'adresse à lui. Moi, je ne comprends pas trop ce qui se passe, je n'ai d'ailleurs pas envie de savoir. Ça sent le traquenard à plein nez.

— Bien sûr, elle vous attend. Suivez-moi.

Nous lui emboîtons le pas et slalomons entre les véhicules d'exposition jusqu'au fond de la salle. Il nous montre alors une petite citadine couleur prune, flambant neuve, aux lignes musclées toutes en rondeur, et annonce fièrement :

— Là voici !

Elle est trop chou !

— Vous voulez monter à bord pour vous familiariser avec votre nouvelle voiture ? me propose alors Grégoire Vassel avec un sourire charmeur.

— Vous plaisantez ?

— J'en ai l'air ?

Le voilà qui recommence !

Le concessionnaire m'ouvre la portière, et j'ai bien envie de me laisser tenter, juste pour jeter un œil, et répondre à l'appel du tableau de bord chromé et des sièges semi-baquets en cuir qui m'ont l'air si confortables.

Mister Boutons-de-manchettes doit percevoir ma lutte intérieure, car il me prend le paquet des mains.

— Allez-y.

Ses yeux pétillent de malice, et je me perds quelques instants dans leur bleu acier. Le petit chauve se racle la gorge : il me tient toujours la portière. Je reprends mes esprits et m'installe à bord.

Quel pied !

Alors que le concessionnaire énonce l'ensemble des équipements du véhicule, je ne l'écoute que d'une oreille et commence à toucher à tous les boutons qui se trouvent à ma portée.

— Sièges chauffants, rétroviseurs électriques rabattables, airbags frontaux et latéraux...

Je m'imagine déjà en virée avec Justine à travers la ville, la musique à fond...

— Sept enceintes audio, toit vitré fixe, commandes au volant...

... je pourrais même faire la course aux feux rouges avec tous les quéqués du coin !

— Système *start and stop*, 115 chevaux, 0 à 100 en 9,9 secondes...

Il me la faut !

La voix de Grégoire Vassel me sort de ma rêverie.

— Les papiers de vente sont prêts ?

Je m'extirpe à regret de cette Titine 2.0 et récupère mon colis en regardant les deux hommes d'un air suspect.

— Oui, j'aurais besoin des quelques informations supplémentaires au sujet de mademoiselle, comme je vous l'ai précisé quand vous m'avez appelé tout à l'heure, et nous pourrons procéder ensuite à la remise des clés de ce petit bijou.

Non, mais je rêve !

C'était avec la concession qu'il était au téléphone

quand il est sorti de voiture pour venir à ma rencontre ? Il ne manque pas de culot !

Il nous conduit à son bureau et, alors que nous le suivons, j'alpague, les dents serrées, l'instigateur de tout ce cirque.

— Vous n'êtes pas sérieux ? Je n'ai pas encore encaissé votre chèque, je ne peux pas acheter cette voiture !

— Déchirez-le, ce chèque. Je paie ce véhicule, et nous serons quittes.

— Et qui vous dit que je veux de cette voiture ? Je prévoyais peut-être quelque chose de beaucoup plus sobre, et d'occasion qui plus est !

— Cessez de faire l'enfant ! Je vous ai vue à son bord, elle vous plaît autant qu'à moi.

Il a raison, le bougre, mais mon objection est toute prête.

— Elle peut me plaire sans toutefois être accessible.

— Je ne pensais pas que vous vous arrêtiez à ce genre de détails. Je vous imaginais plus aventureuse, répond-il avec un sourire de défi.

— Je n'aime simplement pas vivre au-dessus de mes moyens.

— Alors, laissez-moi vous offrir cette possibilité.

Il a réponse à tout. Ce qu'il peut être agaçant ! (Mais tellement canon !) Je ne suis même pas sûre qu'on parle encore de voiture.

— Donc, si j'accepte ce cadeau...

— Ce dédommagement, corrige-t-il.

— Si vous voulez. Donc, si j'accepte ce « dédommagement », vous cesserez d'intervenir dans ma vie comme si vous en aviez le droit ?

— C'est ce que vous voulez ? me demande-t-il, en me regardant droit dans les yeux.

C'est ce que je veux ?

Je pioche dans tout l'aplomb que j'ai en réserve (très peu à vrai dire).

— Absolument !

— Très bien...

Mais, je commence à le connaître, sa reddition me semble trop facilement acquise...

Nous remplissons les papiers et j'ai la main qui tremble en signant le contrat de vente.

C'est de la folie !

Le concessionnaire me tend la clé avec un sourire aux dents jaunies par la nicotine. Je lance un regard à mon généreux donateur qui, d'un mouvement de tête, m'enjoint à la saisir.

— Adam vous attend dehors, déclare le vendeur.

— Adam ?

— C'est le nom de la voiture, m'informe Grégoire Vassel d'une voix taquine.

Oh toi, s'il y avait assez de place à l'arrière de cette citadine pour un corps à corps torride, je ne donnerais pas cher de ta peau !

Et nous voilà assis à bord d'Adam. Moi, au volant, lui en passager et le colis de Léonard testant la banquette arrière (le veinard). Je suis un peu perdue avec toutes les commandes dont je ne connais pas encore l'utilité, mais je sens que je vais vite ne plus pouvoir m'en passer. La voiture file à vive allure dans la zone artisanale presque déserte. J'appuie à peine sur l'accélérateur et le moteur répond au quart de tour. J'adore ça ! Je culpabilise un peu vis-à-vis de Titine... mais bon, tout ça, c'est sa faute ! Si elle avait bien voulu obtempérer, tout à l'heure, nous n'en serions pas là ! *Mauvaise foi*, me crie ma conscience.

De retour au centre-ville, je surprends des regards à notre passage, et ils sont loin d'être réprobateurs comme j'en ai l'habitude à bord de mon vieux tacot fumant. Non, cette fois, ils sont intrigués, envieux même.

Instinctivement, je redresse les épaules et me tiens plus droite.

— Avouez que j'ai eu raison d'insister, me lance alors mon prétentieux copilote.

Je monte le son de l'autoradio depuis le volant (j'ai trouvé du premier coup où était le bouton) et une musique assourdissante envahit l'habitacle.

— Désolée, je n'entends pas ce que vous dites ! je crie avec un sourire machiavélique.

Il me sourit à son tour et j'aperçois une fossette au creux de son menton. C'est dingue, je ne l'avais pas encore remarquée ! Et elle est... sexy...

Oh non ! Il ne pouvait pas avoir un énorme poireau à la place ? Ça aurait calmé mon entrejambe déluré.

— A gauche, me dit-il, alors que le feu passe au vert.

C'est la direction opposée de sa résidence.

— Je ne vous ramène pas chez vous ?

— Si. Tournez à droite ici, ajoute-t-il.

Je fronce les sourcils, tout en suivant ses instructions. Est-ce encore un de ses coups tordus ?

Nous arrivons dans le quartier d'affaires de la ville et il me fait m'arrêter devant un immeuble de standing récent.

— Où sommes-nous ?

— Chez moi.

— Mais je croyais que...

— Si vous aimez le vintage, moi je suis plutôt axé « modernité » quand il s'agit de mon confort de vie. Le manoir est dans ma famille depuis des générations, et j'y passe le plus clair de mon temps pour le travail, mais les parquets qui grincent et le décor Louis XVI, très peu pour moi.

Le moteur tourne toujours et je reste là, à le regarder

béatement, alors qu'il vient de me dévoiler un soupçon de sa vie personnelle. Ça me fait bizarre. Agréablement bizarre à vrai dire.

— Merci pour cette escapade fort rafraîchissante en votre compagnie, déclare-t-il en actionnant la poignée

— C'est moi qui vous remercie. Vous n'aviez vraiment pas besoin de faire tout ça. C'est à mon tour de me sentir redevable maintenant, dis-je piteusement.

— Eh bien, invitez-moi à dîner et nous serons quittes !

— Pardon ?

J'ai dû mal entendre. J'ai mal entendu, n'est-ce pas ?

Il sort de la voiture et, avant de fermer la portière ajoute :

— Et je vous en prie, Morgane, appelez-moi Grégoire

Avant que j'aie le temps de dire « prends-moi » enfin, je veux dire « ouf », il disparaît dans le hall de l'immeuble.

Chapitre 3

Je débarque chez Karim à bord de mon nouveau bolide après avoir déposé le colis de Léonard. La voiture sent très fort le neuf, un mélange de cuir et de plastique qui commence à me donner mal au cœur. Obligée de rouler cheveux au vent. Ouais, bon, d'accord, j'avoue, j'ai frimé. Tout comme je frime maintenant en klaxonnant allègrement en me garant devant l'atelier. Karim sort de sa tanière et, la main en visière, m'observe approcher.

— Qu'est-ce que c'est que ça ?

— Attends, tu n'as pas tout vu, regarde !

J'oriente la clé vers la voiture derrière moi et, d'un bip, enclenche la fermeture centralisée. Et puis, j'applaudis comme une gamine en poussant des cris hystériques.

— Laisse-moi deviner… Tu as braqué un de tes petits vieux pour t'offrir ce nouveau joujou ? dit-il en me faisant la bise.

Il sent la sciure de bois et le métal brûlé. J'adore venir dans son atelier, je m'y sens comme dans un cocon. Je pourrais passer des heures à le regarder travailler, mais comme je ne peux m'empêcher de jacasser, ça lui sape la concentration, alors j'évite. Il doit d'ailleurs être en pleine création vu qu'il a son tablier de soudeur sur lequel je le charrie souvent en affirmant qu'il ferait beaucoup plus de ventes s'il ne portait rien en dessous. Il est plutôt beau gosse et sacrément bien bâti malgré ses airs de rustre. Il n'est pas du genre causant, en revanche. Il aime mieux faire parler la matière avec ses mains et il est très doué pour ça (enfin, pour la matière, pour ce qui est du reste, je n'en sais rien...). Toutes ces heures passées à marteler la pierre au burin ou à raboter inlassablement le bois lui ont sculpté des biceps de dieu grec et des dorsaux d'athlète. Quoi ? Son atelier est une vraie fournaise pendant l'été, ce n'est pas de ma faute s'il bosse torse nu sous son tablier !

Je l'ai rencontré lors d'un atelier de création d'entreprises. Lui voulait vivre de sa passion pour l'artisanat et moi de mon besoin de me sentir utile sans avoir de patron sur le dos. Nous avons sympathisé et sommes très vite devenus amis, deux amis fauchés face à l'adversité du capitalisme. On échange nos systèmes D pour s'en sortir, on s'entraide et, surtout, on se remonte mutuellement le moral quand on a tendance à flancher.

Justine est persuadée qu'on finira ensemble, mais elle se trompe. Quand on s'est connus, on n'était pas du tout dans la séduction. On était centrés sur nos projets respectifs et rien ne nous aurait détournés de notre objectif. Ensuite, on s'est rapprochés, mais l'amitié a pris le pas sur tout ce qui aurait pu se passer d'autre entre nous. Bien sûr, je mentirais si je disais que je n'y ai jamais pensé. J'ai d'ailleurs encore en mémoire un rêve torride... J'arrivais à son atelier vêtue d'une robe moulante (version Clara plus que Morgane, si vous voyez ce que je veux dire). Il était là, travaillant le métal, et posait ses outils en m'apercevant, comprenant clairement ce que je venais faire là. Il me plaquait contre lui puis, d'un geste, me soulevait et m'asseyait fermement sur son large établi, s'emparant de ma bouche avec une urgence qui me faisait frissonner d'anticipation. Je lui enlevais son tablier en cuir et passais les mains sur les muscles massifs de son torse. Ses lèvres parcouraient ma peau moite jusqu'à ma poitrine et je me cambrais de plaisir, tout en m'agrippant à ses bras. Puis il entrait en moi d'une manière lascive tout d'abord, me faisant gémir de contentement, avant d'accélérer son va-et-vient de façon primale, sa voix rauque résonnant dans l'atelier où le bruit des outils tressautant autour de nous et l'odeur de métal chauffé finissaient d'enivrer mes sens.

Après ce rêve brûlant, je l'ai évité pendant près d'un mois, le temps que ces images bonnes pour la censure s'estompent de mon esprit.

Non, Karim et moi, ça n'arrivera pas. Notre amitié est trop précieuse pour qu'on la gâche avec une partie de jambes en l'air, aussi prometteuse soit-elle.

Nous trinquons au jus d'orange au nouvel homme de ma vie, Adam, et Karim me raconte qu'il a réussi à vendre deux de ses œuvres ce matin à un bon prix. Il me parle ensuite de ses prochains projets, mêlant cuir et bois. Il voudrait fabriquer des meubles alliant modernité et noblesse des matériaux. Je suis sûre que ça pourrait marcher. Mais je ne suis pas objective, je suis fan de son travail. Quand je serai riche, j'équiperai ma maison avec ses créations. En attendant, j'ai besoin de lui pour sortir Titine de la zone de stationnement payant.

Je lui relate les événements qui m'ont conduite à être désormais l'heureuse propriétaire d'Adam. Bien sûr, je garde pour moi l'effet dévastateur que Grégoire Vassel produit sur ma lingerie. Officiellement, il est juste un type d'une cinquantaine d'années, généreux et désintéressé. Sur ce dernier point, Karim me fait part de ses doutes, mais je le rassure sur le fait que je suis une grande fille et que je sais faire des clés de bras dissuasives en cas de nécessité.

Nous partons à bord de son pick-up à la rescousse de Titine. Je rigole toute seule en imaginant une contractuelle glisser l'amende contre le pare-brise et se retrouver avec l'essuie-glace dans les mains. En arrivant, je rigole moins. Pas de doute, je me suis fait aligner. Je saisis le P-V et le fourre dans mon sac en marmonnant. Karim relie habilement Titine à son pick-up pour pouvoir la tracter jusqu'à son atelier, puis nous faisons le trajet du retour plus lentement qu'un escargot anémié.

— C'est la batterie, m'indique-t-il après avoir ausculté mon épave d'un œil expert.

Je me demande s'il y a un domaine dans lequel il n'excelle pas, enfin, mis à part la paperasse et l'informatique. Ça, c'est moi qui m'en charge pour lui. En échange, il met régulièrement les mains dans les entrailles sales de Titine. Dorénavant, il n'aura plus à le faire. Je vais devoir revoir les termes de notre marché. Ça tombe bien, mon robinet de douche commence à fuir, il va pouvoir jouer au plombier !

Nous convenons de laisser mon tacot chez lui, le temps que je décide si ça vaut le coup de le revendre en un seul morceau ou pour pièces détachées. J'ai un petit pincement au cœur en m'éloignant à bord d'Adam. J'ai l'impression de l'abandonner à son triste sort.

Ma culpabilité est loin derrière moi quand je passe prendre Justine chez elle le soir même pour une virée dans le meilleur pub de la ville. C'est surtout le meilleur parce que Gilles, le gérant, nous offre souvent des consommations. Il dit qu'on est sa plus belle vitrine pour faire entrer du monde dans son pub. C'est peut-être vrai en début de soirée, quand on est encore dignement perchées sur ses tabourets de bar à papoter gaiement, beaucoup moins à la fermeture, quand on est un peu éméchées et qu'on ricane comme des hyènes sous hélium.

Alors que nous sommes assises au comptoir devant nos mojitos, je lui raconte les événements de ma journée et, cette fois, sans omettre le moindre détail sur l'homme qui me transforme en nymphomane d'un simple regard.

— Il est marié ? me demande Justine en jouant avec sa paille.

— Je n'en sais rien.

— Quoi, tu n'as pas regardé s'il a une alliance ? s'écrie-t-elle, outrée.

— Non, mes yeux étaient occupés à se délecter d'autres endroits de son anatomie...

— Morgane, je te rappelle qu'on a trente-deux ans, alors mieux vaut vérifier ce détail important avant de se lancer dans ce genre d'histoires ! On n'a plus de temps à perdre, encore moins le droit à l'erreur.

— Arrête un peu ! À t'écouter, on dirait qu'on est bonnes pour la casse ! Et puis, je n'ai pas l'intention de me lancer dans une histoire avec lui. Marié ou pas, on s'en fout !

— Il t'a quand même tapée dans l'œil, avoue.

Je me sens rougir en l'admettant.

— Et alors ? Ce n'est pas comme si j'allais le revoir.

Justine me regarde d'un air sceptique. Quoi ? C'est vrai. On vit dans deux mondes bien distincts. Le luxe d'un côté, l'aide à la personne version naphtaline de l'autre. C'est déjà un miracle que nos chemins se soient croisés deux fois en deux semaines !

*
* *

De retour chez moi, je repense tout de même à cette histoire de statut matrimonial. Avant de trop réfléchir à ce que je fais, j'allume mon ordinateur et tape le nom de Grégoire Vassel dans le moteur de recherche. Des photos de lui apparaissent et je souris comme une collégienne devant mon écran. Le site de la joaillerie me renseigne sur l'historique de l'entreprise familiale, mais je n'obtiens rien sur la situation personnelle de son président. Mes incursions sur les autres sites référencés ne sont pas plus fructueuses. Frustrée, je reviens aux photos et zoome au maximum pour essayer d'apercevoir un anneau à sa main gauche. Rien à faire. Je finis par avoir mal aux yeux à force de m'abîmer la rétine sur des images floues et je jette l'éponge.

Peut-être est-il marié avec la pimbêche à robe rouge de l'autre jour ? A moins qu'il ne soit divorcé. Gay ? Non, il ne peut pas être gay, je l'ai pris plusieurs fois en flag en train de mater mon décolleté et mon fessier ravageur. Alors bi ?

Je me trouve stupide et éteins l'ordinateur. Grégoire Vassel restera un mystère et ce n'est peut-être pas plus mal.

Dimanche matin, je me rends à la maison de retraite qui a ouvert récemment en ville pour voir Madeleine. Je m'occupais d'elle avant qu'elle ne fasse un AVC et ne perde une partie de son autonomie. Ses enfants l'ont placée ici et je lui ai promis de lui rendre visite le plus souvent possible. J'avais peur qu'elle ne dépérisse, à devoir finir sa vie entre les quatre murs de sa nouvelle chambre, mais elle le prend plutôt bien. Il faut dire que cet établissement, sorti de terre il y a à peine deux ans, accueille des pensionnaires qui ont les moyens de s'acquitter d'un loyer exorbitant en contrepartie d'un personnel suffisant et à l'écoute. Madeleine n'est d'ailleurs pas la résidente la plus compliquée à satisfaire. Elle fait partie de ces petits vieux qu'on aimerait avoir pour grands-parents. Elle est douce, gentille, et se contente de peu malgré la relative opulence dans laquelle elle a vécu. Elle se réjouit des petits riens de la vie : les moineaux qui viennent grignoter le pain qu'elle fourre dans ses poches à la cantine et qu'elle émiette ensuite sur le rebord de sa fenêtre, les jeudis cinéma organisés par la maison de retraite où elle revoit avec délice les classiques dont elle ne se lasse pas : *Casablanca*, *Un tramway nommé désir*, *Sept Ans de réflexion*... Mais ce qui illumine son quotidien, ce sont les rochers au chocolat dont elle raffole malgré les éclats de noisette qui se coincent dans son dentier. Je lui en ai d'ailleurs apporté.

— Morgane, comme tu es mignonne ! Si tu étais ma petite-fille, tu serais ma préférée, me dit-elle affectueusement.

Je lui raconte les derniers potins de la ville et elle me décrit ses journées rythmées par les ateliers organisés par la résidence. Je reste une petite heure avec elle, puis la quitte en lui promettant de revenir très vite.

En sortant de l'ascenseur, je surprends une discussion houleuse dans le hall d'accueil.

— Tu n'as pas honte d'essayer de te débarrasser de moi ? s'indigne une voix chevrotante.

— Allons, maman, tu seras très bien ici !

Cette voix, je la reconnais aussitôt.

Ce n'est pas possible ! Je dois halluciner !

Je m'approche doucement et me cache derrière une énorme plante. Grégoire Vassel accompagne une vieille dame au chignon tiré, portant un collier de perles, et tenant son sac à main contre elle comme si un vol à l'arraché était courant dans ce genre d'endroit.

Que faire ?

Je suis obligée de passer devant eux pour atteindre le parking. Et s'ils se dirigent vers l'ascenseur, ils risquent aussi de me voir, planquée là comme une imbécile.

Merde !

En plus, je ne suis pas maquillée ! Grégoire Vassel, en revanche, a toujours autant la classe, même en tenue décontractée. Il porte un polo qui laisse apparaître ses avant-bras musclés et un jean brut qui a l'air d'avoir été taillé directement sur lui. J'essuie le filet de bave imaginaire qui me coule déjà sur le menton et décide d'affronter la situation. Après tout, il y a de quoi rire de ce concours de circonstances et puis, c'est lui qui est un peu trop stylé pour l'endroit. On est dimanche, bordel ! J'ai bien le droit de me promener en leggings, baskets, T-shirt ample et queue-de-cheval ! Je cherche mon miroir de poche dans mon sac, ajuste un peu ma frange et vérifie que je n'ai pas un bout de noisette coincé entre les dents. Quoi ? Moi aussi j'aime ça, les rochers au chocolat !

— Morgane, c'est bien vous ? J'ai reconnu votre voiture sur le parking, mais je n'osais croire à une telle coïncidence.

Sa voix chaude me fait sursauter. Je me retourne en rangeant prestement mon miroir dans mon sac, ni vu ni connu, mais, à son regard amusé, je devine que je suis grillée.

— Monsieur Vassel, quelle surprise ! dis-je, feignant l'étonnement.

Puis mes yeux se posent sur la dame âgée à son côté qui me dévisage, les lèvres pincées et l'air hostile.

— Je vous présente ma mère, Adélaïde Vassel.

Maman, voici Morgane Genet, une des victimes de la conduite imprudente de Catherine.

Entendre mon nom dans sa bouche me fait un drôle d'effet. Je salue sa mère qui ne desserre pas les dents. En même temps, si elle n'est pas ravie d'être là, je comprends qu'elle n'ait pas envie de faire des grâces à tout le monde.

— Je viens de rendre visite à une pensionnaire dont je m'occupais auparavant, j'enchaîne, pour combler le silence gêné qui suit nos présentations.

— Et elle se plaît ici ? me demande-t-il, coulant un regard vers sa mère qui semble voir clair dans son jeu.

— Heu... eh bien, oui, les chambres sont confortables, le personnel aux petits soins et les ateliers organisés pendant la semaine distrayants.

Je marque clairement des points d'un côté, mais pas de l'autre, si j'en crois les éclairs que me lancent les yeux de Mme Vassel.

— Tu vois, maman, tu vas être très bien ici.

Cette dernière serre un peu plus son sac contre elle et tourne la tête comme une enfant bornée.

J'ai de la peine pour elle. C'est toujours un déracinement de devoir quitter le foyer dans lequel on a toutes nos habitudes et tous nos souvenirs pour se retrouver dans dix mètres carrés et devoir partager ses repas avec de parfaits inconnus. Mme Vassel ne me paraît ni physiquement affaiblie ni sénile, mais il y a sûrement une bonne raison pour que son fils décide de la placer en maison de retraite. Enfin, ce ne sont pas mes affaires...

— Bon, eh bien, je vais vous laisser...

— C'était un réel plaisir de vous revoir, déclare Grégoire Vassel en me souriant.

Pulse, pulse, pulse.

— Plaisir partagé...

Et je lui adresse à mon tour mon plus beau sourire.

C'est bon, j'ai vérifié : pas d'éclat de noisette entre les dents.

Je fais mes adieux à sa mère, qui me regarde à peine, et m'éloigne vers la sortie.

Dire que je ne peux même pas faire mon déhanché fatal ! Dans cette tenue, ce serait ridicule.

Au moment d'atteindre ma voiture, je sens une présence dans mon dos. Quand je me retourne, Grégoire Vassel se tient face à moi, tout près. Son eau de toilette boisée met mes sens en alerte.

— J'ai réalisé que je ne vous ai pas laissé mes coordonnées pour vous permettre de me confirmer la date de notre dîner.

Il me tend sa carte que je saisis bêtement, prise de court.

— Notre dîner ?

— Ne tardez pas, mon agenda se remplit très vite.

Là-dessus, il me fait un clin d'œil et repart en direction du hall d'entrée.

Non, mais pour qui il se prend ? S'il croit que je vais l'appeler, il peut toujours courir !

Mais je vais quand même garder sa carte, on ne sait jamais...

— Et alors, tu l'as appelé ? me demande Justine au téléphone.

— Et puis quoi encore ? Je ne suis pas désespérée.

— Moi, à ta place, je tenterais le coup. Tu as l'air de lui faire de l'effet pour qu'il te coure après sur un parking en laissant sa mère en plan.

Je n'avais pas vu les choses comme ça.

— Dis donc, Miss Je-retourne-ma-veste-plus-vite-que-mon-ombre, où est passé ton discours sur notre statut de futures vieilles filles ? On va dîner pour faire quoi ensuite ? Se rendre compte qu'on n'a rien en commun, coucher ensemble pour la forme et ne jamais se rappeler ? Pour le coup, je suis d'accord avec toi, j'ai passé l'âge.

— Mais tu imagines quand même coucher avec lui ? Tu ne perds pas le nord, ma cocotte, se moque Justine à l'autre bout du fil.

— Ce serait dommage de s'en priver. Si tu voyais son corps !

J'ai vu sur Internet qu'il est Taureau... Alors imaginez s'il est aussi bien monté que son signe astrologique !

— Et il n'a pas d'alliance, j'imagine ?

Merde ! Je n'ai pas pensé à regarder ce détail.

— Promis, je lui demanderai s'il est marié juste avant qu'il dégrafe mon soutif.

— Bon, alors, tu vas l'appeler ?

— On verra.

En raccrochant, je me sens excitée comme une ado. Malgré tout ce que j'ai pu lui dire, Justine m'a vraiment donné envie de lui téléphoner. Toutefois, une part de moi — ma fierté sans doute — me défend de le faire. Mais, après tout, qu'est-ce que je risque ? Ça me donnera l'occasion de mieux le connaître. Ce n'est pas comme s'il m'arrivait des choses trépidantes tous les jours et, vu l'effet que me fait la moindre de ses apparitions, c'est sûrement le signe qu'il y a quelque chose à creuser...

Allez, je me lance !

Enfin, je vais faire ça à ma manière. La manière lâche. Par texto.

Vous êtes plutôt italien, chinois ou indien ? Morgane.

J'ai à peine envoyé mon message qu'une réponse me parvient :

Je pense que vous vous méprenez.

Merde, il a changé d'avis ! Pourquoi je l'ai contacté ? J'ai l'air d'une conne maintenant.

Un bip m'annonce un nouveau message.

Je suis plutôt blonde, courbes renversantes et déhanché aguicheur ;)

Pulse, pulse, pulse. Boum, boum, boum.

Mon entrejambe et mon cœur se mettent à battre la chamade à l'unisson, et je souris comme une demeurée.

Vous ne préférez pas qu'on dîne, avant d'en venir aux sextos ?

Soudain, je sursaute en entendant mon téléphone sonner. Je décroche, fébrile.

— C'est une proposition ? me demande la voix chaude de Grégoire Vassel.

Oh ! my God ! Qu'est-ce que je dis ? Qu'est-ce que je dis ?

— Une invitation à dîner pour être quittes, vous vous souvenez ?

Je réponds sur un ton qui se veut détaché mais, à l'intérieur de moi, c'est l'affolement général.

— Comment l'oublier ? J'attendais votre appel.

Il va me rendre dingue !

Je reprends, la gorge sèche :

— Fixons une date dans ce cas.

— Votre enthousiasme me plaît.

— Attendez de découvrir le reste.

Oui, je sais, Morgane fée sa maligne.

— Je ne demande que ça...

Sérieux ?

Si on continue comme ça, on va se jeter dessus avant même d'avoir attaqué l'entrée !

— Où et quand ?

On dirait que je lui demande le lieu et l'heure de notre plan cul. Il va me prendre pour une vraie nympho.

Mais j'en suis peut-être devenue une ?

— Pourquoi pas à l'Astrance dans une heure ?

Quoi ? Ce soir ? Mais qu'est-ce que je vais me mettre ? Et puis, il faut que je prenne une douche ! Que je m'épile ! Je ne serai jamais prête à temps !

— OK.

Quoi ? Ne me dites pas que Morgane la nympho a répondu à ma place ? !

— Parfait. Alors à tout à l'heure, Morgane.

Et il raccroche avant que j'aie le temps de me défiler.

Chapitre 4

J'ai dix minutes de retard. Et encore, ça aurait pu être pire si j'avais dû venir au volant de Titine la capricieuse ! J'ai changé au moins cinq fois de tenue avant de me décider. Je voulais une robe qui dise « je suis une bombe », mais qui ne dise pas « je suis open pour finir la soirée chez toi », même si, soyons honnêtes, c'est le cas. Sinon, je ne me serais pas épilée au poil près, n'aurais pas enfilé des bas, ni mis mon ensemble soutien-gorge et string qui ne sort du tiroir que pour les grandes occasions. A vrai dire, pas souvent. En général, quand je me retrouve à coucher avec un homme, ce n'est jamais vraiment calculé, et la plupart du temps regrettable. Il n'y a peut-être qu'à l'époque de Tristan où je faisais attention à ce genre de détails, mais vu la vitesse à laquelle ma lingerie volait par terre (et l'allure fulgurante à laquelle se terminaient nos ébats), j'ai fini par me dire que le jeu n'en valait pas la chandelle (petite, la chandelle, en plus !).

C'est donc en robe noire bordée de dentelle blanche (classique, mais élégante, Bonnie & Clyde au balcon pour en mettre plein la vue, mais pas trop pour ne pas faire vulgaire) et talons aiguilles que j'arrive devant le restaurant qui se trouve être... fermé.

C'est une blague ? Il s'est foutu de moi ? !

Dans mon emballement, je n'ai pas pensé une seconde que nous étions dimanche soir et que pratiquement tous les restos du coin étaient fermés. La colère monte aussi vite que la honte. Comment j'ai pu me faire avoir aussi facilement ? Tout ceci n'était qu'un jeu auquel j'ai été la première à jouer avant qu'il ne se retourne contre moi. Je retire ce que j'ai dit précédemment : ce mec n'a aucune classe ! J'ai l'air de quoi, en pleine rue déserte, devant un établissement fermé, en robe moulante ? D'une minute à l'autre, un père de famille bedonnant en monospace va s'arrêter pour me demander à combien s'élève ma passe.

En mode hystérique, je dégaine mon portable de mon sac dans l'intention d'insulter copieusement l'auteur de cette mauvaise blague mais, au même moment, la porte du restaurant s'ouvre et un maître d'hôtel m'invite à entrer.

— Bonsoir, mademoiselle, vous êtes attendue. Si vous voulez bien me suivre...

— Mais je croyais que vous étiez fermés ? je bredouille, laissant l'homme à queue-de-pie me guider à travers la salle aux lumières si tamisées que je n'ai pas vu leur lueur depuis la fenêtre.

— Le restaurant a été exceptionnellement privatisé à la demande de M. Vassel, m'indique-t-il avec le même ton que s'il me récitait le menu du jour.

J'oscille entre soulagement et méfiance, tandis que je m'approche de la magnifique table dressée pour deux. Grégoire Vassel est là, face à moi, et se lève de sa chaise pour m'accueillir avec un sourire crispé.

— J'ai bien cru que vous alliez me poser un lapin, me dit-il en boutonnant sa veste.

— J'ai bien cru que vous étiez le dernier des mufles,

je réplique, croisant les bras pour bien lui montrer mon agacement.

Son regard me balaie des pieds à la tête en s'arrêtant au passage sur Bonnie & Clyde (bien joué les gars !). Il sourit, s'approche et me fait la bise. Ses joues sont douces et sentent bon l'after-shave. Il va réussir à me déstabiliser, juste par sa proximité et son odeur racée.

T'es irrécupérable, Morgane.

Il m'invite à m'asseoir et le maître d'hôtel me tire la chaise pour que je m'y installe. Je jette un œil à la déco et me rappelle soudain pourquoi je n'ai jamais mis les pieds dans ce restaurant jusqu'à aujourd'hui : il est hors de prix !

Cela dit, je ne suis plus à quelques agios près... La Banque de France va pouvoir me mettre sur sa liste noire une fois que j'aurai réglé l'addition.

— J'ai pensé que vous apprécieriez un peu d'intimité et la cuisine est excellente, m'indique mon rencard à carte Gold qui, pour une fois, n'a pas de boutons de manchette aux poignets.

J'acquiesce sans rien dire.

Ben alors, t'as perdu ta langue, Morgane, ou c'est l'image de l'huissier venant frapper à ta porte qui te laisse sans voix ?

Le serveur arrive et nous annonce le menu du jour. Génial, je ne peux même pas choisir mon plat et faire le coup typiquement féminin (et radin) de me contenter d'une salade pour limiter la casse. Un champagne millésimé nous est proposé en apéritif. Je me console en me disant que je pourrai toujours noyer mon désarroi dans l'alcool.

— J'ai oublié de vous dire à quel point vous êtes magnifique ce soir, susurre Grégoire Vassel de sa voix chaude, une fois le serveur reparti en cuisine.

— Merci.

Quoi, c'est tout, Morgane fée la causette ? Tu as perdu l'usage de la parole ?

Ce n'est peut-être pas une bonne idée, ce dîner... Il me met mal à l'aise avec ses grands airs. On aurait dû s'en tenir aux textos.

— Vous semblez tendue. C'est moi qui vous rends nerveuse ?

Toi ? Le mec trop canon, plein aux as, avec des yeux à faire frétiller les petites culottes à dix kilomètres à la ronde ? Penses-tu !

— Admettez que vous en avez fait des caisses pour un simple dîner. On aurait très bien pu se contenter d'un restaurant asiatique ouvert tous les soirs. Mais vous avez préféré faire bosser ces braves gens un dimanche...

Mesdames et Messieurs, l'incroyable, l'incontrôlable, la déplorable... Morgane la casseuse d'ambiance !

Mais qu'est-ce qui me prend, à la fin ? Pourquoi faut-il toujours que je mette les pieds dans le plat ? Je ne pourrais pas me comporter en fille affable et douce, au lieu de jouer les syndicalistes en talons hauts ?

Grégoire Vassel se passe la main sur le front et sa pomme d'Adam fait un va-et-vient nerveux.

— Tout d'abord, je ne considère pas cette soirée comme un simple dîner. Je suis heureux de pouvoir faire plus ample connaissance avec vous et j'ai pensé qu'un cadre plus intime favoriserait cet échange. Quant au fait de faire travailler ces gens un dimanche soir, je vous invite à demander au serveur si cela l'ennuie de toucher le double de son salaire et d'être de repos une journée supplémentaire la semaine prochaine.

Cette soirée est un fiasco et je ne peux m'en prendre qu'à moi-même. Je me lève en attrapant mon sac.

— Où allez-vous ? me demande-t-il en se redressant à son tour.

— Aux toilettes. Quand je suis nerveuse, j'ai envie de faire pipi.

Et la palme de la classe est décernée à... Morgane Genet ! On l'applaudit bien fort !

Il me sourit, visiblement rassuré, et reprend sa place à table. J'atteins les commodités pour dames et me regarde dans le grand miroir, démoralisée.

Je pourrais passer une bonne soirée en compagnie d'un homme charmant et, au lieu de ça, je réagis comme la dernière des connes ! Je sors mon portable de mon sac pour appeler Justine à la rescousse, quand je tombe sur les messages échangés avec Grégoire Vassel un peu plus tôt. Peut-être n'est-il pas trop tard pour repartir de zéro ?

Vous êtes parti ?

Non, je déguste mon champagne seul en philosophant sur cette manie qu'ont les femmes de passer autant de temps aux toilettes.

En fait, je me cache.

Je m'en doutais.

La déco y est sympa, cela dit.

Envie de fuir ?

L'idée m'a effleurée.

Désolé d'avoir voulu faire les choses en grand.

Désolée d'avoir joué les rabat-joie.

Vous venez trinquer ou je bois votre champagne ?

J'arrive, vous risqueriez de lire dans mes pensées.

Et je prendrais la fuite ?

Si vous êtes en petite forme, il
vaudrait mieux pour vous ;)

Je suis un homme de défis.

La lâcheté, parfois, ça a du bon. J'ose enfin sortir de ma planque et reviens plus sereine à notre table. Il ne me quitte pas des yeux et le désir que je crois lire dans son regard finit de me convaincre que la soirée ne fait que commencer.

Je bois mon champagne d'une traite et nous reprenons comme si cet épisode houleux n'avait jamais eu lieu. Alors qu'il me raconte son accession à la tête de l'entreprise familiale, j'observe ses mains larges et soignées (sans alliance, ah, ah !) et les imagine remontant le long de mes cuisses...

— Et vous ? Comment en êtes-vous venue à travailler à votre compte pour les seniors ?

J'arrête de divaguer pour lui narrer ma carrière prometteuse dans le marketing, cette vie sous pression constante et cette vision du monde qui ne me correspond finalement pas ; ce besoin viscéral que j'ai d'être utile et mon caractère incompatible avec le fait d'avoir un patron sur le dos dix heures par jour ; ce projet fou de monter ma petite entreprise et cette satisfaction d'y être parvenue, même si je ne gagne pas aussi bien ma vie qu'avant.

Tout au long de mon monologue, ses yeux restent plantés dans les miens et je soutiens son regard du mieux que je peux en poursuivant mon récit, pendant que mon entrejambe, lui, danse la *Macarena. Dale a tu cuerpo alegria Macarena, hey Macarena ! Rha !*

L'entrée est délicieuse, un taboulé de crevettes sauce thaï accompagné d'un verre de vin blanc frais au goût légèrement fruité qui me désaltère si bien que je ne mets pas longtemps à le finir. Je demande ensuite des nouvelles de Catherine et il m'explique qu'elle use depuis l'accident de son pouvoir de persuasion pour qu'il ne lui retire pas définitivement sa voiture.

— Je profite du fait que l'Audi soit toujours au garage pour lui dire que je réfléchis à la situation, ajoute-t-il.

Je m'étonne.

— Elle est encore en réparation ? Mais elle ne me semblait pas si abîmée !

— Non, je paie une somme rondelette au garagiste pour qu'il la garde le plus longtemps possible.

J'aime cette tendresse quand il parle de sa fille et j'aime encore plus le fait qu'il me fasse ce genre de confidence, certes anodine mais qui me donne l'impression d'entrer dans sa vie.

Le plat principal arrive, un carré d'agneau accompagné d'un gratin de légumes. Le libellé exact est beaucoup plus pompeux, mais je ne l'ai pas retenu. Alors que je me régale de ce mets raffiné (qui a dit qu'on aurait dû aller manger au chinois ?), je suis interrompue par le frottement du genou de Grégoire Vassel contre le mien.

Il l'a fait exprès ?

Il continue de manger comme si de rien n'était, alors je suppose que c'était involontaire. Je me replonge donc dans ma dégustation. Le frottement reprend, plus léger, un effleurement du tissu de son pantalon contre le voile de mon bas. Une caresse sensuelle et subtile qui m'embrase aussitôt. Cette fois, quand je lève les yeux vers lui, il me regarde d'une manière tellement intense que j'ai envie d'envoyer valser la table qui nous sépare et de lui sauter dessus. Au lieu de ça, je coince son genou entre mes cuisses et savoure la douce chaleur qui inonde ma lingerie. Je n'arrive plus à finir mon assiette. Je n'ai plus faim. Enfin si, j'ai faim de lui !

Bien que ses pupilles dilatées trahissent son propre

désir, il semble prendre un malin plaisir à me chambouler tout en faisant comme si rien ne se passait sous la table.

Moi aussi, je peux jouer à ce petit jeu !

Je desserre mon étreinte pour enlever un de mes escarpins et, alors que le serveur arrive pour débarrasser, mon pied entreprend l'ascension langoureuse de sa cheville puis de son mollet. Je lui souris en battant des cils et il secoue la tête, visiblement troublé.

Faire du pied, le truc le plus vieux du monde, mais ça marche à tous les coups.

On zappe tous les deux le plateau de fromages. Moi, parce que je voudrais éviter d'avoir une haleine de chacal pour ce qui va suivre, vu comme on est partis, et lui... sûrement parce que c'est un homme et qu'il n'arrive pas à faire deux choses à la fois : manger et se concentrer pour ne pas soulever la table avec le baobab qui est en train de pousser dessous (oui, j'ai une tendance à l'exagération et suis du genre optimiste, que voulez-vous ?).

Le dessert arrive et on continue de parler de banalités alors qu'on est tous les deux à bout de souffle. Mon pied s'est aventuré jusqu'à sa cuisse. Je vois ses mains empoigner les bords de la table quand mon orteil se met à effleurer lentement une certaine bosse. Et puis j'arrête brusquement pour mieux le faire languir et aperçois son sourcil se relever en signe de désapprobation. J'en profite pour porter une cuillère de chantilly à la bouche d'une manière limite obscène, avant de gémir de gourmandise. Il boit un verre d'eau sans me quitter des yeux, puis m'annonce d'une voix rauque qu'il est temps de laisser ces braves gens fermer le restaurant.

Victoire !

Je suis chaude comme la braise, mais me rappelle soudain qu'il faut que je règle l'addition avant de partir.

Vous prenez les chèques en bois ? Un bras ? Un rein ? Un poumon ?

— Allons-y, me presse-t-il.

— Et l'addition ?

— Vous l'avez dit vous-même, je suis un gentleman, et les gentlemen ne laissent pas payer les dames.

— Nous avions un accord !

Je proteste mais, intérieurement, je suis heureuse de pouvoir garder tous mes organes.

— Nous trouverons autre chose..., me dit-il en me faisant un clin d'œil.

Ah, mais c'est tout trouvé ! Enfin bon, payer de ma personne de cette façon est un peu réducteur, compte tenu des combats que nos mères et nos grand-mères ont menés pour ne pas qu'on en arrive là, mais il y a des moments où, le féminisme forcené, ça n'est plus trop d'actualité ! J'ai envie de cet homme, moi ! Alors, si je dois m'acquitter de ma dette en lui passant sur le corps, ça me va très bien ! Je signe !

J'en suis encore à ces pensées, quand je me rends compte qu'il m'a accompagnée jusqu'à ma voiture.

— J'ai passé une excellente soirée en votre compagnie Morgane, murmure-t-il, en replaçant une mèche de cheveux derrière mon oreille.

Ce geste me donne des frissons. J'ai tellement envie qu'il m'embrasse là, tout de suite, puis de le suivre en voiture jusqu'à son appartement et qu'on fasse l'amour comme des bêtes toute la nuit !

— Bonne nuit, ajoute-t-il en me faisant la bise.

Hein ?

— Vous, enfin on n... vous êtes sérieux ?

Tant pis si c'est une façon d'avouer que j'ai clairement envie de plus ce soir. (Je ne suis plus à un blasphème féministe près.)

— Il est tard. Nous travaillons tous les deux demain, j'ai d'ailleurs une grosse réunion prévue...

Te fatigue pas, va, j'ai compris. Je n'ai été qu'une simple distraction du dimanche pour un type blindé d'oseille qui cherche juste un peu de piment dans sa vie trop bien rangée.

— OK. Merci pour le dîner, alors. Au revoir. A un de ces jours.

Je m'engouffre dans ma jolie voiture qui m'agace puisqu'elle me rappelle que je la lui dois. Je démarre en trombe et fais crisser les pneus en sortant du parking. C'est puéril, je sais, mais sur le moment, ça défoule. J'ai bien envie de pleurer tant je me sens conne, mais il ne mérite pas mes larmes de rage.

En arrivant dans mon studio, j'envoie valser mes escarpins, ôte ma robe et me débarrasse de mon ensemble coordonné et de mes bas en me sentant encore plus ridicule. Je file sous la douche et l'eau qui coule sur mes joues a un goût salé. Le visage défait, je me démaquille sans trop regarder cette idiote dans la glace. J'enfile ma nuisette et récupère mon téléphone pour vérifier que mon réveil est bien programmé pour le lendemain. Je découvre alors que Grégoire Vassel m'a envoyé un message.

> Vous n'auriez jamais dû retirer votre pied dans ce moment aussi délicieux. On peut être 2 à jouer. 1 partout ma chère. Vivement la belle ! Au plaisir.

Le salaud !

— Fais-le-lui payer ! me conseille une Justine haineuse.

Le lundi est son jour de repos, et je suis passée prendre un café chez elle pour lui raconter mes malheurs.

Ça fait du bien. On est à deux doigts de monter une expédition contre Grégoire Vassel pour lui arracher les testicules à coups de ciseaux désépaississants (idée de Justine) et d'en faire un collier pour sa prochaine collection de joaillerie (idée de moi).

— Le pire, c'est que je suis sûre qu'il en avait autant envie que moi ! Alors quoi ? Je ne suis pas assez bien pour lui ? Eh bien, qu'il aille se faire foutre !

— Ouuaiiiss ! approuve bruyamment Justine.

— Bon, et je fais quoi maintenant ?

— Comment ça, qu'est-ce que tu fais ? Tu l'oublies et tu passes à autre chose.

Justine est une vraie girouette, est-ce que je l'ai déjà dit ? Elle est capable de vous envoyer au front avec toute la hargne d'un général d'infanterie et de signer un traité de paix dans la foulée. Elle n'est pas fiable Ce n'est vraisemblablement pas à la meilleure personne que je m'adresse pour trouver une solution raisonnable à mon problème mais, le raisonnable, c'est chiant, et en plus, ça manque d'imagination. Mais bon, quand elle passe trois heures au resto pour choisir un plat à la carte et qu'elle change finalement d'avis au moment où le serveur arrive pour prendre notre commande, ça aussi, c'est chiant.

— Tu plaisantes ? Il faut que je me venge !

— Morgane, tu ne veux pas arrêter de t'enticher de types pas faits pour toi ? Pourquoi tu ne sors pas avec Karim ? Vous êtes faits l'un pour l'autre, il faudrait que tu ouvres un peu les yeux.

Voici le seul sujet sur lequel elle ne change pas d'avis comme de culotte qui gratte et c'est bien dommage.

— Tu ne veux pas arrêter avec Karim ? Je t'ai déjà dit qu'on est amis, rien d'autre.

— N'empêche, je suis sûre que, lui, il ne t'aurait pas laissée sur ta faim après une soirée pareille. Il n'est peut-être pas du genre causant, mais il dégage une sorte de bestialité qui en dit long sur ce qu'il cache sous son tablier en cuir, si tu vois ce que je veux dire...

J'éclate de rire.

— Eh bien, ma Juju, si je ne te savais pas secrètement amoureuse de Gilles, je penserais que tu veux te taper mon meilleur ami !

Justine est tombée raide dingue du gérant de notre pub préféré quand Gilles en a eu marre qu'elle ralentisse son service en changeant sa commande toutes les trois secondes et qu'il s'est mis à lui servir d'office un cocktail sans lui demander son avis. Depuis, elle le voit comme un homme à poigne irrésistible. Il ne faut pas chercher à comprendre, c'est Justine.

— Dis pas de conneries, rétorque-t-elle, en me jetant un coussin à la figure. J'essaie juste de te faire ouvrir les yeux.

— Je préférerais que tu m'aides à trouver une bonne idée de vengeance.

Et là, ça fait tilt. Karim ! C'est un mec, il saura décrypter l'attitude minable de Vassel et me donner un avis masculin sur la question.

— Justine, t'es géniale ! Bon, faut que je file, à plus tard !

Direction l'atelier. J'ai une grosse demi-heure avant mon rendez-vous chez Ghislaine Meunier pour l'emmener au cimetière voir son défunt mari. Je suis large !

J'arrive alors que Karim est en train de sortir de lourdes planches de son pick-up. Je ne sais pas pourquoi mais, dans ces moments-là, je me vois bien lui tendre une canette de la célèbre boisson gazeuse au caramel et m'éventer en le regardant la boire goulûment, les paupières closes et la sueur perlant entre ses clavicules.

Huuummm ! Quoi ? Que celle qui n'a jamais fantasmé sur la pub de l'ouvrier sexy assoiffé, bossant sous un soleil de plomb, me jette la première canette de Coca à la tronche !

— Tu me donnes un coup de main ou tu gobes les mouches ?

Oups.

Je m'empare des quelques planches que je peux porter de mes bras frêles et l'aide à les rentrer dans l'atelier. Il sort une bouteille d'eau de son vieux frigo et nous en sert un verre. (Pour le côté sexy on repassera, j'ai oublié que le film de ma vie se tourne à petit budget.)

Comme je suis attendue (et déjà sûrement à la bourre), je vais donc droit au but et lui raconte ma soirée. Bon, quand je dis raconter, disons que je lui expose une version légèrement censurée des faits : Grégoire Vassel m'a allumée pendant tout le repas pour finalement me laisser en plan devant ma voiture. C'est bien résumé, non ? (Mauvaise foi quand tu nous tiens.)

Je vois Karim réprimer un sourire en secouant la tête.

— Quoi ?

— Te connaissant, je suis sûr que tu déformes un peu la vérité.

— N'importe quoi ! Enfin, bref, toi qui es un mec, tu peux me dire à quoi il joue ?

— J'en sais rien.

Super ! Merci Karim, je savais que je pouvais compter sur toi !

— Et à ton avis, je fais quoi maintenant ?

— Ben, je sais pas, il t'intéresse, ce type ?

Merde alors, bizarrement, ça me gêne de l'admettre devant lui.

— Eh bien, je pensais qu'on était sur la même longueur d'onde avant qu'il me fasse ce sale coup. Alors quoi ? Je le rappelle pour l'insulter copieusement ? Je crève les pneus de sa caisse ?

— Ignore-le.

Et le voilà qui se lève et s'occupe de ses planches fraîchement réceptionnées, comme si la discussion était close.

Ah non, alors, on n'a pas fini !

— C'est bien une réponse de mec, ça !

Il hausse les épaules sans se retourner.

Attendez une minute ! Serait-il possible qu'il soit jaloux ? C'que c'est chou !

— Mais, si je fais la morte, il aura simplement gagné ! Tu me connais, je ne peux pas lâcher le morceau aussi facilement.

— Ecoute, Morgane... Tu me demandes mon avis. Je te le donne. Un mec, s'il est intéressé, il te courra après. Plus tu lui sembleras inaccessible, plus il aura envie de t'avoir. Ne me demande pas pourquoi, c'est comme ça.

Non, en fait, il n'est pas jaloux, juste pragmatique. Range tes pompons de cheerleader, Morgane, t'es ridicule !

— Vous êtes vraiment contradictoires, les mecs... Et après, on dit que les filles sont compliquées...

— En tout cas, j'aurais bien aimé voir ta tête quand il t'a rembarrée, hier soir !

Et il se marre tout seul en prenant les mesures de ses satanées planches. Je lui frappe l'épaule, puis me sauve en grommelant.

Chapitre 5

Je me suis mise à l'ombre d'un arbre centenaire pendant que Ghislaine parle à la stèle où est gravé le nom de son mari. Je n'arrête pas de regarder mon portable, ça en devient limite un toc. Ignorer quelqu'un, c'est plus facile à dire qu'à faire. Je meurs d'envie d'envoyer un message à Grégoire Vassel pour lui faire part du fond de ma pensée, mais je me retiens. Ça prouverait seulement que son attitude m'a atteinte, alors que je voudrais que ce ne soit absolument pas le cas.

— Et la Hortense, je suis sûre que tu as couché avec aussi, la Hortense ! Tu t'es bien foutu de moi toutes ces années, hein, mon salaud ? Et regarde où ça t'a mené : à bouffer les pissenlits par la racine bien avant moi !

Ghislaine est en forme aujourd'hui. Je l'entends régler ses comptes avec son mari de là où je me trouve. Ça surprend au début et puis on s'y fait. Cette brave femme n'a pas eu une vie facile entre son époux coureur de jupons et ses trois enfants aux abonnés absents maintenant qu'ils ont fondé leur propre famille. Ils viennent la voir uniquement pour se servir de son garage comme d'un garde-meuble, et piquer l'argenterie de son mariage pour se faire du fric sur Leboncoin. Elle tient bon grâce à son jardin dans lequel elle passe tout son temps et qui obtient chaque année le premier prix de la ville. Elle a aussi ce petit plaisir hebdomadaire un peu étrange qui consiste à vider son sac plein de rancœur et de regrets sur la tombe de son mari, tout en y arrachant les mauvaises herbes. La première fois que je l'ai accompagnée ici, je ne savais plus où me mettre. Les autres visiteurs nous regardent souvent de travers, mais après tout, si ça lui fait du bien, pourquoi se priverait-elle ? Elle s'est tue pendant des années et ressent une certaine libération à dire ce qu'elle a sur le cœur à cet homme qui ne semble pas l'avoir traitée avec beaucoup d'égards. Et, vu mon ressentiment actuel pour la gent masculine (depuis hier, en fait), je ne peux que l'encourager à continuer.

— Allez, j'ai assez perdu de temps avec toi pour aujourd'hui. A la semaine prochaine, déclare-t-elle soudain en se redressant.

Au fond, je pense qu'elle l'aime toujours et qu'il lui manque. Simplement, on a parfois d'étranges façons d'exprimer ses sentiments.

Après avoir déposé Ghislaine chez elle et m'être occupée de sa lessive, je passe au supermarché armée de la liste de courses d'Huguette, la gentille vieille dame qui fait sauter les plombs plus vite que son ombre. Je suis au rayon hygiène intime quand je me retrouve nez à nez avec Catherine. (Dingue ça, la ville n'est pas grande, mais je ne pensais pas tomber sur la famille Vassel à chaque coin de rue !)

— Tiens, bonjour ! Je suis contente de vous revoir ! Je m'en voulais de n'avoir pu vous dire au revoir, l'autre jour, après l'accident, s'exclame-t-elle avec un enthousiasme désarmant.

— Ne vous en faites pas, vous étiez très occupée, c'est normal. Comment allez-vous ?

Et le paternel, toujours un enfoiré ?

Je suis un peu mal à l'aise. Est-elle au courant que j'ai dîné avec son père la veille ? Si c'est le cas, ça n'a pas l'air de lui poser de problèmes. Quoi qu'il en soit, c'est un peu gênant.

On papote quelques minutes entre les tampons et les protections pour fuites urinaires et je me surprends à lui proposer qu'on aille boire un café au centre-ville.

Allô Morgane, t'as pas oublié un truc ? !

Merde ! Les courses d'Huguette ! J'ai l'impression que tout ce que mon cerveau imprime c'est que je me trouve en présence d'une personne en lien direct avec l'homme qui occupe bien malgré moi mes pensées. Mais, après tout, je peux ignorer Grégoire Vassel tout en soutirant à sa fille des informations croustillantes à son sujet...

Oh ! ça va, les regards réprobateurs ! Il faut savoir saisir les occasions dans la vie et celle-ci en est une.

— Je dois déposer ces courses chez quelqu'un, mais on pourrait se retrouver d'ici une demi-heure au salon de thé près de la mairie ?

Dis oui, dis oui, dis oui ! ! !

— OK, j'adore cet endroit.

Yes !

La pauvre Huguette voit débarquer chez elle une vraie tornade. Je crois que je n'ai jamais mis aussi peu de temps pour remplir son frigo et ses placards. Je me sauve plus vite que je ne suis arrivée, en lui promettant de rester plus longtemps la prochaine fois. C'est mal. Je ne suis pas très fière de moi, mais l'occasion est trop belle. Et qui sait ? Je pourrais peut-être même mettre à profit cette rencontre fortuite pour élaborer un début de vengeance, histoire de montrer à Grégoire

Vassel que la fée Morgane a plus d'un tour dans son grimoire, muuaahhahhhaahh !

Quoi ? J'ai les vitres fermées, personne ne peut m'entendre rire et puis, je fais ce que je veux !

Le temps est idéal pour s'installer en terrasse et je remarque que les regards masculins s'attardent sur notre table. Il faut dire que Catherine est sublime : port de tête altier (j'apprends qu'elle a fait quinze ans de danse classique), cheveux longs et raides (du genre qui ne s'emmêlent pas à la moindre brise et qui ne souffrent d'aucun épi, la vie est vraiment injuste !), yeux bleu acier (tiens, ça me rappelle quelqu'un...).

Catherine est un brin de femme dynamique et attachant. Elle parle beaucoup, est désarmante de candeur et c'est ce qui fait son charme. Si elle avait été froide et hautaine, c'est sûr, je l'aurais détestée. Elle m'explique qu'elle suit des études pour devenir photographe, mais que le programme actuel porte sur la nature et les paysages, ce qui la barbe au plus haut point. Ce qu'elle aime, ce sont les détails, les expressions du visage presque imperceptibles qu'elle arrive à capturer avec son appareil : le front plissé du doute, le regard fuyant du mensonge, le menton tremblant du gros chagrin, les yeux débordants d'amour. Elle me donne envie de découvrir son travail.

— Et toi, tu fais quoi dans la vie ? me demande-t-elle.

On est passées au tutoiement rapidement, après tout, je pourrais presque être sa sœur (on ne rit pas !). Je lui explique mon métier d'auxiliaire de vie avec tous les détails peu reluisants qui vont avec, mais qui ne sont rien comparés aux liens tendres et affectueux que je tisse avec toutes ces personnes qui font partie de ma vie et qui m'apportent énormément.

— Hé ! Peut-être que tu pourrais m'aider à convaincre mon père de ne pas mettre Nanny en maison de retraite ? Il a cette nouvelle lubie en tête et, j'ai beau lui dire qu'elle n'a rien à y faire, il ne m'écoute pas.

— Tu sais, parfois, on a du mal à voir les gens qu'on aime s'affaiblir. S'il pense à l'y installer, c'est peut-être qu'il se rend compte qu'elle peut se mettre en danger en continuant à vivre seule.

Non, mais je rêve ! Me voilà en train de prendre la défense de l'ennemi, ça ne va pas la tête ?

— Mais elle n'est pas seule ! Elle vit au manoir avec nous ! Enfin, avec le personnel de maison et moi. Et papa est présent en journée la plupart du temps. Je ne me voile pas la face, tu sais... Bien sûr, elle prend de l'âge et elle a des petites manies agaçantes qui atteignent des proportions parfois comiques — enfin sauf pour les employés —, mais la mettre en maison de retraite, ce serait pour elle comme la déclarer déjà morte. Je ne peux pas le laisser faire ça !

Je suis émue par sa détermination pleine de tendresse.

— Essaie de lui parler.

— Il ne m'écoute pas. Mais peut-être que, toi, il t'écoutera !

Hein ? Pourquoi elle dit ça ? Il lui a parlé de moi ? Ne rougis pas Morgane, elle va le voir, n'oublie pas, c'est une fille de détails.

— Qu'est-ce qui te fait dire ça ?

Je suis tout ouïe.

— Parce que tu travailles avec des seniors, répond-elle en fronçant les sourcils devant ma question manifestement saugrenue.

Tu t'attendais à quoi, idiote ?

— Tu sais, je ne suis pas sûre que ce soit une bonne idée. Je suis une parfaite inconnue (qui lui a pourtant fait du pied pas plus tard que la veille). Et je ne connais pas ta grand-mère (enfin de vue, si), alors je doute qu'il ait envie de recevoir mes conseils.

— Eh bien, viens avec moi au manoir rencontrer Nanny ! Tu pourras me dire si j'ai raison de m'opposer à cette idée stupide.

— Heu... non, j'ai des trucs à faire, je dois me laver les cheveux, tout ça...

Mayday, mayday, l'opération « ignorons cet enfoiré de Grégoire Vassel » est compromise ! Je répète : l'opération « ignorons cet enfoiré de Grégoire Vassel » est compromise !

— Allez, s'il te plaît ! Et, si tu estimes qu'il a raison, je ne t'embêterai plus avec ça, promis.

Lui ? Raison ? Et puis quoi encore ? Je me ferais un malin plaisir de lui prouver qu'il se goure !

— Bon, d'accord.

T'es dingue ? C'est comme ça que tu l'ignores ? En débarquant chez lui pour mettre ton grain de sel dans ses affaires privées ?

Tout bien réfléchi, c'est plutôt judicieux. L'indifférence, c'est bon pour ceux qui n'ont pas les couilles de se venger. *Go !*

Alors que Catherine monte à bord de son véhicule avec chauffeur, je ne peux m'empêcher de commencer les hostilités. Je feins l'étonnement.

— Tu n'as toujours pas récupéré ta voiture ?

— Non, elle est encore au garage. Ça me paraît long..., soupire-t-elle, visiblement déçue de ne pouvoir égratigner de nouveau le mobilier urbain par sa conduite délirante.

— Je ne m'y connais pas spécialement en mécanique, ni en carrosserie, mais depuis le temps, elle devrait être réparée. J'espère que le garagiste n'arnaque pas ton père en la gardant plus longtemps que nécessaire...

Et voilà comment on sème le grain de la discorde en un rien de temps ! C'est presque trop facile. Je la laisse s'éloigner et regagne mon bolide. Ça me fait penser que je vais devoir expliquer à Catherine comment ma citrouille fumante s'est transformée en carrosse high-tech...

Cette fois, c'est la tête haute et le petit doigt en l'air que je passe les grilles de la résidence Vassel.

— Waouh ! Elle est magnifique ! s'exclame Catherine en découvrant Adam.

— Oui, ton père a absolument tenu à me payer cette voiture en dédommagement de l'accident. Je t'assure que je n'y suis pour rien, dis-je sur la défensive, de peur qu'elle me juge coupable de la dilapidation d'une partie de son héritage.

— Vous vous êtes revus ?

En fait, elle a l'air de plus se foutre de son héritage que du fait que j'ai recroisé son père. Attention terrain miné !

Je lui explique les circonstances en prenant un air blasé. Je fais volontairement l'impasse sur notre entrevue à la maison de retraite, plus encore sur le dîner au restaurant. Ce genre d'omission risque de me jouer des tours, mais j'ai l'impression que c'est plus prudent.

Nous entrons dans le manoir où le calme règne.

— Suis-moi, me dit-elle en se dirigeant vers le grand escalier.

J'ai bien envie de retirer mes ballerines pour ne pas salir la moquette épaisse des marches mais, comme Catherine n'en fait rien, je m'abstiens.

— Je préfère te prévenir, ma grand-mère a un fort caractère et elle ne mâche pas ses mots. Il ne faudra pas t'en formaliser, elle est comme ça avec tout le monde.

Je n'écoute que d'une oreille. Je n'arrête pas de jeter des coups d'œil derrière mon épaule de peur de voir débarquer Grégoire Vassel.

— Et ton père, il est en rendez-vous à l'extérieur ? je finis par demander, l'air de rien.

L'air de surtout vouloir m'assurer que je vais quand même réussir à l'ignorer, même en me pointant chez lui.

— Non, il doit être dans son bureau, pourquoi ?

— Pour rien. Oh ! c'est un portrait de toi là ? je m'exclame en pointant du doigt une peinture gigantesque, ornant le couloir du premier étage, pour détourner son attention.

— Non, c'est un portrait de ma mère.

Ah. Il y en a beaucoup, des mecs divorcés, qui gardent le visage de leur ex en deux mètres par trois, accroché au mur ? Non ? C'est bien ce que je pensais...

Catherine frappe à une porte située sur la droite.

— Nanny ? C'est moi, je peux entrer ?

Avec un peu de chance, Adélaïde Vassel est vraiment sénile et ne se rappellera pas m'avoir déjà vue.

La vieille dame nous ouvre et s'exclame aussitôt :

— Qu'est-ce que vous faites là, vous ?

Bon, ben... pour la sénilité, on repassera.

— Nanny, je te présente Morgane, on a eu un accrochage il y a deux sem...

— Je sais qui est cette jeune femme ! la coupe sa grand-mère. Ma question est : qu'est-ce qu'elle fait ici ?

Son regard perçant me fait froid dans le dos. Catherine se tourne vers moi intriguée.

— Ah, mais bien sûr ! On s'est croisées à la maison de retraite, hier ! Il me semblait bien que votre visage m'était familier !

Pour essayer de sauver les meubles, je feins d'avoir oublié le léger détail d'avoir vu son père et sa grand-mère la veille. Mais je vois bien que je suis une piètre comédienne. C'est même moi qui vais passer pour sénile, si ça continue.

— Nanny, Morgane travaille avec les seniors et prépare en parallèle une thèse sur les femmes chefs d'entreprise, pas vrai Morgane ?

Elle me pousse du coude.

Hein ? Oh...

Je suppose que je dois jouer le jeu...

— Oui, et j'aimerais beaucoup m'entretenir avec vous parce que... parce que...

— Parce que tu as géré la joaillerie Vassel de main de maître à la mort de grand-père. Ce serait merveilleux si tu pouvais parler à Morgane de ton expérience !

Futée, cette Catherine...

— Eh bien, ne restez pas là, entrez ! s'agace la vieille femme en continuant de me toiser.

Maligne, Catherine s'éclipse.

— Je vais nous chercher des rafraîchissements à la cuisine. Profitez-en pour faire connaissance.

— Vous allez m'expliquer ce que vous fabriquez ici ? Et épargnez-moi votre baratin, cette fois ! me lance Adélaïde Vassel quand sa petite-fille a disparu.

Une chose est sûre, elle a toute sa tête. Alors autant jouer cartes sur table. Après tout, c'est dans son intérêt. Elle me fait signe de m'asseoir avec elle sur la banquette pastel d'un ton identique à celui des rideaux qui ornent les fenêtres de sa suite claire au décor poudré.

Je prends place, inspire un bon coup et lui explique tout.

— Catherine voulait que je vous rencontre pour que je lui donne mon avis sur votre situation et le besoin réel ou non de vous placer en maison de retraite.

— Et en quoi votre avis changera-t-il quelque chose ? rétorque-t-elle avec méfiance.

— Je n'en sais rien, je réponds honnêtement. Votre petite-fille pense qu'il peut compter auprès de M. Vassel.

— Quelle relation entretenez-vous avec lui ?

On peut dire qu'elle va droit au but. Et, moi, je

suis dans mes petits souliers et plus rougissante qu'un bouton sur le nez le jour d'un rendez-vous galant.

Quelle relation entretenons-nous ? Aucune d'ordre sexuel, c'est sûr, et pourtant, ce n'est pas faute d'en avoir eu envie. Amicale ? Est-ce que les amis se font des coups bas ? Certainement pas. Mais ça ne m'aide pas à trouver une réponse, tout ça.

— Aucune. Enfin, je veux dire, on s'est croisés à plusieurs reprises de manière fortuite (ou presque). C'est tout.

— Je préfère vous prévenir que, si vous en avez après son compte en banque, vous feriez mieux de passer votre chemin !

Hé, minute papillon ! C'est pas moi qui lui ai couru après pour qu'on dîne ensemble ! J'en ai rien à faire de son fric, moi ! Mais bon, ça, je ne peux pas le lui dire.

— Si vous permettez, je suis auxiliaire de vie à mon compte. Si je courais après l'argent, j'aurais choisi une autre voie, vous ne pensez pas ?

Mouchée, la vieille !

Ce n'est pas parce que je ne peux pas tout lui dire, que je dois me laisser faire, non, mais !

— De toute façon, sa fortune se réduit comme peau de chagrin. Il n'en restera bientôt plus rien, alors..., marmonne-t-elle.

Avant que j'aie le temps d'assimiler cette information, Catherine arrive avec un plateau chargé de tasses de thé et d'un sucrier.

— Alors, qu'en pensez-vous, madame l'experte ? me demande Adélaïde Vassel. Je suis bonne pour la maison de retraite où mon ingrat de fils veut m'envoyer pour faire taire mes craintes fondées de faillite ?

Je suis sous le choc devant cette révélation qui me paraît aussi incroyable que plausible. C'est ce moment précis que choisit Grégoire Vassel pour faire son apparition.

— Quand j'ai vu votre voiture garée dans la cour, je n'en ai pas cru mes yeux. Que se passe-t-il ici ? demande-t-il, mais c'est moi qu'il regarde droit dans les yeux pour obtenir une réponse.

Il a l'air tendu, méfiant même. Moi, j'ai le cœur qui bat à cent à l'heure.

Allez Morgane, tu t'es jetée toute seule dans la gueule du loup, maintenant t'assumes, et surtout, tu improvises.

— Papa, tu te souviens de Morgane, n'est-ce pas ? minaude Catherine pour adoucir son père.

Elle sait y faire, c'est impressionnant ! Je le vois presque se transformer en chamallow devant mes yeux ébahis. Un chamallow doux et sucré qui fondrait sur ma langue...

Hé ! Mais qu'est-ce que je raconte ? Je suis en guerre !

— Comment l'oublierai-je ? dit-il sans me quitter des yeux.

Pulse, pulse, pulse. Ah non, l'entrejambe, tu ne vas pas t'y mettre aussi !

— Je l'ai rencontrée en faisant quelques courses, poursuit Catherine, et lui ai gentiment proposé de venir prendre le thé à la maison. Après l'accident, c'était la moindre des choses. Et, comme Nanny s'ennuie, j'ai pensé qu'elle serait heureuse de partager ce moment avec nous.

Il faut absolument que je prenne des notes. Elle arrive à agrandir ses yeux bleus par je ne sais quel miracle et son battement de cils (Wonder Courbes, le mascara, j'en suis sûre) pourrait faire capituler le plus vaillant des guerriers. Mes potions de fée et moi, on peut aller se rhabiller.

— Tu as bien fait, ma puce. Ça tombe d'ailleurs très bien, je souhaitais justement m'entretenir avec vous, mademoiselle Genet, si vous voulez bien me suivre...

Tiens, je suis redevenue Mlle Genet.

Alors l'entrejambe, tu ne fais plus ton malin maintenant, pas vrai ?

— C'est-à-dire que j'ai des choses à faire, je dois me laver les cheveux, tout ça...

Il insiste, me tenant la porte :

— Ça ne prendra qu'une minute.

A regret, je fais mes adieux à ces dames, non sans faire un clin d'œil à Catherine pour la rassurer en ce qui concerne la mission « sauvons grand-mère de la maison de retraite ».

Nous descendons les marches en silence et j'espère qu'il n'entend pas mon cœur cogner d'appréhension dans ma poitrine. Alors que nous traversons le hall d'entrée, l'idée de fuir m'effleure l'esprit.

— N'y pensez même pas, me prévient-il, comme s'il avait lu en moi.

Etrangement, ça me fait sourire et je peux voir que lui aussi.

Te laisse pas attendrir, Morgane !

Nous longeons le couloir et arrivons à son bureau. Il s'installe dans son fauteuil en cuir (le même que dans mes rêves hot des deux dernières semaines) et m'invite à m'asseoir face à lui. On dirait un entretien d'embauche. Je vois d'ici l'annonce : « Chef d'entreprise sexy cherche secrétaire cochonne pour passer sous le bureau. »

Je signe où ? Ah non, c'est vrai, j'ai déjà un job.

— Deux coïncidences en deux jours, ça fait beaucoup, vous ne trouvez pas ? commence-t-il sur un ton supérieur.

« Chef d'entreprise arrogant cherche bouc émissaire. » Celle-là sonne mieux finalement.

— Non, j'adore harceler les mecs pleins aux as en les poursuivant jusque dans les maisons de retraite où ils essaient de faire interner leur gentille maman. C'est mon truc, que voulez-vous ?

Sa mâchoire se crispe et sa fossette sur le menton disparaît.

— Pourrait-on éviter d'inclure ma mère dans cette conversation ?

— Pourquoi ? Ça vous met mal à l'aise que je sache que vous essayez de la faire admettre dans un endroit où elle n'a pas sa place ?

L'atmosphère de la pièce devient soudain électrique. On se regarde en chiens de faïence. Ça va mal finir.

— Vous ne savez rien de cette problématique et je ne désire pas en discuter avec vous !

— Très bien. Alors je n'ai plus rien à faire ici dans ce cas.

Je me lève brusquement.

Au moment où j'atteins la sortie, il me saisit par l'épaule et, avant que j'aie le temps de réagir, me plaque contre la porte et s'empare de ma bouche dans un baiser fougueux auquel je réponds aussitôt.

Quoi ? C'est lui qui a commencé !

Chapitre 6

Il a un goût de sel, d'homme et de je-ne-sais-quoi d'autre, mais c'est divin ! Je n'ai pas envie que ça s'arrête. Son corps est pressé contre le mien. Ce corps puissant et musclé qui m'empêche de bouger, alors que je ne veux aller nulle part. Nulle part ailleurs qu'ici, entre ses bras. Ses mains parcourent mon ventre, remontent jusqu'à ma poitrine, et je m'arque pour mieux sentir ses caresses. Son érection appuie contre moi et je ne vous raconte pas l'effet que ça fait à mon entrejambe ! Enfin si, je vous raconte : c'est un mélange d'Etna en éruption et des chutes du Niagara. Nos langues se cherchent, se trouvent, se lient et se délient dans un rythme sensuel. J'ai la tête qui tourne, à moins que ce soit la pièce qui tourne autour de nous ? Et cette odeur d'eau de toilette boisée, mêlée à son odeur d'homme ! Ça me rend dingue ! J'ai envie de lui arracher sa chemise, de parcourir son torse de ma langue, de déboutonner son pantalon, de le faire glisser jusqu'à ses chevilles, d'ôter tout ce qui sépare nos deux peaux et qu'il me prenne là, sauvagement, contre cette porte.

Enfin, c'est sans compter sur mon cerveau typiquement féminin qui vient casser l'ambiance.

Il a une capote au moins ? Merde, mes sous-vêtements ne sont pas coordonnés ! Tant pis, de toute façon, si ça continue comme ça, on va le faire encore habillés. Qu'est-ce qu'il embrasse bien ! Et quand je parlais de baobab, je n'étais pas loin de la vérité ! (à moins que ce ne soit son téléphone portable que je sente, dans sa poche de pantalon...). Qu'est-ce qu'il sent booonnn ! ! ! J'espère qu'il ne va pas me trouver trop lourde en me soulevant contre cette porte. J'aurais dû me remettre au stretching, je ne suis plus aussi souple qu'avant. Oh oui, le lobe de l'oreille ! Oh ! Ah ! C'est trop bon, n'arrête pas ! Surtout, quoi qu'il arrive, il ne faut pas que je retire mes ballerines, je suis sûre que je pue des pieds. Pourquoi on n'a pas fait ça hier ? J'étais opérationnelle et irréprochable niveau odeur corporelle. Mais c'est vrai ça... Pourquoi on n'a pas fait ça hier ? Parce que Monsieur Je-t'embrasse-maintenant-dans-le-cou-et-te-file-des-frissons-partout a voulu me rendre la monnaie de ma pièce après le brusque arrêt de mon préliminaire, au resto. Qu'est-ce que je fous ici ? J'étais censée l'ignorer ou me venger. Là, je suis en train de capituler. Ce n'est pas du tout ce qui était prévu ! Oh ! mais regardez-moi ces abdos ! Je ne pensais pas qu'on pouvait en avoir de si bien dessinés à cinquante ans ! Sa peau est chaude et ferme... Il faut que je parte ! Je ne peux pas le laisser avoir le dessus aussi facilement. Si je lui donne ce qu'il veut maintenant, il n'aura plus aucun respect pour moi ensuite. Je serai la fille qu'il a jetée puis reprise, sans qu'elle y trouve à redire. Et je ne suis pas cette fille-là ! Oh ! ses dents mordillent mon épaule, Dieu que c'est bon, mieux que dans mon imagination ! J'ai tellement envie de lui ! Il faut que je mette de l'espace entre nous, je n'arrive plus à penser. Ma culotte est toute trempée. Mes cheveux doivent être une vraie cata.

— Attends, lui dis-je, essoufflée, posant mon front contre le sien.

Et j'ajoute en me mordant les lèvres :

— Va dans le fauteuil.

Il ne se fait pas prier. Le souffle court, les yeux d'un bleu devenu presque translucide, il s'assoit et me regarde avancer lentement vers lui, la démarche chaloupée. Je me passe la langue sur les lèvres avec un sourire carnassier et m'appuie sur les accoudoirs pour mieux me pencher vers lui. Je m'approche de son oreille et lui susurre d'une voix digne du téléphone rose :

— Dommage que tu n'aies pas saisi ta chance, hier soir ! Ça aurait pu être tellement bon...

A mon tour, je lui mordille le lobe, sème un baiser léger sur ses lèvres, puis me redresse et quitte la pièce le plus vite possible avant qu'il puisse me rattraper.

Dans le couloir, courant presque, je me rhabille du mieux que je peux et arrange ma coiffure.

Arrivée dans le hall d'entrée désert, j'entends la porte du bureau s'ouvrir et me précipite alors jusqu'à ma voiture.

Je démarre en trombe, dérapant sur les graviers de l'allée et quitte la propriété sans me retourner.

Comment je me sens ? Frustrée est un euphémisme mais, au moins, je pourrai me regarder dans la glace sans rougir (enfin sauf si je repense à ce qu'on vient de faire).

— Bon et maintenant ? me demande Justine.

On est au pub. J'avais besoin d'un remontant après cette journée de fou. Et, comme c'est Gilles qui sert, je n'ai pas eu à insister beaucoup pour qu'elle me rejoigne.

— Je n'en sais rien. J'oscille entre remords et regrets. C'est atroce ! Un moment, je suis euphorique à propos de ce qui s'est passé, autant par le fait qu'on se soit embrassés (et pelotés comme des dingues) que pour l'avoir remis à sa place. Et, juste après, je suis démoralisée : j'ai loupé une occasion en or de m'envoyer en l'air avec un mec trop canon. J'aurais peut-être dû en profiter, juste une fois...

— C'est pas parce que tu es en manque qu'il faut te donner à un enfoiré aussi bien gaulé soit-il !

Vous allez voir que dans deux secondes elle va me dire : « Mais pourquoi tu t'es barrée ? T'es dingue ! Ça se gâche pas, un coup pareil ! » Je bois d'une traite ma vodka citron et suis prise d'une quinte de toux en me brûlant la gorge.

— T'inquiète pas, va, reprend Justine en me tapant dans le dos. J'en connais un qui a l'air bien gaulé sous son tablier en cuir et qui est loin d'être un enfoiré...

Pour une fois, je ne l'ai pas vu arriver, avec ses gros sabots, je dois être en petite forme.

Une semaine. Ça fait plus d'une semaine que les images brûlantes de ce qu'on a fait contre cette porte passent en boucle dans ma tête. Et rien. Pas un coup de fil. Pas un texto. Alors oui, c'est moi qui suis partie comme une voleuse, mais j'ai quand même remporté la belle ! La moindre des choses serait de féliciter le vainqueur, non ? Quel mauvais joueur !

Enfin, ça m'a laissé le temps de réfléchir à la situation. Si on résume, ça donne : il me plaît, je lui plais (ben oui, le baobab, suivez un peu !), il a un rapport conflictuel avec sa mère (fuyons !), le portrait de son ex-femme est accroché au mur de sa maison (fuyons encore plus !), il a des abdos à tomber (désolée, mais c'est un critère important à prendre en compte), il embrasse divinement bien (alors imaginez le reste !).

Bref, y a du pour, y a du contre, et moi je suis au milieu de tout ça, chamboulée comme un paquet de linge en mode essorage.

Super, maintenant, je m'imagine le faire avec lui sur une machine à laver en plein essorage ! Je suis bonne pour les Nymphomanes anonymes !

— Bonjour, je m'appelle Morgane.

— Bonjour Moooorrgaaaannne.

(Ça m'a toujours fait l'effet d'une secte, ce salut en chœur monocorde. Pour un peu, on verrait débouler le Grand Skippy.)

— Je tente d'être frigide depuis deux jours. C'est dur. J'ai des pensées salaces au sujet du même homme presque chaque minute. Alors, j'essaie d'éviter tout ce qui pourrait me faire penser à l'acte : les machines à laver (mon bac à linge sale ne désemplit plus, je n'ai plus rien à me mettre, ça devient compliqué), les comptoirs de bar (j'ai dû trop regarder *Cocktail* dans ma jeunesse), les cabines de douche (un fantasme est un fantasme, ça ne se commande pas), les capots de voiture (enfin, pas la mienne, elle est toute neuve…), les portes, n'importe quelle porte, je crois que je suis devenue fétichiste des portes. J'espère très vite me débarrasser de ce démon et je me bats, un jour à la fois.

(Standing ovation, applaudissements et mots d'encouragement de la part de mes compagnes de galère.) Quoi ? J'exagère si je veux, c'est mon délire, j'ai le droit !

J'ai également mis à profit ce silence radio pour faire quelques recherches sur la situation financière de l'entreprise Vassel. Le problème, c'est que, pour accéder aux données clés, il faut sortir le porte-monnaie et… comment dire… j'ai des dépenses prioritaires, du genre m'alimenter, mettre de l'essence dans ma voiture, payer mon amende.

Merde ! L'amende !

J'ai donc détourné le système et fait une analyse concurrentielle du marché à partir d'articles parus sur les sites spécialisés traitant de la joaillerie française. (Rappelez-vous... j'ai démarré dans le marketing, et j'ai de beaux restes.)

Il en ressort que la joaillerie Vassel a une image vieillissante, limite has been. Elle dégringole du classement des entreprises du secteur depuis cinq ans et se fait rattraper par des maisons récentes ou par celles qui ont su amorcer le virage de la modernité avec succès. Le marché des pierres précieuses est de plus en plus restreint. Les matériaux se font rares et les pierres de qualité sont accaparées par les trois plus grosses joailleries du marché, laissant peu de possibilités aux autres. Trouver de nouveaux fournisseurs est quasiment impossible, à moins de dépenser des sommes folles. Ce que la joaillerie Vassel ne peut visiblement pas se permettre...

J'ai bien peur que, quoi qu'en dise son fils, Adélaïde Vassel ait raison de s'inquiéter de l'avenir de l'entreprise.

Alors quoi ? Il se voile la face ? Pourquoi continuer d'entretenir un train de vie pareil si la situation est catastrophique ? Où est le juste milieu dans tout ça ?

J'ai demandé à Karim de garder Titine, le temps d'avoir les moyens de changer la batterie. Je préfère assurer mes arrières. Je n'ai pas envie d'être mêlée de près ou de loin à la faillite de l'entreprise familiale, alors autant prévoir de rendre Adam s'il s'avère que mes recherches sont proches de la vérité...

— Toujours pas de nouvelles de Greg le millionnaire ? me demande Justine, occupée à rafraîchir la coupe de Léonard.

Ce dernier ferme les yeux de contentement.

— Toi, on peut dire que tu sais remuer le couteau dans la plaie, je rétorque, en m'attaquant à la vaisselle dans l'évier.

— Oh ! ça va, c'est pas moi qui ai préféré fuir plutôt que de passer du bon temps.

Eh ben, elle aura mis le temps, cette fois, pour changer d'avis ! Ça ne m'étonne pas d'elle, mais ça ne m'empêche pas d'avoir envie de lui lancer mon éponge sale à la tronche. Elle a de la chance d'avoir les précieux cheveux de Léonard entre ses ciseaux, sinon, je m'en serais donné à cœur joie !

Alors que je réfléchis à une autre crasse à lui faire, mon téléphone sonne. Je m'essuie les mains et pars à sa recherche au fond de mon sac. *Amis de la spéléo, bonjour !*

Bien sûr que j'ai absolument besoin d'un nécessaire de couture, d'une boîte de paracétamol, d'un miroir de poche, d'une bombe lacrymogène, d'un collant de secours, d'un déodorant pour pieds (ça m'a servi de leçon l'autre jour). Oui, mon sac pèse une tonne, et alors ? Je ne vois pas où est le problème !

Forcément, le temps que je trouve mon téléphone, la sonnerie a cessé. Quand j'extirpe enfin l'appareil de mon foutoir et que je vois qui vient d'essayer de me joindre, mon cœur manque un battement.

— C'était Grégoire Vassel !

Ma voix était un peu aiguë, là, non ?

— Tu déconnes ? s'exclame Justine en stoppant net ses ciseaux.

Léonard se racle la gorge en signe d'impatience et elle se remet au travail.

— Ah, ah ! Je savais qu'il ne pourrait pas résister à l'envie de me revoir après ce qui s'est passé entre nous !

J'en étais sûre ! Ouais bon, d'accord, j'ai douté un peu, mais les faits sont là ! Et qui gagne ? C'est moi !

Justine secoue la tête en souriant pendant que je me lance dans une danse de la victoire. Soudain, la sonnerie annonçant un message retentit et me fait sursauter. J'ai l'impression que mon cœur est branché sur des enceintes de boîte de nuit. *Boum boum, boum boum.*

— Dépêche-toi d'écouter ! me presse Justine.

— Je sais déjà ce qu'il va dire : il veut me revoir dans l'heure parce qu'il n'a pas arrêté de penser à moi et se rend compte qu'il me veut, maintenant, tout de suite, et qu'il n'attendra pas une seconde de plus !

— Mais bien sûr. C'est pas plutôt ce que, toi, tu aurais envie de lui dire ? se moque-t-elle.

Je hausse les épaules et compose le numéro de ma messagerie.

— N'oublie pas de te prosterner devant moi quand tu auras la preuve que j'ai raison, fais-je, sûre de moi.

Tellement sûre que je mets le haut-parleur, l'air triomphant.

« Vous avez un nouveau message. Aujourd'hui à 11 h 22 :

Heu... bonjour, Morgane, c'est Catherine. J'aurais besoin de te parler, c'est au sujet de Nanny. Est-ce qu'on pourrait se voir ? Tu peux me rappeler à ce numéro. C'est celui de mon père, le tien est enregistré dans son répertoire, alors je m'en sers pour te contacter... Mais ce sera plus simple si tu me rappelles sur ma ligne, c'est le 06 27 39... »

J'éteins le haut-parleur, la honte planant sur moi comme une malédiction. Justine se concentre sur la coupe de Léonard, mais je vois bien qu'elle se retient de rire. Quant à lui, il me jette un regard plein de compassion, sans bouger la tête.

— Ouais, bon, c'est clair comme de l'eau de roche :

il est trop fier pour me contacter directement, alors il se sert de sa fille pour m'atteindre. C'est typique !

Ta mauvaise foi, aussi, ma vieille...

— Bien sûr !

Justine, qui époussette la nuque de Léonard pour en retirer les petits cheveux coupés, ne se retient pas de rire. Même Léonard esquisse un sourire coupable. Génial ! Et maintenant, à cause de Mister Je-joue-les-abonnés-absents, je passe pour une affabulatrice. Eh bien, c'est ce qu'on va voir !

Quand je l'ai rappelée, Catherine m'a proposé qu'on se voie au manoir, mais j'ai prétexté un agenda chargé et un timing limité pour qu'on se retrouve au salon de thé du centre-ville. Si Grégoire Vassel pense que je vais me pointer comme une fleur chez lui pour tester d'autres portes et subir un tas de trucs méga hot, il peut toujours courir !

Très convaincant Morgane, tout le monde te croit, ça ne fait aucun doute !

— Je ne sais pas ce que tu as dit à mon père, mais il semble changer d'avis au sujet de Nanny et de son placement en maison de retraite, m'annonce-t-elle.

Je manque d'avaler mon thé de travers.

— Ah oui ? !

— Quand je pense qu'on a eu cette discussion une bonne dizaine de fois et que ça n'a jamais rien donné. Comment as-tu fait ?

— Oh ! j'ai sûrement trouvé les arguments adéquats..., dis-je, en portant ma tasse à la bouche, tout en lui faisant un clin d'œil.

C'est ça, fais ta maligne...

— Eh bien, je devrais t'envoyer dans son bureau plus souvent. Ce serait super si tu pouvais avoir gain de cause sur tous les autres sujets sur lesquels on est en désaccord.

Je manque de recracher mon thé. Et me voilà en train de tousser comme une malade atteinte de coqueluche.

— Ça va ?

— Oui, c'est le thé, il est trop chaud.

J'entends rire dans ma propre tête. Même ma conscience se fout de ma gueule, je n'ai plus un seul allié dans ce monde.

— Il a toutefois posé une condition au maintien de Nanny à la maison...

C'est quoi ce regard contrit ? Ça sent pas bon. Catherine s'arrête dans sa lancée et me fait le coup des yeux qui s'agrandissent. Mais comment fait-elle ça ? Je veux les mêmes !

— Laquelle ? je demande, méfiante.

— Il veut que quelqu'un vienne s'occuper d'elle une fois par jour pour sa toilette et toutes les autres choses que le personnel de maison refuse de faire. Il faut dire aussi qu'elle n'est pas très tendre avec eux, alors c'est un peu compliqué...

Et la voilà qui bat des cils avec un petit sourire qui ferait fondre le cœur le plus sec.

Hé, ho ! Tu me prends pour ton père ou quoi ? Tu ne m'auras pas avec ta bouille angélique !

— Tu accepterais de t'occuper d'elle ? me demande-t-elle en me prenant les mains et en plantant son regard de gosse de quatre ans dans le mien.

— Tu sais, j'ai déjà pas mal de boulot...

Alors qu'est-ce que tu fous là, à boire le thé en plein aprèm ? T'es super crédible, comme fille !

— Ça ne te prendrait qu'une toute petite, minuscule heure par jour, insiste Catherine, avec sa voix suppliante et ses yeux de chat Potté.

Il faudrait peut-être que je lui explique que le temps

est immuable. Une heure, c'est soixante minutes, pas une de plus, pas une de moins, mais là n'est pas le sujet.

— Il y a plein d'autres auxiliaires de vie dans le coin, tu sais. Je n'ai pas le monopole.

Dommage d'ailleurs, mes fins de mois seraient moins difficiles.

— Je vous ai vues ensemble toutes les deux, je suis sûre que ça peut marcher.

— On n'a échangé que trois mots.

— Les autres auxiliaires de vie ne tiendront pas un jour avec son sale caractère.

Nous y voilà !

— Qu'est-ce qui te fait penser que je tiendrais plus longtemps ?

— Mon père pense comme moi. Pour une fois qu'on est d'accord !

— C'est lui qui t'a demandé de faire appel à moi ?

Cette idée me donne envie de faire une choré sur Kool and the Gang. *Celebrate good time, common !*

— Disons qu'il me l'a suggéré.

— Il t'a dit pourquoi ?

— Il trouve que vous avez... des traits de caractère très similaires et que vous devriez bien vous entendre...

Elle a le regard fuyant. Que me cache-t-elle ?

— Que t'a-t-il dit exactement ? Mot pour mot.

— Ne le prends pas mal d'accord ?

— Catherine ? fais-je d'un ton menaçant.

— Il a dit qu'avec le caractère de cochon que vous avez, toutes les deux, vous vous entendrez comme larrons en foire. Désolée, mais c'est toi qui as demandé.

Quel con ! Je vais lui en donner, moi, du caractère de cochon !

— Eh bien, tu pourras lui dire que, si je suis à mon compte, c'est pour avoir le luxe de refuser des contrats avec des gens qui me manquent de respect !

Je sors de quoi régler ma consommation d'un geste rageur.

— Mais qu'est-ce qui s'est passé dans ce bureau ? J'ai l'impression d'avoir loupé un truc.

— Rien, rien du tout, on a échangé nos points de vue, c'est tout.

Ah ! ah ! ah !

— Il est prêt à payer le double de tes honoraires habituels si tu tiens le coup pendant au moins un mois, lance Catherine pour me retenir.

— Il prend sa mère pour quoi ? Un dragon ?

— Ecoute, je pense qu'il fait ça avant tout pour moi, parce qu'il sait que ça me tient à cœur. S'il te plaît, accepte. Et, si d'ici un mois, tu veux jeter l'éponge, je comprendrai et me ferai une raison.

Sa voix est devenue beaucoup plus sérieuse, plus émue même. Je soupire et repose mon sac.

— OK, faisons un essai.

Pourquoi je suis incapable de lui dire non ? Je suis nulle !

— Génial ! Oh ! c'est super ! Merci ! Merci ! Merci !

Elle manque de renverser la table en se levant pour venir me prendre dans ses bras.

Une voix de jeu d'arcade résonne dans ma tête : *Même joueur, joue encore !*

Ça va être beau, tiens !

Chapitre 7

Nous y voilà, installés tous les trois dans le bureau de la luxure, rebaptisé pour l'occasion : bureau de « faisons comme s'il ne s'était rien passé, car Catherine est dans la pièce ». Ouais, je sais, c'est un peu long, mais j'ai pas trouvé mieux.

C'est la première fois que je revois Grégoire Vassel depuis ma fuite. Que s'est-il vraiment passé, d'ailleurs ? Peut-on appeler ça un baiser ? Non, c'était plus que ça. Une brûlante altercation ? Non, ça fait trop roman à l'eau de rose. Un pelotage en règle ? Ça, c'est sûr, mais ça ne rend pas grâce à ce désir, à ce besoin animal qu'on a eu d'être l'un contre l'autre, de se goûter, de se posséder.

Mais, aujourd'hui, je me demande si je n'ai pas rêvé. J'ai parfois l'esprit un peu tordu. Je pourrais très bien avoir tout imaginé et c'est d'ailleurs ce que prétend Justine pour me faire enrager. Si ça se trouve, l'autre jour, je me suis levée de cette même chaise de manière théâtrale (c'est tout moi ça, donc pas de doute, c'était bien réel), mais ensuite j'ai peut-être juste claqué la porte en sortant et démarré en trombe...

Si j'en suis à me dire ça, c'est parce que Grégoire Vassel m'a regardée droit dans les yeux sans ciller en me serrant la main, alors que, moi, je fais tout pour éviter ce bleu acier que je vois suffisamment la nuit, en rêve, bien malgré moi. (Mon subconscient a dû se mettre à la gym, parce que, bon sang, on se lance dans de ces positions acrobatiques ! Le *Kāma Sūtra*, à côté, c'est un manuel de travail des adducteurs pour les nuls !)

Enfin bref, je suis là, à regarder mes mains, les cadres au mur, le paysage par la fenêtre, pendant que Grégoire Vassel relit à voix haute les termes du contrat que je lui ai soumis, il y a plusieurs jours, par l'intermédiaire de son avocat. Ce dernier l'a vérifié, rectifié, renvoyé pour obtenir mon accord sur les modifications. Je l'ai relu, j'ai apposé mon veto sur certaines des clauses ajoutées, l'ai renvoyé à mon tour pour validation. Nouvelles corrections de l'avocat (à croire que ça l'amuse, à moins que ça lui serve à justifier ses honoraires) et nouvelle approbation de ma part. Après toutes ces tergiversations, un rendez-vous a été pris pour la signature. Durant cette perte de temps stérile, je n'ai eu affaire qu'à Catherine, à qui j'avais envoyé la première version par mail, et bien sûr à l'avocat, avec qui j'entretiens maintenant une relation plus suivie qu'avec mon gynéco (ça me fait penser que j'ai oublié de l'appeler pour mon prochain frottis, tiens !).

Comme il s'agit d'un rendez-vous pro, j'ai fait un effort vestimentaire : robe trapèze gris anthracite (pour faire ressortir mes yeux pers), escarpins et cheveux relevés en un chignon classe, le même que Sharon Stone dans *Basic Instinct*.

Quoi ? On a bien le droit de se sentir à son avantage pour un rendez-vous important ! Et j'ai quand même mis une culotte, qu'est-ce que vous croyez ? !

— Qu'en dites-vous, mademoiselle Genet ?

Hein ? Quoi ? Je n'ai pas écouté un traître mot de tout son bla-bla, mais hors de question qu'il le sache.

— J'en dis qu'il serait important d'avoir l'avis de la principale intéressée dans cette affaire. Je trouve étonnant qu'elle ne soit pas conviée à ce rendez-vous.

Tututu tutututu ! C'est la samba dans ma tête ! C'est qui la warrior qui botte en touche en mode ni vu ni connu j't'embrouille ? ! C'est moi ! *Tututu tutututu !*

— Je vous rassure, il est bien question qu'elle nous rejoigne. J'attendais que nous ayons fini avec la partie administrative. Catherine, tu veux bien aller chercher ta grand-mère, s'il te plaît ?

Tututu tutututu !

Heu, attendez une minute ! Ça veut dire qu'on va rester tous les deux seuls dans ce bureau ? Tout seuls ?

Arrêtez la musique ! Ramassez les cotillons, la fête est finie, les gars !

Place au duel.

La porte se referme sur Catherine et je reste à observer cette issue de secours comme une option presque jouable pour un sprint, si j'enlève mes talons.

— On dirait que cette porte vous laisse rêveuse, constate d'une voix chaude mon adversaire dans ce jeu de dupes.

Tiens, il se pourrait bien que mon imagination ne m'ait pas joué des tours en fin de compte.

J'ose lancer un regard dans sa direction et, à cet instant précis, je sais que je suis foutue. Il est juste incroyablement beau : des mèches lui tombent sur le front, ses sourcils s'arquent pour accompagner son sourire diaboliquement sexy qui fait ressortir sa fossette sur le menton. J'ai l'impression que ses yeux ne voient que moi, et mon cœur, sans me demander mon avis, s'emballe dans ma poitrine. *Prends-moi, prends-moi, prends-moi.*

Je décroise puis recroise les jambes en réfléchissant à ce que je vais lui répondre.

Sharon, si tu me voyais, tu serais fière de moi !

J'observe sa pomme d'Adam faire un va-et-vient nerveux. On dirait bien que M. Vassel connaît ses classiques...

— Rêveuse, vous croyez ? Personnellement, je préfère l'action à la rêverie, pas vous ?

Morgane fée sa maligne, le retour.

— Je ne peux qu'abonder dans votre sens. Encore faut-il savoir aller jusqu'au bout...

Il continue de me fixer et d'user de ce ton suave qui embrase ma petite culotte : *Wourf !* (Ça doit faire ce bruit-là une petite culotte qui prend feu, non ?)

— A qui le dites-vous ? Certaines personnes préfèrent dire au revoir au moment où ça devient intéressant. C'est d'un décevant...

— Pas autant que celles qui ont la fâcheuse manie de s'arrêter avant que ce ne soit trop intense, dit-il, en se calant plus profondément dans son fauteuil.

— Peut-être qu'elles craignent que leur partenaire ne soit pas à la hauteur et préfèrent leur épargner une éventuelle « impuissance » à suivre le rythme.

J'ai appuyé sur le mot qui fait mal et Grégoire Vassel me lance alors un regard foudroyant qui me transperce de part en part. Mon entrejambe, lui, me crie qu'il aimerait que ce soit autre chose qui le transperce...

La porte s'ouvre et Catherine entre, accompagnée d'Adélaïde Vassel. Pendant qu'elles prennent place autour du bureau, Grégoire et moi (oui, je l'appelle par son prénom maintenant, après tout, on est presque intimes), Greg et moi, donc (ouais, non là, ça fait too much), bref, on ne se quitte pas des yeux.

— Vous ne vous êtes pas chamaillés en mon absence au moins ? nous taquine Catherine qui sent sûrement le changement d'atmosphère de la pièce devenue électrique.

— Bonjour madame Vassel, dis-je, me tournant

vers sa grand-mère et prenant soin de ne pas relever cette remarque.

Si je m'attarde sur l'image de son père et moi nous chamaillant, ça va partir en vrille. Jeux de mains, jeux de vilains.

La vieille dame me fait un signe de tête peu encourageant en guise de réponse à mon salut. Elle a les bras croisés et ignore ostensiblement son fils. Ambiance !

Ce dernier lui résume, pour la forme, ce qui a été convenu et en profite pour lui demander de faire un effort afin que les choses se passent bien, sinon la maison de retraite sera de nouveau à l'ordre du jour.

Le moins qu'on puisse dire, c'est que Grégoire Vassel manque un chouia de psychologie. Mais bon, ce ne sont pas mes affaires, enfin presque.

L'entretien se termine par la signature du contrat et je prends un malin plaisir à faire mine de me concentrer sur un paragraphe pour porter à la bouche le stylo qu'il m'a tendu. Je le suçote d'une manière presque innocente, mais on sait tous les deux que ce geste est une pure provocation. Je finis par apposer mon grigri et lui rends le stylo en battant des cils. Il racle sa gorge, signe à son tour et place l'objet du délit dans la poche intérieure de sa veste.

Un petit souvenir de ce que vous loupez, monsieur Vassel ?

Je serre la main de mon nouveau client en lui adressant mon plus beau sourire de faux jeton et Catherine m'invite à les suivre, sa grand-mère et elle, afin qu'on voie ensemble le programme prévu dès le lendemain. Je quitte alors le bureau sans me retourner en soignant mon déhanché fatal qui ferait pâlir d'envie Beyoncé.

Who run the world ? Girls !

***

— Si je comprends bien, ce mec te jette après votre rencard, et maintenant tu travailles pour lui ? s'étonne Karim en faisant un peu de place sur son vieux canapé en cuir usé pour que je puisse m'y asseoir.

J'ai apporté de quoi fêter ma nouvelle source de revenus : du Champomy. Ben oui, c'est pas cher et Karim ne boit pas d'alcool. C'est d'ailleurs sûrement l'une des raisons pour lesquelles il ne s'est jamais rien passé entre nous. Si on avait été bourrés au moins une fois, ça aurait pu déraper. Mais je n'aime pas boire toute seule et puis, s'il y avait eu dérapage à cause de l'alcool, ça aurait forcément été de ma faute, alors bon.

— En fait, c'est plus compliqué que ça.

Comment lui expliquer la situation en excluant les mots : porte, baisers torrides, abdos, lobe d'oreille, culotte en feu... Oui, j'adore jouer à Taboo à mes heures perdues.

— Ça m'aurait étonné !

Il vient s'asseoir à côté de moi et nous trinquons avec nos coupes en plastique.

— J'ai rencontré sa fille, tu sais, celle qui a embouti Titine. Elle m'a parlé de sa grand-mère, que son père menace de placer en maison de retraite, et, une chose en entraînant une autre, me voilà avec un nouveau contrat qui double mes honoraires habituels. C'est pas mal, non ?

— Si tu le dis. J'espère juste que tu n'es pas aveuglée par tout ce fric. D'abord la voiture, le restaurant étoilé et maintenant ça...

— Karim, tu me connais, ce n'est pas mon genre.

Je suis un peu vexée qu'il me pense capable de vendre mon âme au diable pour de l'argent, mais je suppose que c'est sa manière à lui de jouer les grands frères.

Mes yeux se posent alors sur de nouveaux meubles entreposés dans un coin de l'atelier. Karim a fabriqué deux tables de chevet avec ce qui semble être les planches qu'on a rentrées l'autre jour. Il a même couvert de cuir le dessus et la façade des tiroirs. Elles sont magnifiques, dans un style moderne et luxueux. Mais ce qui attire mon regard, ce sont les anneaux dorés vissés sur le côté droit de l'une et le côté gauche de l'autre.

— Elles sont superbes, ces tables de nuit ! A quoi ça sert, les anneaux ?

Karim se lève brusquement et va couvrir les meubles d'un vieux drap.

— C'est rien, une commande spéciale, répond-il.

Il semble gêné, et je m'amuse de le voir aussi mal à l'aise, lui qui est toujours impassible (ça en est même énervant, des fois).

— Quoi ? Tu peux bien me le dire !

Comme il ne répond pas et semble éviter mon regard, je fais appel à mon esprit tordu pour trouver une réponse... qui ne tarde pas à venir (je peux toujours compter sur lui).

— Karim ?

— Hum...

Non, mais regardez-le se remettre à bosser en me tournant le dos ! Il me cache quelque chose, c'est sûr.

— Ça n'aurait pas un rapport avec des jeux sexuels, ton truc ?

Bling, blang, balam ! Voilà que Karim le prude fait tomber ses outils.

Quand il se tourne enfin vers moi, ses épais sourcils sont froncés et on dirait qu'il m'en veut de l'avoir percé à jour aussi facilement. (J'y peux rien si mon deuxième prénom, c'est Sherlock ! Bon, d'accord, en fait c'est Marguerite, mais c'est tout de suite moins glamour, avouez.)

— Ne me dis pas que tu fabriques des meubles pour des clients qui se la jouent *Cinquante Nuances de Grey* !

— Et alors ? ! Mon client va me les acheter un bon paquet de fric, figure-toi !

Incroyable !

— Karim, fournisseur officiel des SM ! Hé ! Mais, j'y pense, il faudra ajouter cette nouvelle rubrique à ton site Internet !

Je suis pliée en deux. Et, comme chaque fois que je lève les yeux vers lui, Karim me gratifie de son air vexé et réprobateur, je n'arrive pas à arrêter mon fou rire. C'est vraiment trop drôle ! Lui si pudique et si renfermé, l'imaginer en train de négocier le bout de gras à propos de chaînes, de menottes et de dimensions de tiroirs suffisamment grandes pour accueillir cravaches, plugs et autres pinces à nichons, c'est plus fort que moi, ça m'en fait mal aux mâchoires.

— Allez, fous le camp, j'ai du travail ! maugrée-t-il en remettant son tablier.

— Oui, maître, dis-je d'une voix de soumise. Je me plie à vos ordres, maître. Ne me fouettez pas, par pitié, maître. Regardez, je sors, je ne suis plus là.

Et je pars en ricanant comme une hyène.

Quand j'arrive au manoir le lendemain, une femme d'une soixantaine d'années, aux traits tirés et au regard avenant, m'ouvre la porte.

— Bonjour, vous devez être la personne totalement inconsciente qui vient s'occuper de madame, dit-elle en me faisant entrer.

Une pince-sans-rire... Je sens qu'on va bien s'entendre toutes les deux.

— C'est moi, Morgane, la fée des causes désespérées !

— Eh bien, vous avez frappé à la bonne porte. Je suis Maryse, en charge de l'entretien du manoir. Suivez-moi.

Je trouve qu'ils exagèrent tous un peu au sujet d'Adélaïde Vassel. Je l'ai rencontrée à trois reprises et, même si elle semble avoir un sacré caractère, elle n'en reste pas moins une dame fragile en proie à une lutte quotidienne pour garder son autonomie. Un peu de compassion ne lui ferait pas de mal.

Alors que nous montons le grand escalier, Maryse m'explique qu'elle et son mari Horace s'occupent du manoir depuis plus de vingt ans. Lui gère les espaces verts et elle, l'intérieur de la maison. Le reste du personnel se compose de la cuisinière, Edwige, et de Victor et Emilien, les chauffeurs respectifs de monsieur et de mademoiselle.

Victor le traître, comment l'oublier celui-là ?

— Nous y voilà... Je vous laisse pénétrer dans l'antre de la bête. Si vous avez besoin de moi, je serai en train de faire les carreaux du grand salon. Les toilettes sont au fond du couloir et la salle de bains sur votre gauche. Bon courage.

Je me retrouve plantée là avec un bon gros sentiment de solitude, comme si toutes mes troupes m'abandonnaient devant l'ennemi à terrasser. Super ! Ils vont finir par me convaincre qu'Adélaïde Vassel est un monstre. En plus de m'occuper d'elle, mon rôle ici sera peut-être de leur prouver à tous qu'elle tient plus de l'agneau que du loup sanguinaire. Au moins, j'ai déjà Catherine de mon côté.

Je prends une grande inspiration et frappe à la porte.

— Entrez ! me répond « Madame » d'une voix sèche.

Je la trouve attablée à son bureau près de la fenêtre, une loupe de bijoutier sur l'œil, scrutant une bague ornée d'une pierre mauve. Ne me demandez pas ce que c'est, je suis nulle en bijoux, encore plus en pierres précieuses.

— Ah ! C'est vous...

Elle semble déçue de me voir.

Elle est ridicule avec son œil plus gros que l'autre à cause la loupe et je me retiens de pouffer. Elle range alors tout dans son coffre en me jetant un regard méfiant (toujours avec sa loupe), comme si j'allais lui dérober son trésor.

Je m'approche.

— Bonjour madame Vassel, comment allez-vous ce matin ?

— Qu'est-ce que ça peut vous faire ? Asseyez-vous là, sur la banquette, et ne me dérangez pas.

Elle referme son coffre en bois avec un petit cadenas et glisse la clé dans la poche de son cardigan.

— Je suis là pour faire votre toilette, vous vous souvenez ?

— Vous me prenez pour qui ? Une malade atteinte d'Alzheimer ? Bien sûr que je me souviens. Je sais ce qu'il a été convenu avec mon fils, mais rien ne vous oblige à le faire. C'est déjà bien assez contraignant pour moi de devoir vous tolérer dans ma chambre pendant une heure chaque jour ! Vous seriez bien avisée de vous faire toute petite et de ne vous adresser à moi sous aucun prétexte ! Il vous suffira de faire acte de présence et vous toucherez votre chèque à la fin du mois. C'est bien tout ce qui compte pour vous, non ?

Mais c'est qu'elle commence à me chauffer, la vieille !

— Ecoutez, si je suis là, c'est dans votre intérêt avant tout. Si vous pensez que je vais m'asseoir et attendre que l'heure passe, vous vous êtes trompée de personne. Maintenant, allons à la salle de bains, s'il vous plaît.

Elle me toise un bon moment sans rien dire, range son coffre dans une armoire, puis vient se planter devant moi.

— Sortez de ma chambre, dit-elle d'un ton glacial.

— Pas avant d'en avoir fini avec vous.

— Je ne vais certainement pas m'abaisser à me dévêtir et à me faire frotter le dos par une parfaite inconnue !

— Vous préférez continuer de vous asperger de ce parfum capiteux pour masquer votre incapacité à vous nettoyer correctement ?

Elle recule d'un pas en posant la main sur sa poitrine, sous le choc.

Je poursuis :

— Vous arrivez peut-être à tromper votre monde mais, avec moi, ça ne marche pas. Je comprends votre réticence, mais je suis une professionnelle, alors laissez-moi faire mon boulot.

— Comment osez-vous me parler sur ce ton ? s'indigne-t-elle. Quand mon fils apprendra la manière dont vous me traitez, il vous fichera dehors !

— Oui, et il en profitera pour réserver votre chambre à la maison de retraite dans la foulée.

On se lance pendant un long moment dans une bataille de regards digne des plus grands westerns, puis elle semble capituler et se dirige vers la porte donnant sur sa salle de bains privée.

Nous procédons en silence. Elle évite mon regard pendant toute la durée de sa toilette et j'use de douceur et de délicatesse comme toujours dans ces instants difficiles. C'est dur de s'en remettre à quelqu'un pour ce genre de chose. C'est un pan de dignité qui s'effrite, une étape de plus vers la dépendance, et ce n'est pas facile à accepter. Adélaïde Vassel souffre de douleurs ligamentaires qui l'empêchent d'atteindre aisément certaines parties de son corps. Depuis combien de temps vit-elle avec ces difficultés ? Je n'ose pas lui poser la question. Elle tient tout le monde à distance pour mieux masquer ses faiblesses. Je la comprends et, pourtant, ça ne va pas être simple de la convaincre de me laisser l'aider.

Je l'assiste pour enfiler ses vêtements, et la quitte en lui adressant un « à demain » auquel elle ne répond pas.

En sortant de sa chambre, je suis exténuée. Lui tenir tête s'est révélé plus épuisant que je ne l'aurais cru. J'oriente mes pas vers le grand escalier, quand ma curiosité légendaire se rappelle à moi. Maryse a parlé de la salle de bains tout à l'heure. J'ai bien envie de découvrir à quoi elle ressemble, quand on sait ce qu'est le cabinet de toilette aux allures de hall de gare du bureau de Grégoire Vassel.

Elle a dit à gauche, ça doit être là.

J'entre et écarquille les yeux devant cette pièce magnifique. La décoration est digne d'un roman de Jane Austen : une baignoire sur pied trône au centre, des serviettes blanches et roses sont impeccablement pliées à côté d'un lavabo en émail aux formes arrondies. Au-dessus, un miroir en bois sculpté de motifs de fleurs me renvoie mon sourire émerveillé. Je m'imagine sans problème dans cette baignoire, à me prélasser dans un bain moussant, en me prenant pour Elisabeth Bennet. Dans ma version postmoderne, Mr Darcy vient me rejoindre et… chaud devant ! Forcément, dans le rôle du type arrogant, mon entrejambe, en charge du casting, pense tout de suite à Grégoire Vassel. C'est malin ! Maintenant, je l'imagine nu avec moi dans cette baignoire. Bon, il est temps de partir…

Je m'approche de la porte et mes yeux sont attirés par une petite étagère où sont disposés différents flacons de parfum. La plupart sont féminins, mais l'un d'eux est un flacon pour homme. Est-ce que c'est son parfum ? Je ne résiste pas à l'envie de le saisir et de le sentir pour vérifier. Pour être sûre, j'en pulvérise sur mon poignet et l'approche de mon visage. Pas de doute, c'est le sien. Ça sent bon. Ça sent l'homme. Ça sent lui (décidément, je suis inspirée en slogans publicitaires en ce moment, pourquoi j'ai lâché le marketing déjà ?).

Emportée par cette odeur enivrante, je ferme les yeux et je me revois contre cette porte, dans son bureau, le nez dans son cou, haletant, pendant qu'il faisait courir ses mains partout sur mon corps.

— Je croyais que vous préfériez l'action à la rêverie, m'interrompt la voix suave de Grégoire Vassel.

J'ouvre les yeux et je le vois dans l'encadrement de la porte.

Oups.

Chapitre 8

Alors, pour que tout le monde ait une idée du ridicule de la situation, je vous dépeins la scène : moi, le flacon toujours dans la main droite, le poignet gauche encore collé au nez et la bouche ouverte d'horreur d'être prise en flag. Lui, canon, comme toujours, les bras croisés, le regard pétillant, un sourire amusé aux lèvres. Oui, c'est pathétique à ce point-là.

— Ce parfum vous plaît ? me taquine-t-il.

Et tandis que je sors de ma torpeur et que je replace le flacon sur l'étagère, il ajoute d'une voix chaude :

— Vous pouvez le garder, il a l'air de vous rappeler de si délicieux souvenirs...

Comment peut-il être à la fois aussi agaçant et aussi irrésistible ? Ça devrait être puni par la loi.

— Je dois y aller, dis-je, espérant qu'il se décale de l'entrée pour que je puisse sortir, mais il ne bouge pas et continue de me regarder en souriant.

— Vous allez me laisser passer ou vous comptez me coincer contre cette porte ?

Ses yeux me détaillent et j'ai l'impression que, partout où ils s'attardent, mes fringues prennent feu.

— J'avoue que l'idée m'a effleuré l'esprit...

Note pour plus tard : penser à porter des sous-

vêtements ignifugés. J'espère qu'ils en font des sexy. Sinon, oublier la lingerie. De toute façon, dès que je le croise, c'est un vrai carnage.

— Une autre fois peut-être, là je suis attendue...

Le cœur battant, je m'approche dangereusement de lui pour tenter une sortie.

Mon entrejambe me crie de lui sauter dessus, alors je me concentre sur ma raison.

— C'est une promesse ?

Sa voix n'est plus qu'un souffle. Un souffle chaud contre ma joue. Nos corps se frôlent et son visage n'est qu'à quelques centimètres du mien. Je peux même sentir son parfum et il est bien plus envoûtant sur sa peau que dans le flacon. Si je me tourne vers lui, je suis sûre que nos lèvres se toucheront. Et j'en ai envie...

— Au revoir, monsieur Vassel.

J'arrive à atteindre le couloir dans un effort surhumain. Je me retourne, juste le temps de respirer encore une fois l'effluve sensuel à mon poignet en lui adressant un sourire coquin, puis je file loin de là.

— Il boude comme ça depuis deux jours. C'est rare qu'il me fasse la tête aussi longtemps, j'en suis toute retournée.

— Ne vous en faites pas, Huguette, cette fois, le magasin en avait en stock. Je vous ai pris un lot de trois sachets de friandises. Avec ça, Belmondo va revenir ronronner sur vos genoux en moins de temps qu'il ne lui en faut pour vomir ses boules de poils.

Huguette et Belmondo, c'est mon feuilleton à l'eau de rose à moi. Pourquoi regarder *Les Feux de l'amour* quand j'ai, chaque semaine, un nouvel épisode plein de rebondissements à la sauce *Je t'aime moi non plus* ? Huguette ne vit que pour son chat (caractériel), lequel sait qu'il a toujours le dessus et lui fait subir des sautes d'humeur à lui briser le cœur. Ce gros pépère m'agace à jouer les pachas. Il s'amuse à gratter la terre des plantes du salon, à pisser à côté de sa litière quand elle n'est plus assez propre à son goût et à faire ses griffes sur la paille des chaises de la cuisine. Selon moi, plutôt que des caresses, il mériterait parfois un bon coup de pied au cul, mais Huguette l'aime trop pour que je me venge en douce, surtout qu'il serait cap de me balancer, ce sale greffier sournois !

Je finis de ranger les courses (consciencieusement cette fois), quand la sonnerie de mon portable m'annonce un message. Tiens, on dirait que Grégoire Vassel se souvient de mon numéro...

Quand vous serez décidée à passer à l'action, vous savez où se trouve mon appartement…

Oh ! my God ! J'ai bien l'impression qu'on en a fini avec l'étape des sous-entendus. Là, on est clairement dans le vif du sujet. J'en suis toute chamboulée. Mon entrejambe a repris sa *Macarena*, mon cœur est reparti en boîte de nuit et ma température corporelle est montée d'un cran. Qu'est-ce que je réponds ? Est-ce que je réponds, déjà ? Je ne veux pas qu'il croie que je n'attendais que ça (et pourtant, c'est tellement vrai). Et si je le laissais mariner un peu ? Est-ce qu'il stresse en guettant mon message ? J'aimerais bien que ce soit le cas !

— Et alors je lui ai dit : Belmondo, on ne feule pas sur l'infirmière, voyons...

Pauvre Huguette, je suis encore en train de la délaisser au profit de Mister Je-fais-mouiller-ta-petite-culotte-à-distance. Je range mon téléphone dans ma poche et m'attable auprès d'elle pour l'aider à régler les factures qu'elle a reçues cette semaine.

*
* *

— Tu vas y aller ?

Aujourd'hui, Gilles nous a servi des tequilas. Oui, parce que, s'il me sert une boisson différente de celle de Justine, elle risque de vouloir la même chose que moi et on n'est pas sorties de l'auberge. Donc j'ai droit moi aussi à la sélection du jour de notre barman préféré.

— Oui, bien sûr ! Je vais me pointer chez lui en talons, avec ma panoplie de chienne en chaleur sous mon imper, je suis sûre qu'il va adorer ça !

— Sérieux ? s'exclame Justine avec des yeux comme des billes.

— Et puis quoi encore ? S'il croit qu'il peut m'avoir avec un pauvre texto, il peut toujours courir.

Bon, d'accord, j'y ai pensé. Ben quoi ? Ça lui en boucherait un coin que je débarque comme ça. En plus, j'ai un imper dans ma penderie, ce serait jouable...

— Vous n'en avez pas marre de vous tourner autour comme deux ados ? Pourquoi tu ne couches pas avec lui une bonne fois pour toutes ?

— Pourquoi tu ne dis pas à Gilles que tu craques pour lui ?

— Ne change pas de sujet, Gilles et moi, c'est pas pareil, réplique Justine, en coulant un regard transi d'amour à l'intéressé, occupé à encaisser des clients.

Combien de temps va-t-elle encore attendre qu'il se décide ? J'avale une gorgée de ma tequila et me tourne vers elle.

— Et si on faisait un marché ?

— Quel genre ?

— Je vais chez Grégoire Vassel si tu décroches un rencard avec Gilles.

— T'es dingue !

— Tant pis.

Je la laisse réfléchir en vidant mon verre. Je sais qu'elle meurt d'envie de sortir avec Gilles, mais elle n'ose pas le lui demander. Moi, je meurs d'envie de m'envoyer en l'air avec celui que j'imagine m'attendre sagement à son appartement, nu sur son lit, une rose entre les dents, mais ma fierté me retient. Alors, le deal est correct, il me semble.

— Et s'il dit non ? s'inquiète Justine qui, mine de rien, est en train de considérer ma proposition.

— Il ne saura pas ce qu'il perd.

— Je n'oserai plus venir ici.

— On n'aura qu'à dire que c'était un pari stupide entre nous, parce qu'on était bourrées à cause de ses tequilas.

— L'alcool comme excuse ?

— Quand on a la chance de pouvoir se servir de ce prétexte, moi je dis qu'il ne faut pas se gêner.

Oh ! ça va, je vous vois ricaner ! N'empêche, il ne sait pas ce qu'il perd non plus, celui-là, avec son tablier de soudeur.

— Alors, les filles, comment vous avez trouvé mes tequilas ? nous demande Gilles en s'accoudant au comptoir.

— Moi, j'aime beaucoup, mais Justine me disait à l'instant qu'elle ne les trouve pas aussi délicieuses que tes petites fesses moulées dans ce jean, pas vrai Justine ?

Je crois que si son verre n'était pas vide, elle me le jetterait à la tronche. Elle est outrée et moi, morte de rire.

— Désolée, c'est l'alcool ! Tu vois, c'est facile, je la nargue.

Gilles nous observe d'un air amusé, puis se tourne vers Justine.

— Je ne savais pas que tu comparais mes boissons aux parties de mon corps. Tu veux peut-être goûter à mon rhum arrangé ? Il ne sera pas aussi fort que mes biceps d'acier, mais il n'est pas mauvais.

Il me fait un clin d'œil complice et part servir des clients.

— Je te déteste ! me lance Justine à travers ses dents serrées, les joues plus rouges qu'une bouteille de tabasco.

— Arrête un peu, c'est du tout cuit. Je ne vais quand même pas t'arranger le coup à ta place !

— Tu as vraiment envie de te taper ton Greg, avoue.

Je lève les mains d'un air innocent et je ricane.

— J'ai trop bu, tout ce que je dirai ne pourra être retenu contre moi.

Justine en profite pour prendre mon portable qui traîne sur le comptoir et commence à tapoter sur l'écran.

— Qu'est-ce que tu fais ?

— Je me venge pardi !

— Justine !

Trop tard. Elle repose le téléphone d'un air triomphant. Je me jette dessus pour découvrir ce que je craignais :

Je sonne chez toi dans une heure. Sois prêt.

— T'as pas fait ça ? je m'écrie, horrifiée.

Elle me montre son verre vide et répond en riant :

— Désolée, c'est l'alcool !

Pétasse !

Grégoire Vassel m'ouvre et me fait entrer. On sait tous les deux ce que je suis venue faire ici, alors, sans qu'on échange un mot, je le suis jusqu'à sa chambre. Tout y est rouge carmin, de la tête de lit en cuir matelassé aux draps, en passant par la tapisserie.

— Déshabille-toi, m'ordonne-t-il en se débarrassant lui-même de sa chemise.

Je salive déjà à la vue de son torse musclé. Il ne porte plus qu'un vieux jean usé qui lui tombe sur les hanches à la manière de... *eh, attendez une minute !* Ça me rappelle vaguement un bouquin... *Allez Morgane, ne gâche pas tout, c'est pas le moment de te polluer l'esprit avec ce genre de comparaison. Vis l'instant !*

J'enlève mes vêtements un à un en regrettant de ne pas avoir pris le cours d'effeuillage auquel voulait nous inscrire Justine. Grégoire m'observe, une lueur de désir intense dans les yeux. J'ai le corps en feu. J'ai tellement envie qu'il me touche.

— Allonge-toi sur le lit.

Je m'exécute avec un enthousiasme qui me surprend. *Depuis quand je laisse un mec me dicter ce que je dois faire, et au pieu en plus ?*

Grégoire me tourne le dos et semble farfouiller dans sa commode, sûrement à la recherche d'une dizaine de préservatifs.

Quoi ? Je suis chaude comme la braise. Que le marathon du sexe commence !

Allongée sur le lit, nue et sans aucune pudeur (dingue ça ! mon cerveau a réussi à se mettre en veille, pour une fois), je regarde autour de moi et remarque que les tables de nuit ressemblent étrangement à celles fabriquées par Karim. Et il y a les mêmes anneaux dorés sur le côté. *Non ?* Alors que les pièces du puzzle commencent à se mettre en place dans ma tête, Grégoire s'approche de moi, des menottes à la main. Avant que j'aie le temps de protester, il m'embrasse avec une fougue qui me cloue sur le matelas, tout en me passant les menottes aux poignets. Il prend mon bras droit et le tend pour l'attacher à l'anneau de la table de nuit. Pareil avec le bras gauche. Vous pouvez me dire pourquoi je ne moufte pas ? Comment je vais faire pour tâter ses abdos, maintenant ? Ah non, je ne suis pas d'accord, là ! Je commence à me débattre et Grégoire me regarde avec un sourire satisfait.

— Tu ne pourras plus fuir maintenant, dit-il en faisant glisser son doigt entre mes seins jusqu'à mon nombril.

Mais je n'avais aucune intention de fuir ! J'avais bien prévu de rester ici jusqu'à ce que multiples orgasmes s'en suivent ! C'est quoi ce trip SM à la Christian Grey ? J'aurais bien aimé être prévenue avant ! Je suis ouverte à certaines pratiques, mais pas au premier rencard !

— Calme-toi, m'intime mon geôlier en s'agenouillant sur le matelas face à moi.

J'aperçois l'énorme bosse au niveau de son jean et ça m'émoustille autant que ça me fait flipper. Il m'écarte les jambes avec un air carnassier et plonge la tête entre mes cuisses. *Oh ! my God !* Finalement, la soumission, ce n'est pas si mal...

Bip bip bip bip bip !

Mais que quelqu'un éteigne ce réveil, je suis sur le point d'avoir un orgasme de folie, là !

Oh non. Ne me dites pas que je rêvais ! Super ! Voilà que je fantasme version *Fifty Shades* maintenant. Je n'ai plus qu'à mettre tout ça par écrit et j'ai déjà le titre de mon futur best-seller : *50 nuances de Greg.* N'importe quoi.

— Vous êtes revenue ? s'étonne Maryse en m'ouvrant la porte du manoir.

Je suis d'une humeur de chien et mon réveil casseur

de coups y est pour quelque chose. Plus frustrée que moi, tu meurs !

— Mme Vassel est une personne difficile à gérer, mais pas au point de me faire baisser les bras, je réponds, en entrant dans le hall.

— Tout de même, après ce qu'elle a dit sur vous hier, je ne pensais pas vous revoir de sitôt.

— Qu'est-ce qu'elle a raconté ?

Maryse énumère alors la liste de mes forfaits supposés et je n'en reviens pas !

Je monte quatre à quatre les marches de l'escalier et frappe brusquement à la porte de la chambre d'Adélaïde Vassel.

— Entrez.

— Non, mais ça ne va pas de m'accuser de telles horreurs ? Vous brutaliser, moi ?

Elle me regarde avec un sourire pincé et reprend son occupation sans me répondre.

Parce que ça la fait marrer, en plus !

— Si vous croyez que c'est en déblatérant ce genre d'énormités que vous allez vous débarrasser de moi, vous êtes loin du compte. Allez, suivez-moi, nous avons une toilette à faire.

Cette satanée bonne femme prend un air faussement apeuré et se protège le visage de ses bras, toujours sans un mot.

— OK, vous l'aurez voulu, dis-je en sortant mon téléphone de la poche arrière de mon jean. J'appelle la gendarmerie. Ils vont venir enregistrer votre plainte et procéder à un examen de vos bleus et contusions imaginaires. Ça ne vous dérangera pas de devoir vous dévêtir devant de parfaits inconnus pour la bonne cause, n'est-ce pas ? Ah ! Et j'ai hâte de voir ce que ça va donner dans les journaux. Je suis sûre que votre fils et vous allez être ravis de voir votre nom associé à un fait divers sordide plutôt qu'à vos bijoux.

Elle se lève alors, me lance un regard rempli de haine, puis se dirige vers la salle de bains.

Si c'est comme ça tous les jours, je vais peut-être revoir mes honoraires à la hausse finalement.

Alors que je suis sur le point de sortir du manoir, Maryse m'interpelle, essoufflée :

— Attendez ! Monsieur a demandé à s'entretenir avec vous.

De mieux en mieux, à se demander pourquoi je me suis levée ce matin…

Je regrette déjà ma tequila party d'hier soir. Les antalgiques que j'ai ingurgités au petit déj' commencent à ne plus faire effet. J'ai la tête dans le brouillard (enfin plutôt dans un endroit de mon anatomie que je ne citerai pas) et les nerfs en pelote après mon altercation avec la reine mère. Voilà maintenant que je dois affronter le fils. Et si on tentait la fuite pour changer ?

— Mon prochain rendez-vous m'attend…

— Il a dit que c'était très important.

Et merde ! Je lui dis quoi pour le message de Justine ? « C'est pas moi, c'est ma copine qui a répondu à ma place » ? Il va vraiment me prendre pour une ado attardée (que je suis, mais il n'est pas obligé de le savoir). Je peux lui faire croire que je n'ai pas retrouvé le chemin de son appartement. Après tout, je suis une fille, et les filles, c'est pas censé avoir le sens de l'orientation. Du calme les fée-ministes ! Pas la peine de s'énerver. Ce que vous pouvez être susceptibles ! Vous avez vos règles ou quoi ? OK, OK, j'ai rien dit.

De toute façon, il est trop tard pour trouver une excuse puisque nous arrivons déjà devant la porte du bureau. J'inspire un bon coup et Maryse frappe en m'adressant un regard compatissant.

— Bonjour mademoiselle Genet, me lance la voix autoritaire de Grégoire Vassel depuis sa table de travail (tiens, ça me rappelle mon rêve, ça ne va pas m'aider tout ça), puis se tournant vers mon accompagnatrice : Maryse, merci de faire en sorte que nous ne soyons pas dérangés.

— Bien monsieur, répond cette dernière en refermant la porte derrière elle.

Non, Maryse, ne me laisse pas tomber ! ! !

— Asseyez-vous, je vous en prie.

Je prends place en ne sachant pas à quelle sauce je vais être mangée. Si ça se trouve, il veut me virer à cause de ce qu'Adélaïde a raconté.

— Je vous assure que ce qu'a dit votre mère est complètement faux, je n'ai jamais...

— Ce n'est pas de ma mère dont il est question. J'ai l'habitude de ses stratagèmes. Je suppose que, si vous êtes là, c'est que vous ne vous êtes pas laissé faire et je ne peux que vous en féliciter.

Yes, prends-toi ça dans le dentier, la vieille !

Heu, mais s'il ne veut pas parler de ça, ça veut dire qu'il veut parler de...

— Vous m'expliquez votre message d'hier ?

Justine, je vais te tuer !

— Si je vous dis qu'il n'est pas de moi, vous me croyez ?

— Difficilement, vous vous en doutez...

Il joue avec ses boutons de manchette sans me quitter des yeux. Bon sang, ce qu'il est canon ! Pourquoi je n'y suis pas allée hier soir, au fait ?

Parce que t'es qu'une trouillarde, Morgane !

— J'avais un peu bu...

Il croise les doigts sous son menton et je fixe sa fossette sexy que j'ai envie d'embrasser, de mordiller, avant de m'attaquer à tout le reste.

Reprends-toi, Morgane !

— Peu importe ce message. Je ne suis pas le genre de femme qui débarque chez un homme dans le seul but de se faire, enfin vous savez...

C'est pourtant ce que tu as fait la nuit dernière en rêve, petite coquine.

— Je vous rassure, je vous aurais débarrassée de votre manteau avant de vous sauter dessus, je suis un gentleman, ne l'oubliez pas.

Il a un petit sourire en coin totalement craquant. L'entendre parler de me sauter dessus fait un sacré ravage sur ma lingerie.

— Ça tombe bien, j'avais justement prévu de venir en imperméable...

— Ah oui ? dit-il en levant un sourcil.

— Avec pas grand-chose en dessous...

Le premier bouton de sa chemise est ouvert. C'est fou ce que ça m'excite. Je me vois déjà déboutonner le reste et plaquer les mains contre ses abdos (pourvu que les menottes ne soient pas son truc !).

Il se lève et vient s'asseoir sur le coin de son bureau, plus près de moi.

— Et si on arrêtait de jouer ? me lance-t-il d'une voix chaude.

— Que proposez-vous ?

Pitié, dis que tu veux me prendre ici et maintenant sur ce bureau. On ferait comme dans les films en envoyant tout valser, tu m'allongerais sauvagement dessus et...

— Un dîner.

Ah.

— On a déjà dîné et je n'ai pas beaucoup apprécié la manière dont ça s'est terminé, je rétorque, déçue qu'il soit si hermétique à ma télépathie.

— Vous avez d'autres suggestions ?

— J'en aurais bien une : immédiate, torride, incluant ce bureau qui m'a l'air suffisamment solide.

C'est sorti tout seul. C'est sa faute, aussi ! Il me chauffe depuis tout à l'heure !

— Comment être sûr que vous ne jouez plus ?

Je hausse les épaules et lui souris d'un air machiavélique. Puis je me lève et me dirige vers la porte en roulant des hanches. Je tourne la tête vers lui avant d'atteindre la poignée. Il a croisé les bras et semble déçu, mais pas surpris. Je lui fais un clin d'œil et tourne la clé.

— Fini de jouer, place à l'action !

Chapitre 9

— Ce n'est pas que je n'aime pas me donner en spectacle, mais je préférerais que vous soyez le seul à profiter de ce qui va suivre, dis-je en faisant allusion aux fenêtres de son bureau qui donnent sur la cour.

Il suit mon regard et se dirige aussitôt vers elles pour fermer les stores. S'il répond comme ça au moindre de mes désirs, je sens qu'on va aussi avoir besoin de murs insonorisés...

La pièce est à présent plongée dans la pénombre et il avance vers moi avec la démarche lente d'un prédateur. Je me sens soudain intimidée. On va vraiment le faire ? Maintenant ? Ici ? J'en ai envie et, en même temps, j'ai la trouille. Il doit le sentir, car, une fois près de moi, il sourit et me caresse la joue en me regardant tendrement. *Merde alors !* Mon cœur devient aussi mou que du chewing-gum. Il me prend dans ses bras et je pose mes mains à plat contre son torse. Je sens sa chaleur à travers le tissu de sa chemise. Je lève les yeux vers lui, même si j'ai peur qu'il me voie douter. Après tout, c'est moi qui viens de verrouiller cette porte, alors plus le choix, il faut assumer.

On reste quelques instants à se regarder sans un mot. Mais, à ce jeu-là, je suis nulle et c'est moi qui craque la première. Je lui agrippe la nuque pour approcher sa bouche de la mienne et goûter à nouveau avec passion à ses lèvres, à sa langue, à lui. Mes doutes s'envolent aussitôt, je le veux, maintenant ! Il faut croire que mes dons de télépathie passent par la salive, car il me soulève (sans effort, je tiens à le faire remarquer. Alors, soit il va souvent à la salle de sport, soit je suis légère comme une plume... ouais, bon, d'accord, il doit s'entraîner. En même temps, c'est évident, avec un corps pareil). J'enroule mes jambes autour de sa taille et il me porte comme ça jusqu'à son bureau sans que sa bouche ne quitte la mienne. Quand il me pose dessus, je suis déjà en train de déboutonner sa chemise. En apercevant ses abdos, j'ai du mal à masquer mon sourire extatique.

Salut les gars ! Ravie de vous revoir !

Je passe le doigt sur ses tablettes parfaitement dessinées et j'ai presque envie d'appeler Justine pour lui dire : « Si ! J'te jure, ça existe ! J'en ai sous les yeux ! Des vraies tablettes ! Comme dans les films ou les bouquins pour gonzesses ! Attends, je fais un selfie pour te montrer ! » Au lieu de ça, je parsème son torse musclé de baisers enfiévrés, je mordille, je lèche et je savoure le bruit délicieux de sa respiration qui devient de plus en plus saccadée. Il m'empoigne les cheveux alors que je m'attaque à son pantalon. Je le fais glisser jusqu'à ses genoux, idem avec son boxer et découvre... un baobab dressé droit devant moi. Alors, c'est qui qui avait raison ? « Allô Justine ! Tu vas pas le croire ! J'te jure que ça existe ! J'en ai une sous les yeux ! Enorme ! Comme dans les films por... non, je n'en regarde jamais, n'importe quoi, mais ils doivent en avoir d'aussi grosses ! Bon, je vais te laisser parce que j'aime pas parler la bouche pleine. »

C'est étrange, j'ai presque l'impression de devoir

lui demander la permission pour saisir ce membre fier qui pointe vers moi. Je croise son regard quelques instants et ses yeux translucides me confirment qu'il n'attend que ça. Je l'enserre de ma main que je fais glisser lentement le long de sa chair chaude et soyeuse. Puis j'accélère le mouvement en sentant la preuve de ma propre excitation transpercer le tissu épais de mon jean. Grégoire tire sur mes cheveux pour avoir accès à mon cou qu'il dévore littéralement (je sens ses dents, et ça me colle des frissons partout). Puis il enlève mon haut, m'obligeant à lâcher pour quelques instants l'objet de mes fantasmes de ces dernières nuits. Il fait ensuite glisser les bretelles de mon soutien-gorge, le dégrafe, s'empare d'un sein d'une main et porte l'autre à sa bouche. Cette fois, c'est sûr, le bureau va être taché, j'espère que Maryse a de bons produits pour rattraper ça.

Mais pourquoi je pense à Maryse, moi ? Ça va pas la tête ?

Grégoire pousse la paperasse sur son bureau et m'y allonge avant de me retirer mon jean d'un geste vif et efficace.

Il fait ça souvent ou quoi ? Non, n'y pense pas, on s'en fout, vis l'instant !

Ma petite culotte est bonne pour le programme essorage. Il la fait glisser lentement le long de mes cuisses et mon entrejambe crie au supplice.

— Prends-moi !

Quoi, c'est moi qui ai dit ça ? ! Nom d'une chatte en chaleur, les mots sont sortis tous seuls !

Grégoire ouvre le tiroir de son bureau tout en gardant une main chaude sur mon ventre, puis arrache l'emballage d'un préservatif avec les dents (*gggrrr !*). Il l'enfile et approche son sexe de mon entrée humide et suppliante. Je me redresse sur les coudes pour mieux savourer le moment où il va me pénétrer, me posséder et me libérer enfin de ce désir qui me brûle tout entière. Sans me quitter des yeux, il fait glisser son arme fatale entre mes lèvres impatientes. Il entre enfin, mais se retire aussitôt pour effleurer mon clitoris avec l'extrémité de sa verge. Je pousse un râle de frustration avant de gémir de plaisir en goûtant à ce délicieux traitement. Il recommence ce petit jeu d'allers-retours plusieurs fois et je suis au bord de l'hystérie. Quand il est à nouveau sur le point d'entrer en moi, n'y tenant plus, je me redresse et pousse le bassin en avant pour qu'il me pénètre entièrement. *Huuummm !* Il pose la main sur ma bouche pour étouffer mon gémissement tout en accélérant le rythme de son va-et-vient. Je suis maintenant face à lui, les seins pressés contre son torse chaud, les mains agrippées à ses biceps. J'entends sa voix rauque contre mon oreille, je sens son souffle rapide dans ma nuque, ses bras fermes qu'il a glissés sous mes cuisses pour approfondir son assaut et les bords de sa chemise qui caressent ma peau nue à chaque mouvement. Je suis toute à lui, sans résistance, sans pudeur, en total abandon. Et ma seule peur à cet instant, c'est que l'orgasme qui monte en moi (de magnitude 8 sur l'échelle de Richter du sexe) s'échappe avant que j'aie le temps de crier son nom.

— Ne t'arrête pas !

Il ne s'arrête pas, bien au contraire. Il m'embrasse sauvagement avant de me mordre la lèvre inférieure. Il libère l'une de ses mains pour me caresser le clitoris et, cette fois, je ne maîtrise plus rien.

— Oh oui ! Oui !

Il me fait taire de sa bouche, tandis que mon corps tout entier tente d'absorber l'onde de choc qui le secoue sans répit. Puis il me rejoint dans l'extase avec un râle qu'il étouffe contre mon épaule.

Voilà un jeu où on est tous les deux gagnants. Pourquoi on n'a pas commencé par là dès le début ?

On reste comme ça quelques instants, puis il se retire, me laissant pantelante.

— Je vais devoir te précéder à la salle de bains. Je préférerais éviter d'avoir à jeter ça dans la corbeille à papier, me dit-il avec un clin d'œil, en faisant allusion au préservatif.

J'acquiesce et il disparaît dans son « cabinet de toilette », tandis que je reste sur le bureau, encore sonnée par ce qu'on vient de faire. C'était animal et tendre à la fois... J'ai du mal à décrire sa manière de me posséder, ce mélange de bestialité et de respect, sans oublier son côté joueur que je commence à connaître.

Bouge pas mon coco, je te le ferai payer au deuxième round !

Je récupère mes affaires et me rhabille pendant que mon cerveau émerge de son coton nirvanesque.

Qui te dit qu'il y aura un deuxième round, d'abord ?

Rien. C'est vrai. C'était bon, c'était même divinement bon et, si ça ne tenait qu'à moi, je remettrais bien le couvert (immédiatement), mais lui, qu'en pense-t-il ?

Il revient, impeccable, sans traces apparentes de notre corps à corps torride. J'ose à peine croiser son regard et file m'enfermer à mon tour pour arranger mon look post-coït un peu trop évident.

Je me trouve une drôle de tête dans la glace : les yeux brillants, les joues rouges et les cheveux en pagaille. Je souris bêtement à mon reflet et m'asperge le visage d'eau.

Puis mon cerveau recommence son travail de sape : bien pratique, ce cabinet de toilette dans le bureau. Il doit faire ça souvent. Si ça se trouve, l'endroit a été aménagé spécialement pour ce genre de « convocation ». Combien de filles ont déjà défilé devant ce miroir, la mine réjouie, se croyant uniques ? Qu'est-ce que ça peut faire ? Je voulais qu'il me saute, pas qu'il m'épouse ! N'empêche, cette idée me mine. Le mieux, c'est de rester détachée : il en avait envie, j'en avais envie, on l'a fait, voilà...

Je ressors après quelques minutes et trouve Grégoire debout à côté de son bureau, en train de consulter son téléphone. Je ne peux m'empêcher de l'observer à la dérobée et de le trouver irrésistible : son mètre quatre-vingts sculpté dans le roc, sa concentration qui lui donne l'air inaccessible, sa chemise blanche boutonnée qui ne demande qu'à être arrachée (enfin, c'est plutôt moi qui ne demande que ça), ses cheveux gris coupés court qui n'ont rien à envier à George Clooney... Je soupire comme une idiote.

Toi, t'es encore toute chamallow à cause de ton orgasme. Fais gaffe, tu es à deux doigts de devenir fleur bleue. Deux doigts ? *Huuummm.*

Je me racle la gorge pour attirer son attention (et chasser les images méga hot qui me viennent à l'esprit). Il lève la tête et m'adresse un sourire à tomber.

— Je vais y aller...

Je me dirige un peu maladroitement vers la porte. C'est vraiment gênant ce moment de flottement où on ne sait pas comment se comporter. Mieux vaut filer avant que ça n'empire.

— Viens là, me dit-il alors, en me rattrapant pour me prendre dans ses bras.

Heu... il fait quoi là ?

Il m'embrasse le bout du nez et susurre :

— Ça valait le coup d'attendre.

— Et encore, c'était sans échauffement ! Imagine ce que ça peut donner après une mise en condition.

Oui, je fais ma maligne et alors ? Il me met mal à l'aise avec ses élans de tendresse.

— J'ai hâte de voir ça, murmure-t-il en me caressant la joue et me couvant du regard comme si j'étais une chose fragile.

Bon, eh bien, il semblerait qu'un second round soit à l'ordre du jour, finalement. *Hey Macarena ! Rha !*

— A plus tard, dis-je d'une voix douce, sortie de mon état de guimauve sous endorphines.

J'ôte le verrou, actionne la poignée et sors avant qu'il ne dégaine une mandoline et commence à me jouer la sérénade.

Je regarde l'heure à ma montre en traversant le couloir et étouffe un juron en voyant qu'il est déjà plus de midi et demi. C'est quoi, son bureau ? Une faille spatio-temporelle ? Je hâte le pas et manque de heurter Catherine qui arrive du hall d'entrée.

— Bonjour Morgane ! Alors, comment ça se passe avec Nanny ?

— Tiens, salut ! Bien, très bien... Tu m'excuses, là, mais il faut que je me sauve.

— Ça n'a pas l'air d'aller. Tu as les yeux brillants et les joues toutes rouges. Tu as pleuré ?

Pleuré ? Non. Crié ? Oh oui !

— Non, je suis juste essoufflée parce que je suis en retard.

— Tu sors du bureau de mon père ?

— Non, enfin si... Ecoute, il faut vraiment que j'y aille...

— Si c'est lui qui t'a fait pleurer, il va m'entendre ! assure Catherine, jetant un regard haineux à la porte derrière moi.

— Mais non, il n'a rien fait.

Enfin si, mais je t'assure que tu ne veux pas savoir.

— On se reparle bientôt, d'accord ?

Et je me sauve en courant, évitant de penser qu'à quelques minutes près Catherine aurait trouvé la porte du bureau de son père verrouillée et perçu des bruits de bêtes en rut équivoques juste derrière.

— C'est inadmissible ! Une heure que j'attends.

— Je suis désolée, Geneviève, j'ai été retenue. Mais je suis là maintenant, dis-je en sortant l'aspirateur de la buanderie.

— Tout de même, une heure !

Geneviève a tendance à radoter. Elle est très gentille, mais parfois c'est lourd. Alors quand, en plus, j'arrive en retard, c'est pire que tout. Elle vient de Suisse, imaginez donc ! Plus précise qu'un coucou pour ce qui est de la ponctualité. Mais je ne suis pas la plus à plaindre. Le pauvre facteur en prend pour son grade s'il ne passe pas avant 10 heures.

J'en suis au nettoyage de la salle de bains quand mon portable vibre dans la poche arrière de mon jean. J'ai les mains mouillées et pleines de produit, mais l'espoir que ce soit un message de Grégoire me pousse à les essuyer illico.

C'est un message de Karim :

> Besoin d'un coup de main pour remplir un formulaire de la chambre de commerce. Tu peux passer à l'atelier ?

Alors, ça fait quoi de se prendre une bonne baffe de déception en pleine tronche ?

Ça fait un peu mal, j'avoue. Je lui réponds que je passerai en fin de journée et me remets à briquer la robinetterie, avec toutefois moins d'entrain.

— Ça y est, Geneviève, votre appartement est tout propre.

— Tout de même, plus d'une heure de retard...

— Si vous voulez, pour me rattraper, je viendrai

avec une heure d'avance mercredi prochain, lui dis-je pour la taquiner.

Mais, au regard que me lance ma radoteuse préférée, je comprends qu'elle est totalement hermétique à mon humour.

Quand j'arrive à l'atelier en fin d'après-midi, j'ai tous les symptômes d'une bipolaire. Je passe d'un état euphorique (j'ai couché avec Grégoire Vassel ! J'ai couché avec un mec trop canon ! C'était génial ! J'ai pris mon pied ! Appelez-moi Orgasme girl !) à un état dépressif (il ne m'a pas envoyé de message, il est déjà passé à autre chose). Je suis paumée. J'ai eu ce que je voulais et, pourtant, j'ai l'impression d'être frustrée, comme s'il m'en fallait plus. J'aimerais bien qu'il me dise qu'il a envie de me revoir pour qu'on recommence. C'était tellement surréaliste ! Une toute petite deuxième fois rendrait ça plus concret. Ça me paraît raisonnable, non ?

Je m'affale sur le vieux canapé de Karim après lui avoir fait la bise.

— Ça va ? me demande-t-il en me dévisageant.

— Oui, pourquoi ?

— Je sais pas, tu as l'air bizarre.

— J'ai eu une dure journée.

C'est vrai : réveil pourri, reine mère affabulatrice, coucou suisse radoteur... J'ai connu des journées plus reposantes. Ma fin de matinée a été bien dure aussi, mais dans une tout autre mesure. Et ça, bien sûr, je le garde pour moi...

— Tu as fait quelque chose à tes cheveux ?

— Non.

Depuis quand Karim fait-il attention à ce genre de détails ? Il n'a même pas remarqué quand Justine m'a fait une frange pour cacher mon hématome, après l'accident.

Grégoire l'avait vue, lui.

— Tu as l'air différente...

Je me sens rougir et détourne les yeux des fois que soit écrit sur mon front : « Je me suis envoyée en l'air sur un bureau pas plus tard que ce matin. »

Ah, mais non, je suis bête ! Avec ma frange, même si c'était marqué sur mon front, il ne le verrait pas. Ouf.

Je remarque alors que les tables de chevet ont disparu. Je m'en étonne auprès de lui, autant par curiosité que pour changer de sujet. Il me répond qu'il les a terminées en début de semaine et livrées dans la foulée à son client.

Heu... attendez une minute... Ne me dites pas que j'ai fait un rêve prémonitoire, la nuit dernière ?

— Et ton client, il ne serait pas grand, cheveux poivre et sel, toujours en costard ?

Dis non, dis non, dis non !

— Tout ce que je sais, c'est qu'il a du fric. C'est son personnel qui s'est chargé de la commande et de la réception. Pourquoi tu me demandes ça ?

— Pour rien !

J'ai chaud et le cœur qui palpite. Et si c'était Grégoire, ce client mystère ? Cette idée me fait un peu froid dans le dos. Après ce qui s'est passé ce matin, j'ai du mal à l'imaginer moulé dans du latex, une cravache à la main. J'avoue, ça casserait le mythe. Mais, avec le bol que j'ai, on parie combien que c'est bien lui qui est derrière tout ça ?

— D'ailleurs, reprend Karim, il a été tellement satisfait de mon travail qu'il m'a déjà passé commande d'un nouveau meuble.

Je suis son regard et là, sur le mur devant l'établi,

je découvre le croquis de son prochain projet. Mon sang se glace : un bureau.

— Et les anneaux, ils vont se trouver où, sur ce meuble ? je demande d'une voix étranglée.

— Pourquoi tu veux le savoir ? Tu te découvres un intérêt pour le SM maintenant ?

J'essaie de prendre l'air détaché.

— Simple curiosité.

— Sous le plateau, au niveau du passage des jambes.

Il est plus loquace sur le sujet que la dernière fois !

— En gros, c'est pour faire un remake de *Menotte-moi sous le bureau*, c'est ça ?

— On dirait que tu t'y connais en titre de porno, dis-moi ? me lance-t-il d'un air moqueur.

Je saisis un marteau qui traîne et menace de le lui envoyer dans la tronche, puis lui demande de m'apporter le formulaire que je suis censée l'aider à remplir.

Je n'avais pas envie de venir. Vraiment pas. J'avais décidé de prendre un bon bain et de me mettre au lit pas trop tard avec un bouquin. Au lieu de ça, je me retrouve perchée sur un tabouret de bar, en minijupe et décolleté pigeonnant. Comment j'en suis arrivée là ? Justine m'a appelée. Ce soir, c'est le grand soir, paraît-il. Elle a décidé de faire le premier pas avec Gilles. Mais elle a besoin de soutien moral, sinon elle craint de ne pas aller jusqu'au bout. Alors je me suis traînée jusqu'au pub. Je n'ai pas eu de nouvelles de Grégoire de la journée. Autant dire que j'ai le moral dans les chaussettes. Et, dans ces cas-là, si je suis obligée de sortir, mon remède, c'est de me saper comme une (pouffe) déesse. Rien de tel pour voir mon ego remonter en flèche : regards appréciateurs de la gent masculine, verres offerts, collection de serviettes en papier griffonnées de numéros de téléphone que je ne composerai jamais. C'est ma façon de me venger du silence de Monsieur Je-t-envoie-au-7e-ciel-puis-au-fond-du-gouffre.

— Bon, comment je m'y prends ? me demande une Justine plus stressée que jamais.

Elle aussi a sorti les jumeaux pour l'occasion. Ce sont des avocats hors pair pour obtenir gain de cause. Je lève mon verre à la santé de l'homme à la table du fond qui vient de m'offrir une sangria, puis me tourne vers elle.

— Tu te penches à son oreille, les jujus en visuel, et tu lui murmures que tu aimerais bien prendre un dernier verre avec lui.

Elle prend l'air horrifié.

— Ça ne va pas la tête, je n'oserais jamais faire un truc pareil !

— Parfois, avec les hommes, il faut être directe, c'est le meilleur moyen d'obtenir ce qu'on veut.

— Tu peux parler ! T'en es où, toi, avec le Seigneur des anneaux ?

Je manque de recracher mon verre (décidément, c'est une manie chez moi).

— Pourquoi tu l'appelles comme ça ?

Ne me dites pas que toute la ville est au courant des pratiques bizarres de Grégoire Vassel, sauf moi !

— Ben, il est à la tête d'une joaillerie non ? Alors, bijoux, pendentifs, anneaux...

RAS les gars, c'était juste un jeu de mots pourri made in Justine, pas de quoi paniquer.

— Eh bien, figure-toi qu'on est passés de la théorie à la pratique pas plus tard que ce matin, dis-je fièrement, en me redressant sur mon tabouret.

— Tu déconnes ?

Je me lance alors dans l'exposé de ma séance de sexe

intense avec introduction (« tu verrais ses abdos ! »), développement (« tu verrais la taille de sa... ») et conclusion (« j'ai pris un de ces pieds ! »).

Elle fronce soudain les sourcils, intriguée.

— Mais alors, pourquoi tu t'es habillée en Britney Bitch, ce soir ? Tu ne fais ça que quand tu as le moral à zéro.

Je plonge le nez dans mon verre.

— Je n'ai pas eu de ses nouvelles depuis, j'avoue, dépitée.

— Mais ça ne date que de ce matin !

— Je sais, mais... J'aurais quand même bien voulu un petit signe, un truc qui m'aurait dit que ça l'a ébranlé autant que moi, le reste de la journée.

— Ebranlé ? On peut dire que tu sais choisir tes mots !

Mais elle a raison. Ça fait à peine huit heures que j'ai quitté son bureau, pourquoi je suis vissée à mon téléphone comme si ça faisait une semaine qu'il ne m'avait pas donné signe de vie ? Je suis grave. Ce n'est même pas mon petit ami, c'est... enfin... un coup en or.

Justine me pousse soudain du coude.

— Attention, le voilà !

Gilles arrive près de nous. Elle tire aussitôt sur son haut et les jujus font leur boulot. Je vois notre barman y jeter un coup d'œil discret (enfin « discret », on sait toutes comment sont les mecs...).

Je vide mon verre et vois un petit brun avancer vers moi avec un sourire charmeur. Il est pas mal. Pas exceptionnel, mais digne d'intérêt.

— Salut, me dit-il en se penchant vers moi pour couvrir le brouhaha ambiant.

— Bonsoir inconnu.

— Je m'appelle Tom. Et toi, laisse-moi deviner, c'est Divinement Belle, c'est ça ?

Un gros lourd. Génial !

— Non, c'est Gemma.

— Gemma ? Charmant !

C'est ça, cause toujours.

— Et attends de connaître mon nom de famille : Dose-des-mecs-dans-ton-genre.

A partir de là, je compte en général le nombre de secondes que ça leur prend pour comprendre. J'ai mon échelle spéciale gros nazes pour mesurer dans quelle catégorie se trouve l'élu du jour : entre une et cinq secondes, c'est un lourdaud cérébré. Avec un peu de chance, s'il est aussi doté d'un soupçon d'humour, il sourira et passera son chemin. Entre cinq et dix secondes, c'est un relou pot de colle. Non seulement il aura mis du temps à comprendre la vanne, mais il va en plus essayer d'en sortir une dans le même genre, ce qui lui prendra au moins un quart d'heure, pendant lequel j'aurai envie de me noyer dans mon verre pour faire cesser ce calvaire. S'il met plus de dix secondes, c'est un cas désespéré. Je n'ai plus qu'à lui lancer « Hé ! regarde là-bas, Scarlett Johansson te fait signe ! » pour m'en débarrasser.

Oh ! ça va ! Je ne suis pas si peste, je respecte toujours le temps du chrono : 1 petite culotte, 2 petites culottes, 3 petites culottes, 4 petites culottes, 5 petites culottes... *Game over.*

Ce cher Tom s'approche dangereusement de la catégorie des cas désespérés avec son front plissé de concentration : soit il cherche encore, soit il a une furieuse envie d'aller faire la grosse commission.

Justine minaude avec Gilles, lui parlant des différents degrés d'alcool de chaque bouteille située en vitrine derrière lui. Elle n'est pas rendue, la pauvre !

Soudain, ça vibre dans mon décolleté. Quoi ? Je

ne laisse plus traîner mon téléphone sur le comptoir depuis que Justine me fait ses sales coups.

Envie de disputer le match retour. Et toi ?

Boum, boum ! Pulse, pulse, pulse ! Tututu tutututu ! Me voilà devenue Morgane, la femme-orchestre. Tout mon corps réagit à ce message comme si j'étais en plein carnaval de Rio.

A l'extérieur ou à domicile ?

Oui, j'ai répondu tout de suite, et alors ? C'est pas comme si ma soirée était captivante. L'idée de le revoir l'est beaucoup plus.

A domicile. Le coup d'envoi est prévu dans moins d'une heure. Les joueurs sont à l'échauffement.

J'arrive avant le début des hymnes.

Quoi ? J'y peux rien si le foot ça m'excite !

Tom le gros naze est toujours là, Justine bat des cils et rigole bêtement à ce que lui raconte Gilles (c'est vrai que les modalités de l'obtention de la Licence IV, c'est à se plier en deux, pff). Il va falloir être rapide et efficace. Morgane en mode décampage vite fée, bien fée (Oh ! ça va ! Justine n'a pas le monopole des jeux de mots pourris).

— Hé ! Tom, regarde... Je crois que Penelope Cruz te fait signe, là-bas !

Et hop ! Un de moins.

Je me tourne alors vers les deux tourtereaux.

— Gilles, demain, c'est bien ton jour de fermeture ? Ça te dirait qu'on dîne tous les trois chez Justine ? Elle fait un poulet rôti au miel à se damner ! On dit demain, 20 heures, OK ? Allez, je vous laisse, j'ai un match à disputer.

Aucun des deux n'a besoin de savoir que je leur poserai un lapin.

Mission décampage accomplie. Je file à bord d'Adam vers le quartier d'affaires de la ville en chantonnant la *Marseillaise* d'un air victorieux.

Chapitre 10

Garer Adam : check. Trouver le bon bouton d'interphone : check. Vérifier l'odeur de mes dessous de bras : check. Je suis devant sa porte, prête à sonner et excitée comme une puce. Et si je lui faisais une petite surprise ? Je me marre toute seule en me contorsionnant aussi dignement que possible pour retirer ma petite culotte et la glisser dans mon sac.

Il m'ouvre la porte et mon cœur se met à battre à cent à l'heure. Il est à tomber ! Chemise déboutonnée au col, cheveux en pagaille comme s'il venait de se passer la main dedans, yeux bleu acier qui ne voient que moi. Si je n'entre pas, je vais me liquéfier sur le palier.

— Tu as fait vite, constate-t-il.

Il me débarrasse de ma veste en me souriant d'un air complice.

Et non, pas d'imper, j'ai été prise de court, faut dire.

— J'étais au pub du centre-ville quand tu m'as envoyé ton message.

Il se fige, puis me détaille des pieds à la tête, l'air fâché.

— Dans cette tenue ?

Mais c'est que Grégounet va nous faire une colère ?

Eh bien, fallait me donner des nouvelles plus tôt, mon grand !

— C'est sympa chez toi, dis-je en admirant la déco de l'entrée, ignorant volontairement sa remarque.

— Tu as mangé ? me demande-t-il en me détaillant toujours, les lèvres pincées.

— Je n'ai pas faim, je réponds avec un clin d'œil suggestif.

Il me prend par la taille et nous conduit au salon. Sa main ferme, chaude et possessive me rend toute chose. En découvrant la pièce, je me souviens de sa confession sur son goût pour la modernité. Un écran plat géant occupe tout le mur du fond, des spots de lumière tamisée sont disséminés dans le faux plafond blanc laqué et nous plongent dans une atmosphère sophistiquée. Il m'invite à m'asseoir sur le canapé en cuir crème et me propose un verre. Ce n'est peut-être pas très judicieux de lui dire que j'ai eu largement mon compte de verres offerts pour la soirée, alors j'accepte.

Il se dirige vers le bar situé derrière moi et, d'un coup de télécommande, lance la musique. James Bay gratte alors sa guitare en sourdine et m'enveloppe de sa voix troublante. J'observe Grégoire préparer nos boissons et ne peux m'empêcher de me dire qu'il doit faire ça avec toutes les greluches qui passent la porte de sa garçonnière.

Très bien étudié, monsieur Vassel, rien à redire.

Je saisis le verre de vin blanc qu'il me tend et nous trinquons en silence sans nous quitter des yeux. L'excitation que je ressentais à mon arrivée a laissé place à un sentiment de malaise. J'ai beau chercher un sujet de conversation pour faire comme si je n'étais pas venue ici dans le seul but de passer à la casserole, rien ne me vient à l'esprit. Moi ! Morgane ! La nana la plus loquace en zone de turbulences (enfin surtout pour dire des conneries), pas foutue de la ramener dans un moment pareil ! Grégoire est debout, alors je me lève pour ne pas rester comme une quiche sur ce canapé qui me colle à la peau.

Note pour plus tard : éviter les idées lumineuses du genre ôter sa culotte avant de poser les fesses sur du cuir.

— Tu me fais visiter ?

Il m'offre son bras pour que j'y crochète le mien et nous voilà partis pour le tour du propriétaire.

Vous vous souvenez du « cabinet de toilette » au manoir ? Eh bien, ici, la « kitchenette » est du même style : îlot central, hotte chromée, double évier, frigo américain et plan de travail en béton ciré. J'essaie de faire la fille blasée, mais mes yeux écarquillés et ma bouche ouverte me trahissent. Mon esprit tordu imagine aussitôt Grégoire aux fourneaux, en train de me cuisiner un bon petit plat, nu sous son tablier. Oui, je sais, ça commence à devenir une obsession chez moi, les mecs nus sous leur tablier, il va falloir que j'aille consulter.

La salle à manger est cosy et élégante. Enfin, je remarque surtout que la table fait au moins trois mètres de long. Avec ça, il pourrait m'allonger dessus et me passer sur le corps au total mépris des bonnes manières. *Oh ouais !*

La salle de bains ressemble beaucoup à celle de son bureau, mais en plus grande, une baignoire-jacuzzi en prime. J'ai l'impression d'être à Disneyland ! Enfin, plutôt à FuckMeland, où chaque attraction m'emmènerait au septième ciel. *Un jacuzzi, bordel !* Je ne l'ai jamais fait dans un jacuzzi, mais je veux bien essayer maintenant !

— On poursuit la visite ? me propose Grégoire en me tirant par la main.

Je grogne en le suivant à contrecœur. Il s'arrête alors dans le couloir et me glisse à l'oreille :

— Promis, la prochaine fois, on commencera par cette pièce...

J'en ai des frissons partout. Sa voix, son odeur, son souffle et son allusion à une prochaine fois. Il ne m'en faut pas plus pour lui sauter dessus. Je l'embrasse comme une affamée et il répond à mon baiser en m'agrippant par la taille pour me plaquer contre lui.

— On n'a pas fini notre tour, dit-il ensuite, les lèvres collées à ma joue.

— On s'en fout, je réponds, en m'emparant à nouveau de sa bouche.

Je sens son sexe durcir contre moi et je balade mes mains jusqu'à ses fesses musclées. « Allô Justine ? J'ai oublié de te parler de son petit cul ferme dans lequel j'ai envie de croquer et de laisser la marque de mes dents. Miam ! »

— Allez, viens...

Grégoire m'entraîne malgré moi avec une volonté que j'admire. Je suis faible, si faible. Où est la chambre ? Vite !

Il ouvre la porte de droite et me fait entrer dans une pièce servant à la fois de bibliothèque et de bureau. Il m'enlace, mon dos contre son torse, et je m'agrippe instinctivement à ses bras autour de moi. Je suis si bien que je ferme les yeux pour savourer cette sensation agréable d'être à lui, à cet instant.

— La décoration date un peu, m'informe-t-il de sa voix chaude qui me berce dans cet état de semi-conscience. J'ai prévu de changer tout le mobilier. Je suis d'ailleurs en train de me faire faire un bureau sur mesure.

Je suis tout à coup bien réveillée, les yeux grands ouverts et le corps plus raide qu'une planche de médium. Nom d'une culotte en latex, ne me dites pas que mes soupçons au sujet du mystérieux client de Karim sont avérés !

Respire Morgane, respire !

Le seul moyen d'en avoir le cœur net, c'est de découvrir la chambre. Oui, bon, je ne suis plus si pressée que ça, finalement…

Nous atteignons la porte au bout du couloir et je sens ma main devenir moite dans la sienne. Qu'est-ce que je fais si sa chambre ressemble à un baisodrome avec armoire Nikea remplie d'accessoires censés faire autant de mal que de bien ? Il a peut-être même une penderie pleine de costumes en latex avec bâillons, masques et autres colliers de dominateur.

Je suis barge ! J'aurais jamais dû venir ici !

Il ouvre la porte du vice et je retiens ma respiration. La bonne nouvelle : je transpire tellement que ma main glissera facilement de la sienne quand il faudra que je parte en courant. Il allume et me fait entrer. Une chose est sûre, ses tendances SM sont bien dissimulées derrière une déco sobre mais chaleureuse : parquet de bois foncé au sol, murs beiges, mobilier design, grand lit surmonté d'un cadre en cuir matelassé marron (ah ! ah ! indice !). Mes yeux se posent automatiquement de chaque côté du lit à la recherche de la preuve fondée de mes craintes. Il y a bien deux tables de nuit, mais elles n'ont rien à voir avec celles fabriquées par Karim.

Ouf ! RAS encore une fois, les gars, on peut se détendre.

Grégoire ferme la porte derrière nous et je sursaute malgré moi, pas tout à fait remise de mon trip « piquons un sprint loin d'ici s'il s'avère que Grégoire Vassel va me séquestrer dans cette piaule et faire de moi son esclave sexuelle ».

Il s'approche et, doucement, écarte les cheveux de

ma nuque pour y semer des baisers légers et brûlants. Sa barbe naissante râpe ma peau fine et provoque de douces décharges électriques dans tout mon corps. S'il continue comme ça, c'est moi qui vais le supplier de m'attacher pour qu'il fasse ce qu'il veut de moi.

— Tu n'as pas prévu de refaire la déco de cette pièce incessamment sous peu, n'est-ce pas ? je lui demande.

Et il me faut un certain effort pour terminer ma phrase, alors qu'il fait glisser la bretelle de mon haut le long de mon épaule et m'effleure à nouveau de ses lèvres.

Il me mordille même, et mon entrejambe, à l'air libre, palpite d'excitation.

T'inquiète pas mon minou, on va y aller, à Space Mountain. (Il adore les manèges à sensations où il y a toujours la queue.)

— Heu... non... Pourquoi, tu n'aimes pas ? me demande-t-il, effleurant mon cou de son nez, puis remontant jusqu'à mon oreille où son souffle chaud fait des ravages sur mes dessous.

Ah non, c'est vrai, je n'en ai pas.

— Si, si, j'aime beaucoup.

Je parle autant de la déco que de ce qu'il est en train de me faire. Je me tourne vers lui et dévore sa bouche en me collant contre lui. Il m'enlace et fait remonter ses mains le long de mes cuisses. Je le sens soudain se figer et me sonder du regard en découvrant que je ne porte pas de sous-vêtement.

— Surprise !

Cette fois, c'est lui qui grogne. Un grognement digne d'un homme des cavernes qui fait vibrer ma cage thoracique. Il reprend possession de ma bouche avec une bestialité qui transforme mes jambes en guimauve. Ses mains continuent leur exploration et je laisse échapper un petit cri de plaisir quand il glisse un doigt en moi.

— Tu es toute mouillée, murmure-t-il d'une voix rauque, me griffant le menton de sa barbe.

Mes tétons pointent de désir à m'en faire mal. Je rêve de les sentir contre son torse chaud. J'ai envie qu'il me prenne maintenant et, en même temps, je ne veux pas qu'il arrête ce qu'il est en train de me faire, c'est trop bon.

Je parviens à reculer de quelques pas et atteins le lit où je m'assois et m'attaque aussitôt à son pantalon. Je déboutonne, dézippe et fais glisser tout ce qui me sépare de son sexe avec une urgence presque animale. Je saisis son membre et passe ma langue sur mes lèvres en croisant le regard intense de Grégoire. Je le porte à ma bouche sans le quitter des yeux et ouvre grand pour le faire entrer le plus possible. Ma langue caresse sa longueur et tournoie sur son gland en une danse langoureuse et incessante. Grégoire a saisi ma tête dans ses mains et je le sens se contrôler pour ne pas la pousser contre lui afin que je le prenne tout entier. Je vais d'avant en arrière, extrayant complètement son sexe de ma bouche avant de le reprendre goulûment. Ça le rend dingue. Il geint comme si je lui faisais mal et je sais trop bien ce qu'il ressent. Mon propre sexe est douloureux du besoin intense et impatient de l'accueillir en lui. Mais je n'en ai pas fini avec ma douce torture. Assise ainsi sur ce lit, la jupe relevée jusqu'en haut de mes cuisses écartées, mon sexe exposé et luisant de désir, j'ai l'air d'une catin mais, au lieu de me gêner, cette idée m'excite encore plus. Je sors les dents, juste assez pour effleurer sa peau fine et sensible, et le râle que j'entends aussitôt me confirme qu'il est proche de l'orgasme.

C'est le moment parfait pour laisser éclater ma vengeance.

Tu as voulu jouer avec moi ce matin sur ce bureau ? Moi aussi, je peux jouer !

Son sexe tendu dans ma main, je le lape maintenant comme une délicieuse glace italienne.

— Tu aimes ça ? je lui demande d'une voix mutine.

Il se mord la lèvre et acquiesce, son bassin faisant des va-et-vient irrépressibles devant moi.

— Et quand je fais ça, tu aimes ?

J'enfourne son sexe le plus loin possible dans ma bouche.

— Ah ! répond-il seulement, au bord de l'explosion.

Aussi vite et profondément que je l'ai pris, je le ressors et ma main, qui s'appliquait toujours à l'exciter, le lâche. Je me lève et lis ma victoire dans ses sourcils froncés.

— Ça, c'est pour ce matin, je lui susurre à l'oreille en lui remémorant le petit jeu sadique auquel il s'est prêté, m'obligeant presque à le supplier de me pénétrer.

Ses yeux translucides et son sourire carnassier me confirment qu'on est loin d'avoir atteint la mi-temps. Il me fait basculer sur le lit et s'allonge sur moi, pesant de tout son poids. Il m'embrasse avec une intensité qui m'affole autant qu'elle me dépasse. Il a l'air d'avoir faim de moi comme s'il n'avait pas mangé depuis des mois, des années même. J'ai presque l'impression qu'il y met des sentiments. Et ça me perturbe ; ça refroidit un peu mon ardeur. Enfin, juste quelques secondes, car il a passé mon haut par-dessus ma tête et envoyé valser mon soutif en le dégrafant d'une main. *Quel homme !* Sa bouche est sur mon sein, et sa langue tournoie sur mon téton supplicié. Mon ardeur est de retour et j'assouvis enfin le fantasme de lui arracher sa chemise. Les boutons volent, c'est beau, et le bruit sec du carnage m'excite encore plus. Mes mains caressent son torse dont les reliefs virils me captivent, tandis que Grégoire poursuit son exploration plus bas. Il fait glisser ma jupe le long de mes jambes et écarte mes cuisses de ses mains fermes. Je suis complètement exposée et, encore une fois, au lieu de faire ma timide, je me sens mouiller rien qu'à le regarder admirer le spectacle.

— Tu es magnifique, dit-il, balayant mon corps de ses yeux brûlants de désir.

Il embrasse mon clitoris en me regardant droit dans les yeux. *Bon sang !* Il glisse deux doigts en moi et mes hanches partent aussitôt à sa rencontre. Mon corps ne me répond plus. Il n'est plus qu'un amas de tissu nerveux complètement survolté et avide d'en obtenir plus. J'entends Grégoire arracher l'emballage d'un préservatif qu'il a sorti de je-ne-sais-où, car j'ai depuis longtemps fermé les yeux pour savourer les pulsions électriques provoquées par sa main experte.

Quand je les rouvre, il s'est agenouillé et se prépare à entrer en moi. Il me regarde en approchant son sexe du mien et j'ai l'impression d'être la personne la plus désirable au monde.

Je crie. Autant d'extase de le sentir me pénétrer qu'à cause de l'effet qu'il a sur moi. C'est comme si j'étais la même, mais dans une version améliorée, perfectionnée... photoshopée. Et cette fille belle et sûre d'elle me plaît. J'aimerais lui ressembler plus souvent.

Grégoire a plaqué mes mains au-dessus de ma tête et a entremêlé nos doigts dans un geste possessif et tendre à la fois. Ses yeux sont toujours rivés aux miens, alors qu'il continue ses va-et-vient langoureux et terriblement érotiques.

— Plus fort, je lui dis soudain, avec une audace qui me surprend.

Il accentue ses coups de reins et chaque parcelle en

moi le sent, l'appelle, l'enserre, le supplie de ne pas s'arrêter.

Il m'embrasse. Un baiser presque autoritaire auquel je réponds en totale soumission. Je suis à lui. A cet instant, je lui appartiens et ça me va très bien. Moi, la fille indépendante et fière de l'être, je suis prisonnière de ses bras et de son corps sans la moindre envie d'évasion. Je pourrais prendre perpète et signer avec plaisir en bas de la condamnation.

Je vais jouir d'un instant à l'autre. J'entoure Grégoire de mes jambes et presse ses fesses avec mes pieds pour le sentir plus profondément en moi.

— Grégoire ! je crie, en explosant de plaisir.

Il accélère encore pour me rejoindre, puis prend mon visage dans ses mains et me regarde amoureusement.

Non, pas amoureusement... Mais ça y ressemble, enfin non, pas du tout... C'est juste l'orgasme qui me fait dire n'importe quoi.

Dans une dernière poussée, je le sens s'abandonner à la cascade de plaisir qui l'inonde à son tour.

Il s'écroule sur moi. Son souffle saccadé dans mon cou me donne la chair de poule. Son corps en sueur colle au mien, ses cheveux me chatouillent la joue. Je suis bien.

Il se redresse au bout de quelque temps, m'embrasse et m'observe en souriant. Il est si beau ! Encore plus après l'amour. Je dégage les mèches collées sur son front en admirant son visage parfait. Puis il se lève et quitte la pièce pour se diriger vers la salle de bains. Je reste allongée sur le dos, contemplant le plafond, repue et satisfaite.

Puis je me lève, frissonnant, et je pars à la recherche de mes affaires qui ont volé un peu partout dans la chambre. Je me rhabille (enfin, toujours sans culotte, puisqu'elle m'attend encore sagement au fond de mon sac dans le salon) et j'essaie de me recoiffer comme je peux dans le reflet du miroir de la grande armoire. Je jette un coup d'œil derrière mon épaule pour m'assurer que Grégoire ne va pas débarquer et ouvre la porte de droite. Je tombe côté penderie, où tous ses costumes d'homme d'affaires sont suspendus. Je souris bêtement en repensant au film que je me suis fait au sujet de ses hypothétiques tendances sadomasochistes, puis referme vite pour ne pas être surprise en train de fouiner.

J'en suis à mettre mes escarpins quand Grégoire revient, nu comme un ver. *Dieu ce qu'il est sexy !* Mes tétons pointent à nouveau et mon entrejambe pulse en demandant un rappel.

Il s'arrête en me découvrant déjà rhabillée et prête à partir.

— Qu'est-ce que tu fais ? Tu t'en vas ?

Il est trop craquant, avec ses sourcils froncés ! Et s'il ne renfile pas vite une fringue pour cacher ce corps magnifiquement sculpté, je vais lui sauter dessus.

— Oui, il est tard... et on travaille tous les deux demain alors...

Je me sens bête. Pourquoi ? Je lui facilite la tâche. Au moins, il n'aura pas besoin de me faire comprendre qu'il est temps que je m'en aille. Il devrait s'estimer heureux.

— Tu peux rester dormir ici. Il suffira de se lever un peu plus tôt demain..., propose-t-il.

Il semble un peu gêné mais sincère. Je trouve ça attendrissant. Est-ce qu'il passe la nuit complète avec toutes les nanas avec qui il couche ? Je ne l'aurais pas cru. Comme quoi, c'est un vrai gentleman. L'idée de rester dormir contre lui, dans ses bras, est tentante. J'ai bien envie de dire oui, mais mon cerveau me dicte de déguerpir au lieu de sombrer dans des pensées rose bonbon où Grégoire et moi serions plus qu'un plan cul (le meilleur que j'aie jamais eu, cela dit).

Il m'a prise dans ses bras et sème des baisers dans mon cou. Je ferme les yeux, prête à céder. Sentir son corps nu plaqué contre mes vêtements est terriblement excitant. D'ailleurs, je ne suis pas la seule à qui ça fait de l'effet à ce que je vois...

J'ouvre un œil et essaie de me souvenir où je suis. Des images classées X me reviennent et je sens le bras de Grégoire posé sur mon ventre de manière possessive

Merde ! Je me suis endormie !

Je me contorsionne pour essayer d'apercevoir l'heure sur le radioréveil de son côté du lit. 4 h 30. Il faut que je m'en aille ! Où sont mes fringues ? Je n'y vois rien. Après avoir délicatement déplacé le bras de Grégoire, je me glisse hors du lit et les cherche à tâtons sur le sol. Voilà ce qui arrive quand on cède à la tentation.

Oui, mais c'était bon !

On a fait ça sans urgence, lentement, mais intensément. Nos corps ont fait ainsi plus ample connaissance. On a découvert nos zones sensibles, fait errer nos lèvres sur l'autre en prenant notre temps. C'était intime, complice. Je n'avais jamais fait l'amour comme ça avant. J'enfile ma jupe enfin retrouvée et mon cœur se met à battre plus rapidement.

Est-ce que ça veut dire quelque chose ?

Non, bien sûr que non. Je connais peut-être le moindre recoin du corps de cet homme mais, lui, on ne peut pas vraiment dire que je le connaisse. Je passe mon haut récupéré au pied du lit et attrape mes escarpins, résolue à ne plus me lancer dans ce genre de questionnement idiot. Je me tourne vers Grégoire qui dort paisiblement sur le ventre, la joue droite écrasée contre l'oreiller et suis attendrie de le voir si abandonné, si serein, si beau. Je secoue la tête et sors de la pièce sans bruit.

J'ai renfilé ma culotte dans l'ascenseur. Je me sens déjà suffisamment poupouffe avec mon accoutrement, en pleine nuit, à essayer d'atteindre ma voiture, sans que les flics m'arrêtent pour racolage. Alors les miches à l'air ! Mon cas serait indéfendable.

Une fois de retour dans mon appartement, je prends une douche et file me coucher, mais impossible de trouver le sommeil. Je n'arrête pas de revivre dans ma tête ce qui s'est passé en l'espace de dix-huit heures. Si on résume : j'ai fait l'amour trois fois (*Samba De Janeiro !*), Grégoire n'est pas porté sur le SM (mais s'il veut m'attacher, je ne lui dirai pas non). Oui, je suis contradictoire, et alors ? Je suis une fille et une fille ne sait jamais ce qu'elle veut, c'est bien connu ! Sa salle de bains a une baignoire-jacuzzi (j'ai trop envie d'essayer ! C'est quand que j'y retourne ! Lui et moi, nus, entourés de buses masseuses et de bulles relaxantes !).

Le résumé est plutôt pas mal, mais quelque chose me turlupine (et c'est pas un jeu de mots pourri, promis). Je me sens bien. Un peu trop bien. Ce n'est pas pour jouer les rabat-joie, mais ça me déstabilise. J'ai très envie de le revoir. Je suis impatiente, même. Ce ne sont pas seulement son corps et nos petits jeux qui m'attirent chez lui. Il y a plus. Mais je ne sais pas quoi faire de ce plus. Grégoire Vassel n'est pas un mec pour moi. Si on ne compte pas le physique (parce que, là, le calcul est vite fait : dans le genre hors de portée, il se pose là), on n'est pas du même monde. Monsieur Né-avec-une-cuillère-en-or-dans-la-bouche contre Miss Joint-difficilement-les-deux-bouts... Le constat est sans appel. Une fois l'insouciance et l'excitation des premiers moments passés, on s'apercevra qu'on n'a rien en commun. Et que dire de sa tordue de mère ? Sans parler du portrait XXL de son ex qui orne tranquillement le mur du premier étage du manoir sans que ça ne choque personne, sauf moi.

Je n'ai pas trente-six solutions : soit je prends mes distances, soit je tente d'en savoir un peu plus. Dans les deux cas, il faut que je préserve mon petit cœur d'artichaut qui s'emballe déjà.

En attendant, si on pensait positif ? J'ai fait l'amour trois fois hier ! Na na nère ! ! !

Chapitre 11

Quand j'arrive au manoir, quelques heures plus tard, deux voitures de gendarmerie sont garées dans la cour. Intriguée, je me dépêche d'atteindre le hall d'entrée. Comme je ne croise personne, je monte directement chez Adélaïde Vassel et tombe sur Maryse à l'étage.

— Ah, vous voilà ! Ces messieurs de la gendarmerie sont là et souhaiteraient s'entretenir avec vous, m'annonce-t-elle, en m'indiquant la porte du dragon.

— Pourquoi ?

Maryse n'a pas le temps de me répondre, car un homme en uniforme s'avance vers moi.

— Morgane Genet ? Je me présente, brigadier Moreau. Nous venons d'enregistrer la plainte de Mme Vassel au sujet du vol d'un de ses bijoux de valeur. Nous aurions quelques questions à vous poser.

C'est pas vrai ! Elle ne m'a pas fait ce coup-là quand même !

Je tente aussitôt d'entrer dans la chambre, saisie d'une bouffée de rage.

— Où est-elle ?

Le gendarme s'interpose.

— Elle est avec mon collègue. Pourriez-vous nous

indiquer un endroit où nous pourrions nous entretenir, Mlle Genet et moi ? demande-t-il à Maryse.

Cette dernière propose le grand salon du rez-de-chaussée et me voilà en train de suivre un représentant de la loi dans une affaire dans laquelle, j'en suis sûre, je suis la principale suspecte.

— Pourriez-vous me relater votre journée d'hier ? me demande-t-il, branchant son ordinateur et sa mini-imprimante.

Dis donc, ils sont sacrément bien équipés les flics maintenant ! Y a plus qu'à espérer qu'il ne tape pas au clavier avec un seul doigt.

Je ne sais pas pourquoi, mais je sens que je vais devoir rejouer à Taboo et les mots à éviter seront : bureau, Vassel fils et rapports sexuels.

En parlant du loup, il n'est même pas là pour intervenir. J'ai demandé à Maryse d'aller le chercher, pour qu'il mette fin à cette mascarade ridicule, mais elle m'a répondu qu'il était en rendez-vous extérieur toute la matinée.

J'explique donc au brigadier Moreau les allusions d'Adélaïde Vassel, la veille, au sujet des brutalités supposées que je lui aurais fait subir (elle va l'avoir, son examen médical poussé, il ne fallait pas me chercher !), la toilette faite sans un mot, mon entretien avec son fils dans son bureau (Buzzzz ! *Game over*), ma rencontre avec Catherine Vassel dans le couloir en sortant, puis j'enchaîne sur le reste de ma passionnante journée, jusqu'en fin d'après-midi.

Il m'écoute, hoche la tête, me demande si j'ai remarqué quelque chose d'anormal lors de mon passage au manoir la veille (D'anormal ? Voyons... est-ce que se faire accuser à tort de brutalité sur personne âgée, c'est normal ? Est-ce que s'envoyer en l'air sur le bureau du fils, c'est normal ?). Je lui réponds par la négative et il s'en tient là. Il ne semble pas accusateur, juste blasé. J'essaie alors d'en savoir un peu plus sur ce prétendu vol de bijou.

— Cette fois, c'est une bague en émeraude qui aurait disparu entre 9 h 30 et 11 h 30, hier matin, soupire-t-il.

— Cette fois ? Ça veut dire qu'il y en a eu d'autres ?

Il regarde derrière lui, comme pour s'assurer qu'il n'est pas écouté et se penche vers moi.

— Chaque fois qu'un nouvel employé entre dans cette maison, c'est la même chose, nous sommes appelés pour une accusation de vol de bijou. Mme Vassel est toujours catégorique et nous devons enregistrer sa plainte. Nous allons suivre la procédure d'usage, mais vous ne devriez pas être inquiétée.

Il imprime ma déposition, la relit à voix haute et m'invite à signer.

J'ai bien mérité un café avant d'aller affronter la vieille qui crie au loup.

J'entre dans la cuisine et trouve Horace assis à table avec Maryse. Edwige est aux fourneaux. Avant même que j'aie le temps d'en faire la demande, cette dernière me tend une tasse fumante de café.

— Je pense que vous en avez bien besoin.

Je la remercie et Horace lève la sienne, faisant mine de trinquer.

— Bienvenue dans le gang des voleurs de bijoux imaginaires !

J'ai alors droit à l'anecdote de chacun sur les accusations délirantes de la reine mère à leur sujet.

— Et personne n'a trouvé où elle les planquait ? je demande, incrédule.

— On n'a pas cherché. Déjà qu'on se fait traiter de voleurs, si on se met à fouiner dans les coins à la recherche des bijoux perdus, on va vraiment passer pour des coupables !

Mon café terminé, je me rends au premier étage pour régler mes comptes avec Adélaïde Vassel, en plus de sa toilette.

— Vous n'en avez pas marre d'inventer des histoires pareilles ? Vous ne pensez pas que les gendarmes ont autre chose à faire que de perdre leur temps avec une vieille dame délirante ?

— Je ne vous permets pas ! s'indigne-t-elle.

Tiens, aujourd'hui, elle m'adresse la parole. Y a du progrès.

— Et vous, je ne vous permets pas de m'accuser d'être une voleuse ! Où vous les cachez, ces bijoux soi-disant dérobés ?

Je soulève les coussins de sa banquette, puis commence à inspecter les bibelots sur le bord de sa cheminée.

— Arrêtez ça tout de suite !

— C'est une histoire d'assurance ou ça vous fait juste marrer d'accuser des innocents ? Pourquoi vous agissez comme ça ? Ça vous plaît de passer pour une bonne femme insupportable ? Ça vous apporte quoi, au juste ?

Elle me toise sans répondre, mais j'ai l'impression de l'atteindre, alors je continue :

— C'est pour vous faire remarquer ? Pour animer votre journée ? J'aimerais comprendre. Ce ne serait pas parce que votre vie a moins de sens depuis que vous ne vous chargez plus de la joaillerie ? Vous vous sentez inutile, délaissée, alors vous jouez les Tatie Danielle pour faire payer à tout le monde votre ennui et votre solitude. Mais tout ce que vous allez récolter, c'est que les gens viendront à votre enterrement uniquement pour cracher sur votre tombe. C'est ça que vous voulez ?

J'ai l'impression qu'elle a les larmes aux yeux. Elle se détourne de moi et file dans la salle de bains.

A partir de là, on ne s'est plus adressé la parole. Je ne l'ai même pas saluée en partant. Elle m'énerve, aussi, à se comporter comme une vieille bique imbuvable ! Je suis sûre qu'elle vaut bien mieux que ça. Elle est sournoise, mais fine. Si seulement elle laissait un peu tomber le masque, je pourrais l'aider... Encore faudrait-il qu'elle le veuille.

Dans le couloir, j'aperçois le portrait de la mère de Catherine qui m'observe de toute sa beauté et sa perfection. Je lui tire la langue avant de descendre le grand escalier.

Quelle maison de fous !

Je suis assise sur une chaise en plastique inconfortable, un ticket à la main, à attendre mon tour à la Sécu, quand je reçois un message de Catherine :

> Je suis désolée pour ce que t'a fait Nanny. On peut se voir dans l'après-midi ?

Elle doit avoir peur que je jette l'éponge. Ce sera l'occasion d'en apprendre plus au sujet de sa grand-mère. Si Catherine l'aime tant, c'est qu'elle doit voir du bon, sous son cuir de dragon. On se donne donc rendez-vous au même salon de thé que les dernières fois. Mais, avant, il faut que je me farcisse la mise à jour de mes contrats avec la Sécu et fasse accélérer la prise en charge qui m'est due. Dans ces moments-là, j'avoue que je me demande pourquoi je fais ce boulot.

Après s'être assurée que je continuerai bien à m'occuper de sa grand-mère malgré son sale caractère,

Catherine répond à mes questions. Adélaïde était une femme forte et entreprenante, et ses idées innovantes ont fait avancer la joaillerie. Mais, quand son fils a repris l'affaire, elle en a été écartée peu à peu. Au départ, elle gérait encore les relations extérieures pendant que Grégoire s'occupait de l'aspect financier et stratégique. Ensuite, une certaine Marissa a été embauchée pour se charger de la communication et du marketing, et Adélaïde a été laissée sur le carreau, sous prétexte qu'elle était âgée et que tout ce stress n'était pas bon pour elle. Depuis, Catherine dit qu'elle ne la reconnaît plus. Elle est devenue aigrie, s'en prend à tous ceux qui veulent l'aider. Son seul passe-temps : ses bijoux précieux qu'elle ausculte chaque jour et dont elle fait l'inventaire scrupuleux, puis qu'elle replace dans son coffret comme un trésor. C'est une passionnée. Une passionnée qui voit son empire avancer (ou sombrer) sans elle et qui le déplore d'une manière haineuse.

Peut-être que la solution serait de lui laisser un rôle, même infime, dans la société, pour qu'elle ait le sentiment d'exister ? Catherine m'affirme qu'elle a tenté de convaincre son père mais que ses demandes sont restées sans appel. C'est là qu'elle me refait le coup des yeux qui s'agrandissent.

— Tu ne pourrais pas essayer de lui parler, toi ?

Entre deux roulages de pelle, tu veux dire ?

— Je préférerais ne pas me mêler de ça. C'est une affaire de famille...

— S'il te plaît ! Même si j'ai l'impression que vous avez du mal à vous entendre lorsque vous êtes dans la même pièce, il a l'air d'apprécier ton travail. Quand je l'ai prévenu pour l'accusation de vol de Nanny, il était furieux, mais il a dit qu'il ne doutait pas que tu saurais gérer la situation. Alors, je t'en prie, parle-lui. En plus, il est de bon poil en ce moment, ça peut marcher !

Quand j'entends ça, mon cœur tressaute comme si j'y étais pour quelque chose.

— Tu crois ?

Si je la laisse supposer que je vais l'aider, elle va peut-être m'en dire plus sur l'humeur de son sexy de père.

Je n'arrête pas de penser à lui, à ce qu'on a fait, à ce que j'aimerais qu'on fasse. Ma fuite de ce matin, sans un mot, n'était peut-être pas très judicieuse, mais c'est tout ce que j'ai su faire sur le moment. Il commence à me connaître, il doit bien se douter que la fuite est une manie chez moi. Quoi qu'il en soit, je n'ai pas de ses nouvelles et je sais que c'est à moi de faire le premier pas, si je veux goûter aux doux remous du jacuzzi... entre autres.

— Oui, ça fait longtemps que je ne l'ai pas vu comme ça. Depuis le jour de l'accident, en fait. Je pense qu'il est soulagé que je ne conduise plus. Ça l'inquiétait plus que je ne l'aurais cru que j'aie ma propre voiture. Finalement, je vais peut-être lâcher cette idée. Il a raison en plus, je ne suis pas très douée pour la conduite.

Elle coule un regard dans ma direction en portant sa tasse à ses lèvres, mais je ne l'ai écoutée qu'à moitié. Mon cerveau de fille mordue me rappelle que « le jour de l'accident », c'est aussi celui où on s'est rencontrés. *N'importe quoi Morgane.*

On se quitte et je lui promets d'essayer de parler à son père. Je suis faible, que voulez-vous... Non, stratège plutôt, parce que ça me fera un bon prétexte pour passer le voir à son bureau. *Hé, hé, hé !*

J'ai mis mon téléphone en mode vibreur, car je ne supporte plus de l'entendre biper toutes les cinq minutes.

Ramène ton cul ici *illico*, ou je viens te chercher !

Justine m'a envoyé des messages flippants toute la journée. Elle stresse à mort pour son rencard avec Gilles. Enfin, officiellement, c'est censé n'être qu'un repas amical à trois, sauf qu'elle commence à se douter que je n'ai jamais eu l'intention de venir. Je dois dire que je fais la morte depuis ce matin chaque fois qu'elle essaie de m'appeler. Mon répondeur est blindé de menaces hystériques et, comme ça ne semble pas atténuer sa colère, elle a décidé de me bombarder de textos. Elle a d'abord usé de la corde sensible.

Il faut que tu m'aides à me trouver une tenue.

T'es mon amie oui ou non ?

Ne me laisse pas tomber, je vais tout faire foirer si t'es pas là !

Et comme je ne répondais pas, la corde, maintenant, elle aimerait bien me la passer autour du cou pour m'étrangler avec.

Le problème avec Justine, c'est qu'elle met ses menaces à exécution. Alors, quand elle m'écrit qu'elle va venir me chercher, je la crois bien capable de planter son dîner et l'arrivée imminente de Gilles pour débarquer et me botter les fesses. En d'autres termes, je ne dois pas rester chez moi. Pas le choix, il me faut un plan B.

Un succulent et excitant plan Q... heu, B.

J'attaque :

Le mot que tu as peut-être cherché disait : j'ai passé une excellente soirée. On remet ça quand tu veux. ;)

Il répond :

Pas trouvé le mot, mais apprécié le soutien-gorge laissé en souvenir…

Merde !

J'avais même pas fait gaffe que je l'avais oublié là-bas. Mais j'ai pensé à la culotte, c'est déjà pas mal !

Ça me fera un truc en moins à mettre sous mon imper avant de venir…

Le jacuzzi nous attend.

J'arrive.

Bon, ben... maintenant que mon entrejambe danse le tube de l'été en pure anticipation, il ne me reste plus qu'à me contorsionner pour accrocher mes bas de soie à mon porte-jarretelles.

Si je tenais l'inventeur de ce truc galère à mettre, je lui en toucherais deux mots, c'est moi qui vous le dis !

Un conseil : testez le jacuzzi ! C'est le pied ! Et tant qu'on est dans les recommandations d'endroits sympas où s'envoyer en l'air, essayez aussi l'îlot central de la cuisine, c'est chaud !

— Reste dormir ici, me susurre Grégoire en faisant courir ses doigts le long de mon dos nu.

Pour le troisième round, on a opté pour le lit (on s'encroûte déjà, je sais, mais il n'est plus tout jeune, il faut bien que je le ménage un peu). Je savoure ses caresses en somnolant à moitié.

— Non, je vais rentrer, je réponds d'une voix ensommeillée.

C'est vrai. Il faut que j'y aille, mais j'ai du mal à sortir de ces draps. Je suis bien. Allongée contre lui, la tête posée sur son torse chaud, je me sens partir malgré moi dans les bras de Morphée.

— Je suis sérieux, Morgane.

Je lève les yeux vers lui et découvre qu'il me regarde intensément. Il a même arrêté d'effleurer délicieusement ma peau. Et là, je panique. Ne me demandez pas pourquoi, c'est plus fort que moi. Et quand je panique, mon premier réflexe (vous vous en doutez), c'est la fuite.

Je me lève brusquement et commence à déblatérer tout un tas d'excuses bidons : mes cheveux à laver (c'est ma préférée), mon chat à nourrir (j'en ai pas, mais il n'est pas censé le savoir), ma voiture garée sur une place de livraison...

Grégoire s'est redressé sur le lit et m'observe, les bras croisés. Il a l'air fâché. Même comme ça il est craquant, c'est dingue ! Mon entrejambe me supplie d'arrêter mes recherches infructueuses de mon imper et d'arrondir les angles pour avoir une chance de remettre le couvert un de ces quatre.

Je grimpe à nouveau sur le lit, toujours dans le plus simple appareil, et lui embrasse la joue, le menton, le cou, le bout du nez.

— Tu ne vas pas bouder, si ?

— Ça dépend. Tu restes ?

Pourquoi je flippe autant chaque fois qu'il me demande ça ? Mon cœur bat à toute vitesse et une petite voix me crie : « Cours Forest, cours ! »

— Une prochaine fois...

Je tente de négocier à coups de baisers sur sa mâchoire, son front, ses paupières.

— Demain.

— Quoi demain ?

— C'est vendredi. Tu prends de quoi te changer.

du shampoing, tu nourris ton chat imaginaire, Victor vient te chercher et tu passes la nuit ici.

Ah ouais ? Parce que monsieur croit pouvoir décider à ma place ?

Ben, merde alors, sa voix autoritaire m'excite à mort !

Je lui mordille la lèvre inférieure, puis lui dévore la bouche pour me repaître de son goût, de sa langue, de lui, jusqu'à la prochaine fois. Il m'enveloppe de ses bras et je m'en échappe avant de succomber à nouveau.

— Bonne nuit, Grégoire.

Justine ne m'en veut plus. Elle m'adore même (Girouette Girl, vous vous souvenez ?). Elle a passé une soirée magique avec Gilles. Ils ont parlé toute la nuit.

Oui, oui, « parlé ». J'aurais tendance à dire que, moi, j'ai passé une soirée magique — baguette exauçant mes souhaits, bulles, lapins (oui, je parle bien de Greg et moi) et plein d'autres tours de magie. Elle, elle a juste passé une soirée sympa.

Mais non, elle est sur un nuage (mais toujours pas au septième ciel, en attendant), elle n'a que Gilles à la bouche (le prénom, pas de quoi s'emballer non plus). Gilles est beau, Gilles est intelligent, Gilles a de l'humour, Gilles est parfait.

Ce que j'en retiens, moi, c'est que Gilles est reparti au petit matin, bien sagement, après leur roucoulade de huit heures sur le canapé du salon.

— Il n'y a même pas eu un petit bisou ? je lui demande au téléphone, tout en me faisant couler un café bien fort.

Je suis lessivée. Il faut que je me fasse une raison, je n'ai plus vingt ans. Enchaîner les nuits courtes (et acrobatiques) en semaine, ça devient compliqué.

— On a partagé bien plus que ça. On est sur la même longueur d'onde. Je n'ai jamais ressenti ça avec personne d'autre. Il est si... si...

Et la voilà repartie dans les superlatifs. J'éloigne le téléphone de mon oreille, le temps d'enfiler mon haut. Puis je reprends l'appareil et interromps l'énumération :

— Vous vous revoyez quand ?

C'est d'un café dont j'ai besoin, pas de guimauve à haute dose !

— Je vais chez lui ce soir, après son service. Tu ne peux pas savoir comme j'ai hâte !

— Ah ! Enfin de l'action ! dis-je, en me réjouissant d'avoir bientôt quelque chose de plus croustillant à me mettre sous la dent. Parce que : « il m'a regardée, je l'ai regardé, on s'est regardés... », *argh !*

— Je ne pense pas. J'ai l'impression qu'il veut prendre son temps. C'est bon signe, non ?

— Heu...

— Il m'a avoué qu'il ne se dévoile pas facilement, mais qu'il aimerait me faire découvrir son univers avant qu'on aille plus loin.

Eh ben, c'est pas gagné, cette histoire !

— Mais assez parlé de moi. T'étais où, hier soir ?

— Oh... moi ? A un spectacle de magie.

Quoi ? Si je lui livre des détails trop hard, elle va lui paraître sacrément fade, sa soirée avec son membre d'ACDC (Abstinent Coincé Du Cul).

Chapitre 12

A mon grand soulagement, Adélaïde Vassel semble s'être calmée. Aujourd'hui, j'ai pu m'occuper d'elle sans me voir accuser de brutalité, de vol ou délires du même genre. Elle ne m'adresse toujours pas la parole, mais me regarde différemment. Est-ce que les mots durs que j'ai eus hier y sont pour quelque chose ? Est-ce que Catherine lui a parlé ? Ou Grégoire ?

Je reste cependant sur mes gardes : cette trêve n'est peut-être qu'un leurre.

En sortant de la cuisine, où je suis allée saluer Edwige et Victor, je tombe sur Catherine qui me cherchait.

— Ah, tu es là ! Mon père est dans son bureau, c'est le moment idéal pour lui parler de Nanny.

— Heu... OK.

Je prends la direction du couloir et constate que Catherine me suit.

— Tu viens aussi ?

— Ben oui, on ne sera pas trop de deux pour le convaincre.

Génial ! Je n'avais pas du tout envisagé les choses comme ça ! Si je comprends bien, je vais devoir me tenir à une distance raisonnable de Greg le magicien, éviter de penser à toutes les parties de son corps que j'aimerais mordiller, rester totalement impassible et le vouvoyer.

Je frappe timidement à la porte, jetant un regard inquiet à Catherine. J'espère presque qu'il ne va pas entendre et qu'on pourra rebrousser chemin et remettre cette conversation à une prochaine fois.

— Entrez.

Et merde !

J'ouvre et mon cœur bat déjà la chamade en l'apercevant, assis à son bureau, l'air concentré, les yeux rivés sur son écran d'ordinateur. Il porte des lunettes. Je ne l'ai encore jamais vu avec. Ça lui donne un petit côté sexy supplémentaire (comme s'il en avait besoin). Je m'imagine déjà m'interposer entre l'ordi et lui, m'asseoir sur son bureau en le laissant apercevoir la dentelle de ma lingerie sous ma jupe, lui ôter lentement ses lunettes, puis plonger sa tête dans mon décolleté et respirer une bouffée de ses cheveux pendant qu'il m'attraperait par la taille pour me rapprocher de lui et...

Grégoire lève les yeux de son écran et, quand il me voit, un sourire éclaire son visage. Il retire ses lunettes et j'aperçois une lueur carnassière dans son regard qui me détaille de haut en bas.

Pulse, pulse, pulse.

— Bonjour papa ! lance alors Catherine derrière moi, en entrant à son tour.

Le regard de Grégoire passe de la surprise à la gêne

Bienvenue au club !

Il se redresse, vient embrasser sa fille, puis me serre la main sans me quitter des yeux.

Catherine lui explique la raison de notre présence et il nous invite à nous asseoir, les sourcils froncés et l'air accusateur. Pour moi uniquement, l'air accusateur. (Ben oui, son angélique et innocente fille ne peut pas être à l'origine de ce traquenard, voyons.)

Et là, j'ai un sentiment de déjà-vu. Je regarde mes mains, les cadres au mur, le paysage par la fenêtre. Tout, sauf lui et son bureau, sinon ma couverture d'agent spécial en mission secrète — nom de code : faux-semblants — va être grillée, c'est sûr !

— Suite aux dernières frasques de Nanny, j'ai discuté avec Morgane de la situation et elle est de mon avis : tu devrais la laisser travailler de nouveau pour la joaillerie, déclare Catherine avec aplomb.

Mais Morgane pense également qu'il serait dommage de forcer la main de Monsieur le directeur alors, s'il n'est pas d'accord, on oublie tout et on s'en tient à coucher ensemble sans plus jamais évoquer le sujet. Ça me va très bien aussi !

Grégoire me toise d'un air réprobateur et je peux voir à sa mâchoire crispée qu'il n'apprécie pas du tout que je mette mon nez dans cette histoire de famille.

Je vois ma vie sexuelle débridée de ces derniers jours défiler devant mes yeux.

— Ta grand-mère a soixante-dix-neuf ans, Catherine. Nous avons déjà eu cette conversation et je pense avoir été suffisamment clair.

— Mais papa, tu n'es pas obligé de lui donner des responsabilités, juste des tâches qui occuperaient ses journées et la feraient se sentir utile. Regarde ce qu'elle est en train de devenir ! Tu aimerais, toi, être mis à l'écart comme ça, après t'être investi autant dans l'entreprise ? Essaie de la comprendre !

Je n'avais jamais vu Catherine comme ça. Sa voix habituellement douce et candide est chargée de colère. Grégoire a d'ailleurs l'air aussi surpris que moi.

Je me fais toute petite sur ma chaise.

Qu'est-ce que je fous là ?

— Je ne vois toujours pas en quoi Mlle Genet est

concernée dans cette affaire, rétorque-t-il, en prenant soin de m'ignorer.

Catherine me regarde alors et me fait un signe d'encouragement pour que je l'aide à convaincre son papounet chéri. (Désolée l'entrejambe. Je sens que la soirée va se finir en jogging pouilleux devant *Bridget Jones.*) Je gigote nerveusement sur mon siège et prends la parole :

— Si je me permets d'intervenir, c'est uniquement en tant que professionnelle (et pas comme ton plan cul, hein ? N'oublie pas, on peut séparer les deux, ce serait dommage de faire l'amalgame, pense à tous ces orgasmes qui nous attendent encore !). Il est clair que les agissements de Mme Vassel sont liés à un profond ennui et à une grande souffrance morale. Je n'ai pas la mesure de ce qu'il serait possible de faire pour lui laisser un rôle même infime dans votre activité, mais je suis certaine que ce serait bénéfique pour elle autant que pour le personnel de maison.

Bon, j'ai fait de mon mieux, Catherine ne pourra pas dire que je n'ai pas essayé.

Grégoire se passe nerveusement la main dans les cheveux en nous observant tour à tour. Sa fille a croisé les bras dans une posture de défi et moi... je regarde mes mains, les cadres au mur, le paysage par la fenêtre.

C'est bon, je peux y aller, maintenant ? C'est pas tout ça, mais j'ai l'enterrement de ma vie sexuelle à organiser, moi.

— Je vais en parler avec Marissa, mais je ne te promets rien, capitule alors Grégoire en s'adressant à sa fille.

Une boule se forme dans mon ventre à cette simple phrase. Cette fois, c'est clair, il ne me parle plus. Mais le pire, c'est de l'entendre prononcer le nom d'une autre femme. L'effet que ça a sur moi est incontrôlable, incompréhensible. J'ai tout à coup les nerfs à fleur de peau. C'est dingue ! Pourquoi ça me fait ça ?

On se lève toutes les deux, Catherine rayonne de sa petite victoire et, moi, je suis totalement abattue. Je quitte le bureau sans un regard vers le meilleur plan cul que j'aie jamais eu, la chanson larmoyante de James Blunt dans la tête pour accompagner mon moral dans sa descente au 36e dessous « *Good bye my lover, good bye my friend* ».

— Allez, viens ! Je t'invite à déjeuner, déclare Catherine en posant la main sur mon épaule.

J'ai plutôt envie de noyer mon chagrin dans l'alcool.

— Tu n'es pas censée être en cours ?

— Non, je ne commence qu'à 14 heures et je meurs de faim. Suis-moi.

Bien sûr que je la suis. Je vais manger à l'œil, ce n'est pas négligeable vu l'état de mes finances. Et puis, je l'aime bien, Catherine. Elle est attachante, drôle, pleine de fraîcheur. Elle arrivera sûrement à me changer les idées.

Finalement, une entrecôte-frites, c'est pas mal non plus pour se remonter le moral. On papote gaiement et la conversation prend une tournure que je n'ai pas prévue.

— Tu es mariée ?

Je crois m'étouffer en entendant la question. L'évocation du mariage a toujours cet effet-là sur moi. C'est comme me lancer une insulte. Vous me voyez, moi, en robe blanche, avec le bouquet et tout le tralala ? Rien que l'idée me fait froid dans le dos. Alors, la bague au doigt, le mari, les enfants, le chien et le monospace, je vous laisse imaginer dans quel état ça me met ! (Oui, une bonne grosse envie de fuir, vous commencez à me connaître, c'est bien.)

— Non, pas mariée, dis-je, en riant nerveusement.

— Mais tu es en couple ?

— Heu... non.

Je me sens rougir et elle le voit puisqu'elle sourit devant ma gêne.

— Tiens, c'est curieux, je t'imaginais avec quelqu'un, poursuit-elle en scrutant mon regard fuyant. D'habitude, je ne me trompe jamais sur ce genre de chose. Tu as pourtant tous les symptômes de la fille amoureuse.

Cette fois, c'est sûr, je m'étouffe. A tel point que Catherine se lève de sa chaise pour venir me taper dans le dos, sans parler de tous les clients du restaurant qui me regardent, horrifiés, comme si j'allais y passer.

Je me ressaisis tant bien que mal, bois une gorgée d'eau et me dépêche de détourner son attention un peu trop portée sur moi et mes soi-disant amours.

— Et toi ? Tu as un petit ami ?

A son tour de rougir. On a l'air de deux collégiennes. C'en est risible.

— Oui, enfin, mon père n'est pas au courant, alors je compte sur toi pour ne pas faire de gaffe devant lui. Il ne l'aime pas du tout. C'est d'ailleurs pour ça que j'ai réussi à avoir ma propre voiture. Il ne voulait pas que je monte dans la sienne. Je lui ai fait croire qu'on avait rompu, mais on se voit toujours. Cet interdit qui plane sur nous, ça rend tout cela encore plus excitant.

Catherine a officiellement régressé. J'ai devant moi une ado de quatorze ans. Il ne lui manque plus que les bagues aux dents et l'acné (et encore, je suis sûre qu'elle n'en a jamais eu avec la peau qu'elle a, pff). Ce qui me console, c'est que, vu que Grégoire semble ne plus vouloir m'adresser la parole, je n'aurais pas à me sentir coupable de lui cacher les confidences de sa fille.

— Et ton père, il a refait sa vie depuis ta mère ?

Merde ! C'est sorti tout seul.

La question a fusé sans prévenir. Catherine ne semble

pas s'en offusquer et me répond naturellement, tout en continuant de manger :

— Non et ça me désespère. J'ai même essayé de lui faire rencontrer les mères divorcées de trois de mes copines, mais ça n'a pas marché.

— Il est peut-être encore marqué par sa relation avec ta maman...

Ou comment lui faire comprendre subtilement qu'un type qui garde le portrait de son ex-femme accroché au mur n'a clairement pas fait le deuil de son mariage.

— Il y a prescription maintenant ! Qu'il ait refusé de s'autoriser à retomber amoureux quand j'étais petite, je peux le comprendre, c'était trop frais, et il voulait s'occuper de moi avant tout. Mais j'ai vingt ans maintenant ! Il serait temps qu'il pense à lui. Il est canon en plus. Ça a beau être mon père, je vois bien que les femmes le trouvent séduisant. Même Marissa lui fait du rentre-dedans. Alors je ne comprends pas ce qui cloche chez lui. Ça ne va pas, Morgane ? Tu as encore avalé de travers ? Tu devrais peut-être consulter, ça t'arrive souvent, quand même !

Je fais « non » de la tête, incapable d'articuler un mot. Je suis muette de stupéfaction pour être exacte. Ça fait beaucoup d'informations à assimiler d'un coup. En même temps, je ne sais pas pourquoi ça me touche, je n'ai fait que coucher avec lui et mon petit doigt me dit que ça appartient d'ailleurs déjà au passé.

Alors, après m'être calmée, je change de sujet et fais parler Catherine de ses photos que j'espère toujours voir un jour. Elle m'explique qu'elle travaille en ce moment sur un projet mêlant art visuel et entrepreneuriat : en d'autres termes, mettre la photographie au service de l'entreprise.

— C'est génial, avec la joaillerie, tu vas pouvoir t'en donner à cœur joie, dis-je enthousiaste.

Mais non, elle met un point d'honneur à réaliser son projet sans faire valoir son nom de famille. Elle a démarché plusieurs sociétés pour proposer ses services, mais souffre malheureusement d'une image de fille à papa dans la région et personne ne la prend au sérieux.

C'est là que j'ai une idée de génie. Oui, oui ! N'ayons pas peur des mots, quand j'excelle, il faut le reconnaître (c'est pas souvent, faut dire). Je lui parle alors de Karim, de son travail, de ses difficultés à promouvoir ses œuvres qui valent pourtant le détour.

— On devrait aller le voir ! Je suis sûre que ça servirait parfaitement ton projet !

Catherine accepte et on se donne rendez-vous à 18 heures devant l'atelier de Karim. Elle viendra avec un book de ses réalisations et, moi, je vais m'abstenir de prévenir le principal intéressé de peur qu'il refuse de la rencontrer. S'il y a bien une chose que je sais à propos de Karim, c'est que le meilleur moyen d'obtenir gain de cause avec lui, c'est de le prendre au dépourvu.

Cette nouvelle mission va m'aider à penser à autre chose qu'à Grégoire Vassel, son ex-femme et cette pétasse de Marissa (je ne la connais pas, mais c'est plus fort que moi, je la déteste déjà).

J'ai tout de même envoyé un message à Karim pour lui dire que je passerai lui faire un coucou. Mais quand j'entre dans l'atelier accompagnée de ma charmante acolyte, il croise les bras en me jetant un regard qui pourrait se traduire par : « C'est quoi encore, ce traquenard ? »

Je fais les présentations et constate que Catherine rougit des pieds à la tête en lui serrant la main. Et encore, il porte un T-shirt taché de peinture et un pantacourt kaki. Imaginez si elle le voyait torse nu, avec son tablier... Elle en tomberait dans les vapes, c'est sûr.

Je vais droit au but et explique à Karim à quel point ce projet peut être bénéfique pour lui comme pour Catherine. D'abord sceptique, il finit par accepter de découvrir son travail, et on s'assoit tous les trois sur le vieux canapé en cuir pour qu'elle nous présente son book.

Je la sens nerveuse. Elle a les mains qui tremblent en tournant les pages et sa voix manque d'assurance, mais ses photos sont sublimes. Son style est épuré, les sujets parlent à nos yeux par leurs détails, la lumière, les contrastes choisis. Elle est douée, vraiment douée ! Karim semble se détendre un peu et lui propose même de faire le tour de l'atelier. En s'exprimant par monosyllabes, d'accord, mais c'est Karim. Je me félicite d'avoir eu l'idée brillante de les réunir, ces deux-là. Je suis toujours assise sur le canapé à les observer en train de détailler la sculpture en bois abstraite de deux corps enlacés que Karim a réalisée il y a quelques mois, quand mon téléphone vibre.

> Victor passe te prendre à 20 heures. Je lui ai donné l'adresse inscrite sur ton contrat. C'est bien celle de chez toi ?

J'ai les mains moites et le cœur qui bat à cent à l'heure. Il me parle, finalement ? Je n'y comprends plus rien. Je ne sais même pas si je veux passer la nuit chez lui après tout ce que j'ai appris aujourd'hui. Pour moi, me réveiller à ses côtés, c'est franchir un cap. Est-ce que je suis prête à le franchir ? On est bien comme ça. On couche ensemble, on passe du bon temps sans prise de tête et, surtout, sans tous les questionnements qui menacent de débouler dans mon cerveau si je commence à envisager Grégoire comme autre chose qu'un simple plan cul. C'est pas que je n'en ai pas envie, c'est juste que j'ai la trouille. Si je reste dormir avec lui, ça va tout compliquer. Je vais commencer à me faire des films, à me projeter dans une vie où il aurait sa place, et tout ce que j'en conclus pour l'instant, c'est que ça ne marcherait pas. Je suis une simple distraction pour lui, c'est évident, quelqu'un qui lui fait un peu oublier qu'il est toujours amoureux de son ex et, jusqu'ici, ça me va très bien. Quand ça commencera à me poser un problème, je passerai à autre chose. Mais, si je reste, je vais vouloir plus et il n'est vraisemblablement pas prêt à me le donner.

Du coup, je réponds :

Je ne sais pas si c'est une bonne idée.

Autant être franche. J'ai déjà commencé à dire adieu à mes soirées torrides de toute façon, alors mieux vaut démarrer par un sevrage drastique pour éviter toute rechute.

?

Voyez ? On n'en est déjà plus à se demander simplement où on va le faire ou ce que je vais porter pour l'exciter. On passe directement par la case prise de tête. Pourquoi veut-il absolument que je reste dormir ? Il doit bien voir que ça complique tout.

Il y a 2 ou 3 choses dont on devrait discuter avant, je pense.

Et voilà, j'ai fait la fille reloue. Avec ça, il va laisser tomber, c'est sûr.

J'avais un autre programme en tête, mais si c'est ce que tu veux…

Dans ma tête, c'est le bordel. Une partie de mon cerveau me dit de lâcher l'affaire avant de m'embarquer dans une histoire où mon cœur va morfler. L'autre me dit qu'il ne faut pas prendre de décision hâtive sans avoir toutes les cartes en main (je soupçonne cette dernière d'être de mèche avec mon entrejambe).

Je pose mes conditions :
1. Je viens par mes propres moyens.
2. Je ne te promets pas de rester.
Ma décision sera prise en fonction de notre discussion.

J'attends fébrilement sa réponse. Tout ça prend une tournure beaucoup trop sérieuse. On ne pourrait pas revenir en arrière, au moment où la seule question, c'était de savoir quelle fringue je lui enlèverais en premier ?

OK. Prends quand même ton shampoing, on ne sait jamais ;)

Je souris bêtement devant l'écran de mon téléphone. Soit il ne prend pas du tout ça au sérieux, soit il est bien plus confiant que je ne le suis quant à la tournure de cette soirée.

— Morgane ?

Je sursaute en voyant que Karim et Catherine se sont rapprochés et attendent une réponse de ma part.

Vous pouvez répéter la question ?

— Et après, tu vas me dire qu'il n'y a personne dans ta vie ? se moque Catherine en m'observant, amusée.

Prise en flag, le portable à la main et le sourire toujours accroché au visage, je hausse les épaules et range mon téléphone dans la poche de ma jupe en jean.

Quand je lève les yeux vers Karim, je remarque qu'il me fixe, le front plissé et le regard chargé de reproches.

Qu'est-ce que j'ai encore fait ?

***

Avant de monter chez Grégoire, je gribouille rapidement dans la voiture mes questions sur ma paume. Je ne me fais pas confiance, je sais trop bien l'effet qu'il a sur moi, et je serais bien foutue d'oublier tout ce que j'ai besoin d'éclaircir avec lui dans mon envie de lui sauter dessus.

Il m'ouvre, m'embrasse furtivement et m'invite à entrer, tout en m'observant du coin de l'œil comme s'il essayait de découvrir le sujet de l'exam avant de passer l'épreuve.

Je lui souris nerveusement en lui montrant le petit sac de voyage que je tiens à la main et que je pose dans l'entrée. Ça sent drôlement bon dans l'appartement. Il se dirige d'ailleurs vers la cuisine d'où il venait sûrement avant de m'ouvrir.

Parce qu'en plus il sait cuisiner !

A le voir là, derrière les fourneaux, j'ai l'impression de lire une annonce sur un site de rencontre : « Grégoire, 50 ans, bonne situation, prépare de bons petits plats en attendant la femme avec qui les partager. »

Moi ! Moi ! Prems !

On dîne dans la salle à manger sur la table de trois mètres dont on n'occupe qu'une petite place. Je lui parle de Catherine et de l'orientation que prend son projet depuis que je lui ai fait rencontrer mon ami Karim. C'est le seul sujet que j'ai trouvé pour ne pas perdre à la partie de Taboo qui se joue secrètement entre nous. Cette fois, les mots à éviter pour qu'on mange sereinement sont : sa mère, son ex et tout ce qui s'apparente au fait que je reste dormir ou non avec lui cette nuit.

Quand il commence à me poser des questions sur Karim, je me revois réagissant sur le sujet « Marissa ». On serait jaloux Monsieur Je-tente-de-la-jouer-subtil ?

Comme je vois très bien où il veut en venir, je décide de la jouer cash.

— C'est mon meilleur ami. Enfin, j'ai deux meilleurs amis, Justine et lui, et pour répondre à la question que tu ne me poses pas, il ne s'est jamais rien passé entre nous.

Il semble soulagé de l'apprendre, mais il aurait tort de se croire tiré d'affaire.

— Et Marissa, qui c'est exactement ? Une... collaboratrice ?

Son petit sourire satisfait m'indique qu'il a parfaitement compris mon sous-entendu et que mon alter ego, Morgane la jalouse, est démasquée (oui, on est plusieurs là-haut, vous n'aviez pas encore remarqué ?).

— Elle travaille pour moi depuis cinq ans. Tu l'as d'ailleurs déjà rencontrée. Le jour de mon anniversaire, c'est elle qui est venue me chercher dans mon bureau.

Quoi ? La pimbêche en robe rouge qui m'a snobée dès le premier regard ? Cette bombasse travaille pour l'homme avec qui je m'envoie en l'air et elle se permet de lui faire du rentre-dedans régulier qui plus est ? (Je ne fais que reprendre ici les termes de Catherine.) Mais bien sûr que si, je suis objective ! J'en suis capable, je suis très calme, pas du tout hystérique, je ne m'imagine pas du tout en train de lui arracher les yeux à cette pétasse. Quoi, jalouse ? Mais non, il n'y a pas de quoi avoir un soupçon de jalousie ! Je m'insurge !

— Je vois que tu sais t'entourer, je rétorque, sans parvenir à masquer mon agacement. Tes critères d'embauche sont... intéressants. Je suppose qu'elle a réussi l'entretien haut la cuisse, heu, haut la main, je veux dire.

Merde, merde et re-merde !

Changeons vite de sujet, la jalousie, ça ne me va vraiment pas.

Grégoire se met à rire et me tire par le bras pour m'asseoir sur ses genoux.

— Viens là...

Ses yeux pétillent de malice. Ça m'énerve qu'il ait vu mon côté complètement névrosé. Mais le plus dingue, c'est que ça ne semble même pas l'effrayer.

— Il n'y a rien entre Marissa et moi. Je ne dis pas qu'il n'y a pas eu des tentatives de sa part, mais je ne suis pas intéressé. Celle qui m'intéresse, c'est toi.

Boum boum, boum boum.

Pulse, pulse, pulse.

Hé ! Minute papillon !

— Grégoire, je crois qu'il est vraiment temps qu'on parle.

Chapitre 13

Les discussions sérieuses, c'est pas mon truc. Alors j'ai décidé de faire ça à ma façon, version ludique. On est assis chacun à une extrémité du lit. Lui, à la tête et moi, au pied (c'est plus près de la porte, instinct de fuite, pas folle la guêpe !). Il va répondre à mes questions et moi aux siennes, s'il en a. Quand la réponse nous plaira, on enlèvera un vêtement, dans le cas contraire, on remettra une fringue. Un strip-vérité, c'est ça. Je devrais peut-être en déposer l'idée, ce petit jeu pourrait bien faire un carton. Si on finit la partie et que j'ai encore tous mes vêtements sur moi, je prendrai mon sac dans l'entrée et rentrerai chez moi. Si on se retrouve tous les deux à poil... pas besoin de vous faire un dessin.

Alors, ça a l'air marrant comme ça, mais l'enjeu est de taille et je n'en mène pas large. Grégoire a accepté de se prêter au jeu. On dirait même que ça l'amuse. Est-ce qu'il a au moins une idée de ce qui va lui tomber dessus ? Le voir là, le dos posé contre la tête de lit, les jambes allongées, la chemise déboutonnée au col, c'est un vrai appel au viol. Pas de doute, la partie est en mode difficile.

— Je commence ? je lui demande, soudain intimidée.

— Honneur aux dames, dit-il, confiant.

Allez, c'est parti, ne te dégonfle pas, Morgane ! Tu voulais des réponses ? Tu vas les avoir.

— OK... heu..., je regarde ma paume pour me donner du courage et énoncer la première question.

— Sans blague ? Tu les as notées sur ta main ? s'étonne Grégoire en secouant la tête.

— Tu ne m'aides pas, là ! je rétorque, mal à l'aise.

Et, est-ce qu'il pourrait arrêter de me regarder comme ça ? Rien que sa confession de tout à l'heure m'a complètement chamboulée, alors que dire de cet air attendri qu'il a quand il pose les yeux sur moi ?

Et toi, tu vas tout gâcher avec ce jeu stupide. T'es fière de toi ?

Je reprends, les yeux fixés sur ma main pour ne pas croiser son regard :

— Commençons par ta mère...

Il grimace, mais je poursuis malgré tout :

— Je vois bien que c'est un sujet sensible entre nous, pourtant j'aimerais pouvoir t'en parler sans avoir l'impression d'empiéter sur ta vie privée. Une partie de mon travail consiste à conseiller les familles et les proches sur ce qu'il est possible de faire pour améliorer le quotidien des personnes dont j'ai la charge. C'est important pour moi d'avoir leur soutien dans mes démarches. Avec ta mère, c'est différent, étant donné la « relation » que nous entretenons.

— Ce n'est pas une question, objecte Grégoire, qui a maintenant les bras croisés.

Ça y est, il a enfin compris que ce n'était pas une partie de plaisir.

— Ma question est : le fait qu'on continue à coucher ensemble va-t-il mettre un frein à mon travail ? Ta réaction de ce matin m'a prouvé que, si les circonstances étaient différentes, j'aurais eu moins de mal à insister sur ce que je pense être le mieux pour elle. Au lieu de ça, j'ai évité de te froisser en raison de ce qui se passe entre nous.

— Et qu'est-ce qui se passe entre nous ? me demande-t-il en levant un sourcil coquin.

Ne te laisse pas avoir, Morgane, il essaie de te détourner du droit chemin.

— Tu n'as pas répondu à ma question.

Il soupire, se passe la main sur le front, puis me fixe avec cet air toujours aussi tendre.

— Tu as le droit de me faire part de tes suggestions, mais je ne suis pas obligé de les appliquer. Je ne vois pas en quoi ce qu'on fait ensemble y change quoi que ce soit. Tu es libre de me parler de ce sujet comme des autres. Ce n'est pas parce que je ne partage pas ton avis que ça doit mettre un terme à « ce qui se passe entre nous ».

Mon entrejambe me supplie d'arrêter ce jeu idiot et de lui sauter dessus. Il est trop craquant !

Je considère sa réponse, pas certaine qu'elle règle mon dilemme, mais je suis prête à lui accorder le bénéfice du doute. Je retire lentement mon haut dans un geste sensuel et me voilà en soutien-gorge push-up qui se dégrafe par-devant. Mon adversaire fait maintenant des yeux de merlan frit.

— A ton tour, dis-je, en pressant mes bras contre mon buste pour faire ressortir ma poitrine.

Quoi ? J'ai bien le droit de déstabiliser l'ennemi.

— Comment définirais-tu ce qui se passe entre nous ?

Merde ! J'aurais dû attaquer direct sur son ex. J'ai voulu faire un tour pour voir, et lui me sort une question piège dès le début, le fourbe !

— A toi de me le dire.

— Morgane, tu triches !

Oh oui ! Recommence ! J'adore quand tu prononces mon nom avec cette voix autoritaire.

Ma petite culotte est proche de l'embrasement.

— Je ne sais pas. Je pensais qu'on ne faisait que coucher ensemble, mais étant donné que nous avons cette discussion, il se passe clairement plus que ça.

Autant être honnête, c'est le jeu du strip-vérité après tout.

Grégoire esquisse un sourire et commence à déboutonner sa chemise. Ma respiration s'accélère. J'ai tellement envie de le toucher, de l'embrasser, de me coller à lui ! Qui a eu l'idée de ce jeu débile déjà ? Il est à présent torse nu et moi je serre mes cuisses l'une contre l'autre dans une tentative désespérée de calmer mon entrejambe qui entonne du Britney Spears : « *I'm a slaaaave for you* ».

— A toi, dit-il, les yeux brillants de désir.

Eh bien, si on arrive à finir la partie, on sera les personnes les plus fortes que je connaisse.

— Es-tu toujours amoureux de la mère de Catherine ?

Son regard s'assombrit et je retiens ma respiration. Quelque chose me dit que je vais très vite pouvoir aller me rhabiller, au sens propre comme au figuré.

— Je ne sais pas. Je pense qu'une partie de moi le sera toujours...

Voilà, tu l'as ta réponse. C'est ce que tu voulais, non ? Si tu ne supportes pas de l'entendre, il ne fallait pas jouer, Morgane.

Je baisse les yeux et saisis le haut que j'ai posé à côté de moi.

Grégoire me coupe dans mon élan.

— Je n'ai pas terminé...

Je n'ai pas envie d'entendre la suite. L'aventure s'arrête ici, comme dit si bien un présentateur de téléréalité, et la sentence est irrévocable. Tout en évitant son regard, je passe mes bras dans les manches, le cœur en miettes.

— Je n'ai pas besoin d'en savoir plus, je murmure en me rhabillant.

— Tu préférerais que je te mente ? C'était ma femme, Morgane, et elle est morte en donnant la vie à mon unique enfant. Elle aura toujours une place dans mon cœur, que tu le veuilles ou non.

Je m'arrête net, prenant la mesure de ce qu'il vient de dire.

— Ta femme est morte ? Tu es... veuf ?

— Catherine ne te l'a pas dit ?

Sa voix est lourde de ressentiment.

— Non, on n'en a pas parlé. Je t'assure que je ne le savais pas, sinon je ne me serais pas permis de..., je suis désolée...

Je ne sais plus où me mettre. Je me sens conne au point d'en avoir les larmes aux yeux. Je descends du lit, confuse, et essaie d'aligner deux pensées cohérentes, quand des bras puissants m'enserrent. Je me retrouve plaquée contre le torse de Grégoire qui tente de me calmer.

— Regarde-moi, murmure-t-il, en me tournant vers lui.

Je lève les yeux et lis cette tendresse toujours présente sur son visage, à travers le flou provoqué par mes larmes contenues. Je me suis attachée à lui bien plus vite et bien plus fort que je ne le craignais. Je ne suis pas sûre d'avoir dorénavant la force de le faire sortir de ma vie. En tout cas, je n'en ai pas la moindre envie. Je me pensais à l'abri, je croyais que j'arriverais facilement à mettre de la distance si ça s'avérait nécessaire. Je m'en sens maintenant incapable.

— Reste dormir et on parle de tout ça si tu veux, chuchote-t-il.

Si j'avais besoin d'une preuve supplémentaire de tout ça, mon cœur, qui ne me pousse plus à fuir, mais à accepter de passer la nuit à ses côtés, en est bel et bien une.

On est allongés sur le lit, l'un contre l'autre. Moi, toujours habillée, lui, toujours torse nu. J'ai posé la tête sur son épaule et il me caresse doucement les cheveux. Je m'endormirais bien mais, avant, je veux qu'il me parle d'elle. Le besoin de savoir me ronge. Alors, à ma demande, il m'explique comment Elisabeth et lui se sont rencontrés, lorsqu'ils étaient encore étudiants. Elle était américaine et s'était rendue en France dans le cadre d'un échange linguistique entre leurs deux écoles. Il était immédiatement tombé sous son charme. Non seulement elle était belle, mais elle était également brillante et son accent, quand elle parlait français, avait fini de le rendre fou d'elle. Il avait tout fait pour la conquérir alors qu'elle était réticente, préférant se concentrer sur ses études. Elle avait finalement cédé et accepté de sortir avec lui. Dès lors, ils ne s'étaient plus quittés jusqu'à son départ. Ensuite, ils avaient vécu séparés durant un an, comblant le manque qu'ils ressentaient l'un pour l'autre par de longs appels téléphoniques. Ils évoquaient leurs nombreux projets, quand l'océan ne les tiendrait plus à distance. Et puis, un jour, Elisabeth est revenue en France, pour lui. Ils se sont mariés l'année suivante. Le père de Grégoire, qui désapprouvait cette union, ne s'est pas donné la peine de venir à la cérémonie. Ce fut le point de départ d'une animosité grandissante entre le père et le fils. Louis Vassel ne supportait pas que Grégoire fasse passer son couple avant l'entreprise familiale et tenait Elisabeth pour responsable d'une conduite qu'il jugeait irréfléchie. Grégoire, lui, ne trouvait pas sa place dans l'entreprise familiale. Il avait le sentiment de ne jamais être à la hauteur aux yeux de son père, toutes ses idées balayées d'un refus catégorique. Il s'est alors désintéressé de son travail et a organisé sa vie autour de sa femme et des projets fous qu'ils avaient ensemble. Ils ont voyagé, vécu quelque temps aux Etats-Unis, puis le père de Grégoire est tombé gravement malade. En tant qu'unique héritier, il est revenu en France pour s'occuper de la joaillerie. La mort de ce père dans les yeux duquel il n'avait jamais lu la moindre fierté a été pour lui une immense peine mais également une délivrance. Il s'est investi dans la société en y apportant enfin les changements qu'il jugeait nécessaires. L'entreprise a vu son activité s'améliorer et Grégoire y a puisé la reconnaissance qui lui avait toujours manqué. C'est à cette période qu'Elisabeth est tombée enceinte. Il était fou de joie. Heureux comme jamais. Et puis, ce fut la descente aux enfers. Proche du terme, Elisabeth a fait une pré-éclampsie. Les médecins ont réussi à sauver le bébé, mais pas la mère. Dévasté, Grégoire a sombré. Sa femme, son amour, avait disparu, le laissant seul avec un nouveau-né. Il est entré dans une profonde dépression, ne trouvant même pas la force de s'occuper de sa fille. C'est sa mère qui s'en est chargée, gérant par la même occasion l'entreprise familiale laissée à l'abandon par son fils ravagé par le chagrin. Mois après mois, il est resté plongé dans une léthargie morbide, reconnaissant sa femme dans les traits de son enfant à l'en faire se détourner d'elle tant la douleur était insupportable. Et puis, un jour, la petite fille aux grands yeux bleus a commencé à parler et à rire aux éclats. Des rires qui ont sorti Grégoire de sa torpeur et lui ont fait prendre conscience de tout le temps perdu à ignorer la seule chose qui lui restait d'*elle*. Il s'est laissé apprivoiser par cette source vive d'amour et de vie qui attendait sagement qu'il joue enfin son rôle de père. Et c'est ce qu'il fait depuis, rongé par les regrets de n'avoir pas été présent plus tôt, se complaisant dans la douleur alors que sa fille avait besoin de lui plus que tout au monde.

Il m'a finalement très peu parlé d'*elle*, mais sa confession me bouleverse au point que les larmes trempent mes joues. C'est comme s'il n'avait jamais raconté ça à personne et cette confiance qu'il me témoigne me serre le cœur. Je me redresse et l'embrasse en y mettant toutes mes forces et toute ma compassion. Il m'observe silencieusement, essuyant mes larmes de sa main, et je vois qu'il est autant remué que moi.

On reste comme ça plusieurs minutes, puis je me réinstalle contre lui, le visage posé sur son torse pour ne pas le regarder en face, car d'autres questions se bousculent dans ma tête.

— Tu n'as jamais pensé à refaire ta vie ?

— J'ai mis du temps à accepter cette idée. J'attendais que la douleur s'estompe, que Catherine grandisse. Je ne m'en sentais pas capable, ni n'en éprouvais l'envie.

— Mais tu as... enfin, je veux dire, tu...

Vas-y, bafouille encore plus !

Il comprend ma question malgré tout et répond :

— Je ne suis pas un moine, Morgane.

Quelque chose me brûle la poitrine. J'ai l'impression que c'est Morgane la jalouse qui tente de s'extirper de sa camisole de force.

A quoi tu t'attendais, idiote ? Vu comme il est doué dans le domaine, pas de doute qu'il s'est entraîné, et plutôt deux fois qu'une !

— A quoi penses-tu ? me demande-t-il, devant mon silence.

Au nombre de nanas qui ont testé le jacuzzi et l'îlot central de la cuisine avant moi, tiens !

— A rien.

— Ne va pas t'imaginer n'importe quoi, dit-il, moqueur, en me serrant contre lui.

— Je n'imagine rien du tout.

Ça a dû être l'orgie, ici ! Si ça se trouve, il s'en est tapé deux en même temps, peut-être plus !

— Aucune n'est jamais restée dormir ici.

Hein ? Quoi ? !

Je me redresse en écarquillant les yeux, sans comprendre.

— Alors, pourquoi tu me le demandes à moi ?

— Toi, c'est... différent.

— En quoi ?

Il ne répond pas et observe le plafond avec un sourire mystérieux.

— Allez, dis-moi !

— Tu plaisantes ? Je n'ai pas envie de voir ce joli petit cul prendre la fuite ! dit-il en m'agrippant la fesse d'un geste possessif.

Sur ce coup-là, il n'a peut-être pas tort.

La lumière filtrant à travers les stores me fait ouvrir les yeux. Je mets quelques secondes à comprendre où je me trouve. Je m'étire, encore ensommeillée, puis la réalité me tombe dessus comme une masse : j'ai dormi chez Grégoire. Pire, je réalise maintenant que je me suis carrément endormie sur lui. Si ça se trouve, j'ai même bavé sur son épaule. *Beurk.* Et où est-il ? Je suis seule dans le grand lit. Je tends l'oreille : pas un bruit dans l'appartement. Alors quoi ? Il a senti mon haleine fétide au réveil et s'est enfui en courant ? Plausible. J'ai ronflé toute la nuit ? Fort probable (c'est pas ma faute ! Ma cloison nasale est légèrement déviée). J'ai tenté de le violer dans son sommeil ? Il y a de grandes chances.

Mais, j'y pense, on n'a même pas couché ensemble, hier soir ! Je me souviens que je lui parlais de ma relation désastreuse avec mon ex et ensuite black-out total... *Merde !* Qu'est-ce que j'ai dit au sujet de Tristan ? Je ne sais plus, j'avais sommeil, et les caresses de Grégoire sur mon dos me berçaient... Quand même, je n'en reviens pas qu'on ait passé la nuit ensemble sans qu'il ne soit rien arrivé de torride ! C'est le début de la fin, c'est sûr ! C'est ma faute aussi, à force de lui raconter ma vie, il a dû se rendre compte qu'il était tombé sur une nana complètement timbrée.

Bien joué Morgane, tu as réussi à le faire fuir, t'es fière de toi ?

Je me prends la tête entre les mains, et j'essaie de me souvenir de ce que j'ai pu dire ou faire pour qu'il ait quitté l'appartement, espérant sûrement que j'en sois partie avant qu'il ne rentre.

Remarque, rien que voir ta tronche de déterrée au réveil vaudrait le coup qu'il détale sans demander son reste.

J'entends un bruit de clé dans la serrure, puis l'ouverture de la porte d'entrée.

Relax Morgane, tu te rhabilles en vitesse et tu files en toute dignité avant qu'il t'invite gentiment à te barrer. Tu peux le faire.

Grégoire débarque dans la chambre en tenue de sport, le T-shirt trempé de sueur et collé à ses muscles, un sachet à la main qui sent bon les croissants.

Boum boum, boum boum. Mon entrejambe n'est pas du matin, sinon il s'y mettrait aussi.

— Tu es réveillée !

Il s'approche du lit pour m'embrasser.

Pitié, faites que je n'aie pas une haleine de chacal !

Il est collant de sueur mais, au lieu de me répugner, ça m'excite. (Mon entrejambe vient d'émerger, il a le sommeil léger.)

— Je file prendre une douche et ensuite on attaque le petit déj' ? me propose-t-il en s'éloignant.

J'acquiesce, rêveuse, admirant à quel point son short rend grâce à ses fesses musclées.

Puis, j'attends sagement d'entendre l'eau couler dans la salle bains pour sauter du lit et aller le rejoindre.

Aujourd'hui, Morgane a testé pour vous l'amour sous la douche !

Attention, cette pratique requiert un bon équilibre, un partenaire robuste et accessoirement de s'être démaquillée avant.

Les plus : lubrification optimale, odeurs enivrantes (le gel douche de bonhomme, y a pas mieux pour l'ambiance bestiale), sensualité à son paroxysme (savonner l'autre ou se faire savonner, c'est super excitant), hygiène au top.

Les moins : dangereux (ça glisse à mort, j'ai bien failli me fendre le crâne à deux reprises !) et cher (je n'ose pas imaginer la facture d'eau, si on fait ça souvent).

Résultat : un orgasme de folie (c'était un vieux fantasme).

Conclusion : A refaire, sans le mascara qui coule et avec un tapis de bain.

On engloutit nos croissants avec un bon café (l'exercice, ça creuse), puis je me dis qu'il est temps d'y aller.

— Tu ne veux pas rester ? J'ai deux ou trois coups de fil importants à passer mais, après, je peux me libérer pour la journée.

— C'est gentil, mais j'ai des tas de choses à faire, alors...

Je ne peux même plus lui sortir l'excuse du shampoing...

Grégoire me sonde du regard, mais ne dit rien. Je me sens conne de refuser. Pourtant, entre me taper les corvées habituelles, ménage, courses, comptabilité, et me taper Greg le beau gosse pour des rounds supplémentaires, le choix est vite fait. Mais tout ça prend des proportions un peu trop grandes pour moi. Rien que ce petit déjeuner en couple m'a mise mal à l'aise. C'est vrai qu'on est clairement passés à autre chose qu'un simple plan cul, mais à quoi ? Et qu'est-ce que ça implique ? Est-il prêt pour tout ça ? Et moi ?

Je rassemble mes affaires dans un silence gêné et l'embrasse tendrement pour essayer de rattraper le fait que je me sauve comme une voleuse.

— Au fait, dis-je sur le seuil, tu n'as même pas vérifié que je partais sans t'avoir piqué tes boutons de manchette. Je serais toi, je ferais une fouille au corps approfondie, ce serait plus prudent.

Il sourit, me plaque contre la porte d'entrée et entreprend une palpation qui n'a rien de réglementaire, pour mon plus grand plaisir.

Oh... Eh... Les corvées, c'est chiant, alors elles attendront bien cinq minutes ! Bon, OK, deux bonnes heures.

Chapitre 14

Le reste du week-end est... déstabilisant.

Niveau corvées, rien à signaler : ménage habituel et rapide vu la taille de mon studio (il faut bien un avantage à ne pouvoir se permettre de louer plus grand), courses harassantes au milieu des gosses qui braillent dans les Caddie et du troisième âge qui joue des coudes aux caisses (oui, le samedi après-midi, c'est tellement mieux pour voir du monde !) et, pour finir, comptes dans le rouge. Rien de nouveau sous le soleil en somme.

En fin de journée, je me rends compte que Justine ne m'a toujours pas donné de nouvelles depuis sa soirée chez Gilles, alors je débarque à son appartement pour procéder à un débriefing détaillé et c'est là que les choses commencent à devenir étranges. Elle qui, la veille, me parlait de Gilles, sa vie, son œuvre, se montre plus évasive qu'un politicien devant une question de chômage. Elle fuit mon regard durant mon interrogatoire et tout ce que je peux en tirer, c'est que ça s'est bien passé. *Super !* Est-ce qu'il embrasse bien ? Comment c'est chez lui ? Est-ce qu'ils ont couché ensemble ? Est-il bien gaulé ? De quoi ont-ils parlé ? Que dalle ! Je réussis quand même à griller son suçon dans le cou (il faut dire que porter un col roulé par trente degrés, en plein mois de juin, ça cache forcément quelque chose). Elle rougit, hausse les épaules et finit par m'avouer que Gilles lui a demandé de ne rien me dire. *Et alors ?* Je suis son amie, on se raconte tout ! On s'en fout que Monsieur J'ai-des-choses-à-cacher l'oblige à se taire ! C'est comme si, moi, je me retenais de lui confier que Grégoire fait les meilleurs cunnis du monde. Ça ne se cache pas, une info pareille ! (peut-être que si, en fin de compte). Du coup, je n'ai pas le cœur à m'épancher avec elle sur l'évolution de ma relation avec Grégoire ni sur les sentiments contradictoires qui m'assaillent à peu près toutes les deux minutes.

Pour finir, je passe la soirée devant la télé, affalée dans mon canapé, en jogging, à m'empiffrer de glace alors que j'aurais pu être allongée nue sur une table de salle à manger de trois mètres de long à me délecter d'un succulent « Magnum ».

Je regrette, je regrette, je regrette !

Et comme si la frustration n'était pas assez grande (et uniquement par ma faute, on est bien d'accord), quand j'ai quitté Grégoire en fin de matinée, il m'a prévenue qu'il passait tous ses dimanches au manoir pour le brunch familial hebdomadaire avec Catherine et sa mère. Ce qui veut dire que ma superidée de frapper chez lui de bon matin avec un pot de confiture pour qu'il prenne son petit déj' directement sur moi (oui, en mode tartine humaine chaude comme la braise, vous devriez essayer) tombe à l'eau. Tant pis, je garde l'idée sous le coude pour une prochaine fois.

Résultat, je passe mon dimanche à ruminer. J'avais envie d'être avec lui, limite déçue de ne pas être assez officielle pour bruncher avec toute la petite famille. Vous vous rendez compte ? En être au point d'avoir presque envie de casser la graine avec la reine mère, dans le seul but d'être en présence de son sexy de fils ! Ça prouve bien qu'il y a un truc qui ne tourne pas rond chez moi, non ?

D'un autre côté, s'il m'avait proposé de me joindre à eux, j'aurais paniqué. Mais bon, il n'en a pas été question, bien sûr. On est loooiiinnnn d'en être à ce stade. On en est à quel stade, d'ailleurs ?

Tu le saurais, si tu arrêtais de prendre la poudre d'escampette pour un rien, espèce de dégon-fée !

J'occupe donc la journée de dimanche comme je peux. Je rends visite à Madeleine à la maison de retraite, passe dire coucou à Léonard pour me faire payer un café et, enfin, j'erre dans une brocante avec Karim qui est toujours à la recherche de vieux trésors à retaper.

Lui aussi, niveau étrange, il se pose là. J'ai l'habitude de ses monosyllabes mais, cette fois, il y a autre chose, comme s'il tentait de me parler d'un sujet sensible, mais n'osait pas. Je me dis qu'il veut peut-être que je le débarrasse de Titine qui traîne toujours devant son atelier, mais il me répond que ça ne le dérange pas (enfin, non, il hausse les épaules, mais en langage Karim, ça veut dire la même chose). Je pense ensuite qu'il aimerait que j'intègre des photos de ses meubles pour fétichistes à son site Internet mais qu'il est trop gêné pour m'en parler, mais là encore, j'ai droit à un hochement de tête (traduction : pourquoi pas). Au bout d'un moment, j'en ai marre de son regard impénétrable, de ses non-dits et j'arrête de chercher. S'il a quelque chose à me demander, il n'a qu'à le faire au lieu de me laisser jouer aux devinettes !

Bon, d'accord, pendant un quart de seconde, j'envisage de lui proposer un strip-vérité pour lui tirer les vers du nez. Quoi ? J'ai dit un quart de seconde, c'est tout ! Avouez que l'idée n'est pas mauvaise. N'empêche, une alarme se met aussitôt en route dans mon cerveau et un service de sécurité pas aimable fout un bon coup de pied au cul à cette innocente suggestion et l'éjecte de mon esprit sans ménagement. Vous voyez ? Je suis fichue.

Si on résume : mon cerveau imprime Grégoire, mon cœur s'emballe Grégoire et mon entrejambe salive Grégoire. C'est comme si un fan-club avait décidé d'installer ses locaux dans mes principaux organes (oui, je minimise la fonction de mes poumons et de mes reins vu qu'un jour ou l'autre ils finiront greffés sur quelqu'un pour éponger mes dettes, alors autant se détacher sentimentalement d'eux le plus tôt possible).

Je débarque donc au manoir lundi matin avec la ferme intention de faire une chaude incursion dans le bureau de Monsieur le Directeur dès que j'en aurais fini avec la tâche qui m'attend. On a passé la soirée de dimanche à s'envoyer des sextos, et je compte bien mettre en pratique deux ou trois suggestions compatibles avec un timing limité et le risque de se faire surprendre.

Etonnamment, le dragon ne crache pas de feu aujourd'hui. Elle me regarde même de manière étrange (une de plus). Est-ce de la bienveillance que je lis dans ses yeux ?

Comme si cette vieille bique en était capable à ton égard, tu te fais des films, Morgane.

On se dirige toutes les deux dans la salle de bains sans un mot et le rituel débute : je la déshabille délicatement, installe le tabouret antidérapant dans la baignoire et l'aide à s'y asseoir. Adélaïde Vassel, comme toujours, m'ignore ostensiblement et tout son corps se raidit d'humiliation dès que je commence à la savonner.

— A quoi jouez-vous avec mon fils ?

J'arrête mon geste en l'entendant s'adresser à moi.

Avec le bruit de l'eau que je laisse s'échapper du pommeau de douche pour la réchauffer pendant que je la lave, je ne suis même pas sûre d'avoir bien compris ce qu'elle m'a demandé. Elle regarde droit devant elle, évitant mon visage interloqué, mais semblant attendre ma réponse.

— Comment ça, à quoi je joue ?

Je continue sa toilette et elle met du temps avant de préciser sa pensée.

— Je vous ai prévenue, il me semble, fait-elle, les lèvres pincées.

Je la rince, l'aide à enfiler son peignoir et à sortir de la baignoire, le tout sans répondre. Dans mon cerveau, ça s'entrechoque. Grégoire lui a parlé de moi ? Que lui a-t-il dit ? Il a officialisé notre relation ? Non, impossible ! Si ?

Boum boum, boum boum.

Voilà mon cœur qui repart en boîte de nuit.

J'habille belle-maman, enfin je veux dire la reine mère et, lorsque c'est fait, elle pose les yeux sur moi. Des yeux à la fois méfiants et curieux.

— Que vous a-t-il dit ? je lui demande, en masquant difficilement mon intérêt pour sa réponse.

Trop de suspens n'est pas bon pour mon petit cœur qui se déhanche déjà sur un podium.

— Oh ! il n'a pas eu besoin de me dire quoi que ce soit, je connais mon fils. Mais, vous, je ne vous connais pas. Je ne sais pas ce que vous manigancez, mais j'aime autant vous prévenir que je vous ai à l'œil et que je ne vous laisserai pas semer la zizanie au sein de cette famille !

Là, clairement, elle ne m'ignore plus. Ses petits yeux tranchants sont aiguisés comme des lames de rasoir pour tenter de me percer à jour. Elle me ferait presque flipper. Mais quelque chose dans ce qu'elle vient de dire me donne toutefois envie de la saisir par le bras pour la faire valser avec moi dans son petit salon.

— Pourquoi pensez-vous que je cherche forcément à vous nuire ?

— Vous ne seriez pas la première.

Bam ! Ça, c'est le bruit de mon cœur qui vient de se casser la gueule de son podium. *Ouche !*

— Cette catin de Marissa est peut-être parvenue à ses fins, mais je ne me laisserai plus faire, croyez-moi ! marmonne-t-elle alors.

Ici, Morgane fée l'armée : Alerte ! Alerte ! Prénom de l'ennemi prononcé ! Nom de code de l'opération : Dégage Marissa. Soldats, tous à vos postes ! Chaaaarrggeeeezzzz !

— Madame Vassel... si je vous proposais un marché ?

Elle lève un sourcil interrogateur dans ma direction.

— Je vous fais réintégrer la joaillerie si vous me faites un rapport complet sur l'entreprise, l'arrivée de cette Marissa, votre mise à l'écart et les résultats en baisse depuis cinq ans.

Une lueur d'intérêt passe dans ses yeux et je sais déjà que j'ai gagné.

— Comment allez-vous vous y prendre pour persuader mon borné de fils de me laisser travailler ? demande-t-elle, dubitative.

Je souris, machiavélique.

— Croyez-moi, vous ne voulez pas le savoir...

Elle grimace, mais j'ai l'impression qu'une certaine complicité vient de s'installer entre nous. Je lui tends la main pour sceller notre accord et elle la serre en m'observant du coin de l'œil. On dirait qu'elle a encore du mal à me cerner.

Je me lève et la salue. Avant d'atteindre la porte, je me tourne toutefois vers elle.

— Ah, j'oubliais : à la moindre accusation délirante

dont vous avez le secret, vous revenez ici passer vos journées à vous morfondre au milieu de vos bibelots, compris ?

Elle ne me répond pas, mais son sourire aussi diabolique que le mien me laisse entendre qu'elle a reçu le message. Entre fée et dragon, on se comprend.

Je descends l'escalier et traverse le couloir en mode ninja. Ce n'est pas le moment de tomber sur Maryse ni sur Catherine d'ailleurs.

Note pour plus tard : penser à lui demander le planning de ses cours, ce n'est pas possible de passer autant de temps à traîner au manoir !

Je frappe à la porte du bureau de Grégoire et, pour ménager l'effet de surprise, je glisse une jambe aguicheuse dans l'entrebâillement et use de ma voix de chaudasse :

— C'est l'heure de ma fessée, monsieur le directeur...

Bon, ce que je n'avais pas prévu, c'est que Grégoire ne soit pas seul. Et ce que j'avais encore moins prévu, c'est qu'il soit en compagnie de ma pire ennemie.

Vous avez remarqué comme le temps semble défiler au ralenti quand on vit un grand moment de solitude ? C'est exactement ce qui m'arrive lorsque j'entre dans le bureau.

Les joues me brûlent de honte, des frissons d'effroi me parcourent l'échine, mes paumes sont moites d'embarras.

Marissa me regarde, Grégoire me regarde.

Marissa regarde Grégoire. Grégoire me regarde.

Elle me toise, Grégoire sourit (Grégoire sourit ?).

Elle semble agacée, il semble amusé.

Elle porte du Chanel, il porte ses boutons de manchette, je porte du Kiabi.

Elle est bien foutue, Grégoire est canon, je suis ridicule.

Je bafouille, elle croise les bras, Grégoire se marre (il se marre, bordel !).

— Je... heu...

Heureusement, mon superhéros vient à mon secours.

— Marissa, tu te souviens de Morgane ? Vous vous êtes rencontrées à mon anniversaire.

— Non, répond-elle en me toisant de plus belle.

Pétasse !

Je reste plantée là, le dos contre la porte et, cette fois, ça n'a rien d'agréable.

— On a fini, il me semble ? la mouche Grégoire en lui signifiant qu'il est temps de prendre congé.

Oh ! toi, mon grand, tu vas goûter à ma torride reconnaissance et tu ne vas pas t'en remettre !

— Je ne pense toujours pas que ce soit une bonne idée, insiste la pimbêche à propos d'un sujet qui m'échappe.

— Ma décision est prise, et nous analyserons les résultats en temps voulu.

Gggrrr ! Ce qu'il est sexy quand il joue au patron autoritaire ! Dégage de là, l'accro du shopping, tu ne vois pas que tu gênes ? On a des trucs salaces à faire, ton boss et moi.

Je m'éloigne volontairement de la porte pour lui faciliter le passage vers la sortie. Elle s'en va. Non sans m'adresser un regard de killeuse avant de partir. Même pas peur !

Grégoire vient aussitôt m'enlacer et m'embrasse à m'en faire devenir toute ramollo dans ses bras.

— Tu m'as manqué, me murmure-t-il à l'oreille, avant d'en mordre le lobe.

Point sensible activé, sortez la serpillière, vite !

— Toi aussi, je réponds, en le laissant maintenant me dévorer le cou.

Mais il s'arrête et me regarde en esquissant un sourire désarmant qui m'intrigue.

— Quoi ?

— Rien, répond-il en reprenant là où il en était. Rien du tout.

Bon, on a fait vite, parce que :

1 — on avait peur de se faire surprendre ;
2 — on ne pouvait pas attendre ce soir ;
3 — je dois conduire Ghislaine au cimetière.

Maintenant que la descente en provenance du septième ciel s'amorce doucement, mon cerveau, lui, est en mode atterrissage forcé et je m'affole soudain.

— Tu crois que Marissa va le dire à ta fille ?

— Dire quoi ? demande-t-il en m'aidant à me rhabiller.

Enfin, en m'aidant, c'est vite dit. Il effleure mes tétons, caresse mes fesses, embrasse ma nuque et me colle des frissons partout.

— Pour nous deux !

Il me regarde à nouveau en souriant bêtement. Je vais finir par croire qu'il a fumé un joint au petit déj'.

— Je parlerai à Catherine.

— Non ! *Mayday, Mayday !* Enfin, je veux dire, il vaut peut-être mieux que je tâte le terrain d'abord. J'ai un peu peur de sa réaction. Elle a insisté pour que je m'occupe de la toilette de sa grand-mère, pas des bijoux de famille de son père...

Grégoire se marre. Il a fumé de l'herbe, c'est sûr !

— Un fer à repasser pour mes vingt-cinq ans ! Un aspirateur pour mes trente ans ! Tu crois que ce sont des cadeaux à offrir à une épouse ? J'ai été bien sotte de ne pas prendre un amant, tiens !

Ghislaine s'époumone comme chaque lundi sur la tombe de son mari. Moi, j'observe les papillons voleter de fleur en fleur, un sourire béat plaqué sur le visage. Bientôt, je vais me mettre à sautiller dans les allées du cimetière en chantant du Taylor Swift. Je vous le répète, ça ne tourne pas rond là-haut.

Au supermarché, pendant que je fais les courses d'Huguette, ce n'est pas mieux. Je me mets à chercher des idées de repas que je pourrais concocter à Grégoire et on est bien loin du jambon-coquillettes que je me prépare habituellement presque tous les soirs.

Pire ! Une fois chez Huguette, je range ses courses et fais un brin de ménage en sifflotant sur l'air des Cardigans : *Love me, love me, say that you love me.* La BO de *Roméo et Juliette* ? Sérieux ? J'ai sorti ça d'où ? Mais ce n'est pas tout, quand je m'attable dans la salle à manger pour vérifier le renouvellement d'ordonnance d'Huguette, Belmondo vient sur mes genoux en ronronnant et je lui grattouille gaiement la tête. Je dois sûrement libérer des phéromones qui attirent les matous.

A moins que ce ne soit ma chatte en chaleur…

Mais de là à le caresser et lui parler en bêtifiant, ça ne me ressemble pas.

— Tu es en train de tomber amoureuse, se moque Justine quand, plus tard, j'évoque mes symptômes étranges autour d'un café, chez elle.

— C'est si grave que ça ?

— Ça n'a rien de grave, c'est chouette !

Si, c'est grave ! Plus que grave même ! Je n'ai pas envie de ressembler à une carpette transie d'amour ! J'en ai un à préserver avant tout pour ma santé mentale (si tant est qu'on puisse encore faire quelque chose pour elle) : mon amour-propre ! J'ai vu ce que ça a donné par le passé et je me suis promis de ne plus retomber dans mes travers. Alors oui, je pense à Grégoire tout le temps, oui, j'ai envie d'être avec lui constamment, mais on appelle ça être accro, et ce n'est pas forcément de l'amour. La dernière fois que j'y ai goûté, j'ai perdu une partie de moi dans la bataille, Morgane la confiante, qui me manque souvent... Et maintenant, celle qui prend les commandes dans ce genre d'émotions incontrôlables, c'est Morgane la méfiante. Bon, là, elle est aux abonnés absents, mais elle va revenir. Enfin, j'espère...

Justine, de son côté, me fait toujours des cachotteries. Mais non, que dis-je, c'est officiel : Gilles et elle sortent ensemble ! Quel scoop ! Et à part ça ? Pas le moindre détail anatomique sur son chéri, pas une once d'info sur ses ex, pas un soupçon d'exclu sur une tare inavouable. Je prévois de la rayer très prochainement de ma liste d'amis si elle continue son embargo déloyal. Elle a l'air heureuse et j'aimerais bien me réjouir avec elle. Les amis sont aussi faits pour ça, non ? Elle a de la chance de me faire des coupes de cheveux à l'œil, sinon, je lui aurais déjà donné son préavis.

Je dors chez Grégoire, ce soir. Pour la deuxième fois. Mon petit sac de voyage n'est plus dans l'entrée. Il est dans la chambre. J'essaie de me convaincre que, si je dors là, c'est uniquement parce que c'est plus pratique, surtout en semaine, mais soyons honnêtes, je me voile la face. J'ai tout simplement envie de dormir avec lui et de me réveiller dans ses bras. Enfin, beaucoup moins depuis que j'ai appris qu'il met son réveil à sonner à 6 heures pour aller courir avant d'entamer sa journée.

Se lever aux aurores pour ça ? ! Il est barge !

Bon, d'accord, il est aussi très bien gaulé et je peux remercier ce sport intensif qui y est pour quelque chose, mais tout de même... 6 heures du mat' !

— J'ai une nouvelle qui devrait te faire plaisir, m'annonce-t-il pendant le dîner.

Tu as viré Marissa ?

Je me mords la langue pour que Morgane la jalouse n'énonce pas cette question à voix haute.

— J'ai demandé à ma mère de réactiver les anciens contacts qu'elle a développés quand elle gérait la joaillerie.

Ma fourchette s'arrête net devant ma bouche et je souris comme une gosse.

— Tu la fais à nouveau travailler ?

Grégoire hausse les épaules comme si ce n'était pas grand-chose, mais ce n'est pas rien pour moi. Ce n'est pas rien pour Adélaïde, ni pour Catherine d'ailleurs. Elles doivent être folles de joie.

Je pose mes couverts et me jette dans ses bras en l'embrassant.

— Merci.

Bon, ce n'est pas aussi bien que le renvoi immédiat de l'autre pimbêche, mais c'est effectivement une bonne nouvelle.

Bien sûr que je l'ai remercié comme il se doit. Qu'est-ce que vous croyez ? Je pense même qu'il ne va pas entendre le réveil sonner demain matin pour aller courir. Son sport intensif maintenant, c'est moi. (De toute façon, quand il s'est écroulé comme une masse après avoir goûté à toute ma gratitude, j'en ai profité pour repousser l'alarme d'une heure.) Oh ! ça va ! Vu comment j'ai prévu de le réveiller demain matin, il ne m'en voudra pas longtemps, croyez-moi !

***

On prend le petit déjeuner à la bourre, mais dans la bonne humeur (ben oui, on ne résiste pas à la fée Lation). On se sourit de manière complice derrière nos tasses et j'ai l'impression d'être dans une publicité pour de la chicorée. « Devenez du matin. »

Oui, enfin pas trop tôt non plus, hein.

Je suis bien. Sereine. Heureuse. Et si c'était différent, cette fois ? Et si j'arrêtais de paniquer et que je profitais de ce qu'on vit ?

— Morgane, j'ai quelque chose à te demander.

Grégoire a pris un air sérieux et semble inquiet de ma réaction.

— Je t'écoute.

Tu peux y aller, j'ai décidé de ne plus paniquer. Regarde, je suis détendue, je souris. Il y a du progrès, tu ne trouves pas ?

— Mais avant, promets-moi que tu ne vas pas t'enfuir en courant.

Respire Morgane, ne crispe pas ce sourire, il va voir que c'est du flan. Tu peux le faire. Sereine. Tu es SE-REINE. Alors, acquiesce. Acquiesce bon sang !

— Promis.

La cuisine est près de l'entrée, le verrou est sûrement mis, ça prendra trois ou quatre secondes de plus pour déguerpir, mais c'est jouable.

— Je sais que c'est tout frais, toi et moi...

Ne cille pas, il a dit « toi et moi » comme il aurait pu dire, je sais pas moi : « culotte et string » ou « slip et caleçon », ne t'emballe pas, ce ne sont que des mots.

— ... mais j'aimerais beaucoup que tu acceptes de faire le test VIH avec moi.

OK, là tu as le droit de paniquer !

Chapitre 15

Vous vous en doutez, à mes oreilles, ça a sonné comme « Les époux se jurent fidélité l'un à l'autre, bla-bla-bla... ». Avouez que « chérie, et si on faisait un test de dépistage du sida, histoire de solidifier notre relation naissante ? », ça ressemble beaucoup à un engagement solennel. Il y a de quoi paniquer, non ?

La prise de sang, main dans la main, pour vérifier qu'on est clean, ça se fait généralement au bout de plusieurs mois, quand on s'est déjà dit les trois mots magiques. Alors imaginez ma tronche, au petit déj', quand Grégoire m'a proposé qu'on prenne rendez-vous au labo le plus tôt possible (c'est-à-dire demain). Ça va être quoi, la prochaine étape ? Il va me laisser un tiroir pour mes petites culottes ?

C'est dingue, ça ! C'est lui qui en a bavé dans ce domaine, c'est lui qui a perdu l'amour de sa vie de façon tragique, c'est lui qui n'a pas eu la moindre relation sérieuse en vingt ans ! Alors comment fait-il pour assumer aussi sereinement ce qui se passe entre nous ? Pourquoi il n'a pas les jetons, même un petit peu ? Ça me rassurerait presque.

Bien sûr que je vais le faire, ce test. Je suis bien trop mordue pour m'imaginer m'envoyer en l'air avec qui que ce soit d'autre. La preuve : on me présenterait Karim, allongé sur son établi et nu sous son tablier de soudeur que je détournerais le regard, c'est dire !

N'empêche, j'ai bien le droit de trouver que tout ça va un peu trop vite, non ?

Je n'ai pas fui après sa question, si vous voulez tout savoir. J'avais mal à la mâchoire à force de garder un sourire crispé pour ne pas le décevoir et j'ai accepté d'un signe de tête. En même temps, j'étais incapable de dire un mot. Si j'avais ouvert la bouche, Morgane la phobique de l'engagement l'aurait atomisé sur place avec un discours sur le droit au secret médical, son refus d'assimiler cette approbation à un aveu quelconque de sentiments d'ordre amoureux, le fait qu'on n'ait pas encore essayé la capote au Nutella qui vient de sortir. Bref, il valait mieux que je la boucle.

Et sinon, devinez quoi ? J'ai gagné le respect d'Adélaïde Vassel ! La fée Morgane a terrassé le dragon. Ça se fête, non ? Bon, elle se méfie toujours un peu de moi (elle planque encore ses bijoux dans son placard quand j'arrive), mais Rome ne s'est pas fait en un jour, pas vrai ?

J'ai donc le droit de tout savoir sur la joaillerie. Après sa toilette, on s'installe sur sa banquette pour qu'elle m'explique tout en détail. Et ce que j'apprends vaut son pesant de culottes fendues ! Vous n'allez pas croire qui est à l'origine du déclin de l'entreprise et de la mise à l'écart de ma source bien renseignée : (cette pétasse de) Marissa !

Morgane la jalouse a déjà commencé à se peinturlurer le visage façon *Braveheart. C'est la guerre !*

Adélaïde Vassel soupçonne Marissa de travailler pour la concurrence. Depuis son arrivée, les chiffres sont en baisse, les fournisseurs leur tournent le dos et la clientèle leur préfère des marques plus prestigieuses.

La conjoncture difficile due à la crise financière est l'argument que cette pimbêche semble servir à tout-va pour noyer le poisson, mais les faits sont là. Quand Adélaïde a commencé à mettre en doute ses compétences et en particulier sa loyauté, Marissa a réussi à monter la tête de Grégoire et à le convaincre que sa mère était bien trop âgée pour supporter le stress lié à l'activité.

Niveau chiffres, c'est la cata. Grégoire est à deux doigts d'ouvrir le capital aux investisseurs pour sortir de cette impasse, mais, même comme ça, il n'est pas sûr d'attirer les foules, étant donné l'image vieillissante de la société.

— Mais pourquoi ne réduit-il pas son train de vie, dans ce cas ?

— Pour plusieurs raisons : il ne veut pas inquiéter Catherine, encore moins afficher aux yeux de tous la mauvaise santé de l'entreprise. Les vautours n'attendent que ça...

Ça n'explique pas son appartement high-tech, ni sa lubie de vouloir refaire son bureau bibliothèque avec des meubles sur mesure (*mais sans anneaux, ouf !*)

— Et puis, il reste avant tout un gosse de riches. Il a du mal à se serrer la ceinture, si vous voulez mon avis, continue Adélaïde en soupirant.

Ah ! Là, ça se tient.

— Il songe toutefois à vendre son appartement pour revenir vivre ici et je vois bien que ça lui coûte, ajoute-t-elle d'un air concerné.

Quoi ? Ça veut dire adieu le jacuzzi ? Nooonnnn ! Ne t'inquiète pas l'entrejambe, on va vite trouver une solution pour contrer cette banqueroute annoncée !

Il me faut un plan d'attaque. Tout d'abord, prouver que Marissa bosse bien pour la concurrence et ça ne va pas être de la tarte. Ensuite, étudier comment remettre l'entreprise sur les rails. Je pense qu'une campagne de communication va être nécessaire. Reste à savoir sur quel axe l'orienter : modernité ? Transmission des valeurs ? Mon cerveau bouillonne d'idées et je me rends compte que ça me manquait, cette recherche de créativité, cette adrénaline du challenge à relever, ce besoin de me dépasser.

— Tu n'as pas gardé de contacts parmi tes anciens collègues du marketing ? me demande Justine au téléphone, une fois que je lui ai fait part de mes découvertes. C'est un univers restreint, tout le monde se connaît. Si cette Marissa pactise avec l'ennemi, tu devrais arriver à le savoir.

Elle remonte dans mon estime. Le problème, c'est que, suite à mon départ un peu houleux de la boîte de communication dans laquelle je travaillais, j'ai bien peur d'avoir grillé toutes mes chances de revenir aux nouvelles, la bouche en cœur et une idée derrière la tête.

— Essaie avec Facebook, il n'y a pas plus abouti en termes d'espionnage.

Bon, OK, elle a gagné. Je ne lui ferai plus la tronche parce qu'elle ne me raconte rien au sujet de Gilles et elle. Elle peut garder ses petits secrets, je garde mon amie en or et ses conseils judicieux.

Le soir même, je suis devant mon ordinateur à taper les noms dont je me souviens sur le célèbre réseau social, en espérant que mes recherches porteront leurs fruits. Bien sûr, j'évite soigneusement le premier nom qui me vient en tête quand je repense à cette époque. Je tente de sauver une boîte de la faillite, pas de renouer avec de vieux démons.

C'est toutefois peine perdue, quand je me rends compte que chaque connaissance que je retrouve est déjà « amie » avec Tristan. Pourquoi suis-je étonnée ? Ce fumier est un pro du réseautage ; il serait ami avec le diable en personne si ça pouvait servir ses intérêts ! Je suis tirée de mon amère constatation par la sonnerie de mon téléphone m'annonçant un message :

8 h 30 pour le RDV de demain au labo. Ça te convient ?

Eh ben ! J'en connais un pressé de se débarrasser de son stock de capotes !

Je lui confirme que j'y serai. Et, comme la veille d'un mariage, il est de coutume de faire chambre à part, j'ai appliqué la même punition à Grégoire : pas de levrette la veille de se jurer fidélité par le sang.

J'm'en fous moi, j'ai mon vibro.

Ça lui apprendra à me faire paniquer alors que je venais d'opter pour la zen attitude.

Tu fais quoi ?

Oh rien de spécial, je ne suis absolument pas en train de regarder les photos de mon ex sur Facebook.

J'appelle tous mes autres plans cul
pour leur annoncer que le meilleur coup
de leur vie se retire du marché.

Très drôle.

Tu m'aideras à piquer une blouse
blanche au labo, demain ?

Je suis un homme respectable, j'ai une
réputation à tenir. Ne compte pas sur moi.

Dommage, je voulais jouer à
l'infirmière, la nuit prochaine…

Si c'est pour la bonne cause, je
veux bien être ton complice.

Je savais que tu avais un côté
bad boy. Ça m'excite.

Alors, rejoins-moi, si t'es une fée.

Abracadabra, sur l'oreille tu te la mettras !

Les fées au bûcher !

Mon état empire. Je vous jure, c'est vraiment flippant ! Il n'y a qu'à voir les pensées qui me traversent l'esprit ! Tout à l'heure, j'ai regardé le pansement que j'ai dans le creux du coude et j'ai souri bêtement parce que Grégoire avait le même, comme un pacte de sang secret entre nous. Ridicule, hein ? Super gnangnan, surtout ! Le mode carpette n'est pas loin. Et où est Morgane la méfiante quand on a besoin d'elle ? Portée disparue, cette lâcheuse !

Mes recherches sur Marissa étant au point mort, je demande à Adélaïde Vassel son avis sur la meilleure approche à adopter pour un éventuel plan de communication en fonction de l'historique de la joaillerie. Elle me sort des coupures presse de ses archives précieusement conservées dans son placard à malices et, d'après ce qu'il en ressort, mieux vaut opter pour les bijoux symboles de transmission entre générations plutôt que d'essayer de surfer sur la vague de la modernité forcenée qui est déjà prise d'assaut par les autres joailleries.

— Je ne comprends toujours pas pourquoi vous vous démenez pour sortir cette entreprise familiale de son marasme. Qu'est-ce que vous avez à y gagner ? me demande-t-elle, avant que je passe la porte de sa chambre.

Je réfléchis à sa question et me trouve incapable de fournir la moindre réponse. J'ai simplement envie de le faire, c'est tout. Je hausse les épaules en souriant et la quitte jusqu'au lendemain.

— 10 h 07 ! Vous vous rendez compte ? J'aime autant vous dire que ce facteur a entendu parler du pays ! s'indigne Geneviève, alors que je m'attaque à faire la poussière dans son salon.

Je me félicite d'être arrivée à l'heure, sinon j'en aurai aussi pris pour mon grade.

— Geneviève, est-ce que vous avez des bijoux qui ont une grande valeur sentimentale pour vous ?

Elle arrête son laïus sur les lenteurs du service postal et me regarde, intriguée.

Quand je lui explique que je me renseigne actuellement sur la place des bijoux dans la vie de leurs propriétaires, elle part chercher sa boîte remplie de bagues et de pendentifs et entreprend de me raconter l'histoire de chacun d'eux. Pour une fois, elle a toute mon attention. J'écoute ses différentes anecdotes, et cette idée de transmission à travers les âges prend soudain tout son sens. Je suis sur la bonne voie.

En quittant ma radoteuse préférée, je reçois un appel de Catherine.

— Salut, Morgane, je voulais te remercier pour ce que tu as fait pour Nanny. Tu ne peux pas savoir comme je suis heureuse pour elle !

Son enthousiasme désarmant me fait sourire.

Je lui assure que je n'y suis pas pour grand-chose, c'est plutôt sa colère piquée dans le bureau de son père qui a réussi à le convaincre de céder. On rit et je sens que c'est le moment d'avancer mes pions.

— Il faudra qu'on se voie à l'occasion, il y a une ou deux choses dont j'aimerais te parler...

— Je me rends chez Karim pour mon projet photo, tu veux m'y rejoindre ?

Bon, eh bien, on dirait que ça va se faire aujourd'hui...

Courage Morgane, tu vas juste lui expliquer que tu t'envoies en l'air avec son papounet chéri, simple formalité. Ah, ah, ah !

Tiens, ça faisait longtemps que ma conscience ne s'était pas foutue de ma gueule.

On arrive en même temps devant l'atelier de Karim, sous un soleil de plomb. Titine fait tache sur le parking à côté du SUV d'Emilien et de ma citadine qui sent encore le neuf. Je fais la bise à Catherine et ne peux m'empêcher de penser que, si on était dans un Disney, je devrais dire adieu au rôle de la fée Clochette pour endosser celui de la vilaine belle-mère. *Ouche !*

— Alors, ça avance, ce projet ? je lui demande, pendant que nous approchons de l'atelier dont la porte est grande ouverte.

— Oui, je viens justement montrer les premiers tirages à Karim et j'aimerais en profiter pour le convaincre de me laisser le photographier pendant son travail.

— J'espère que tu as prévu ta mine de chat Potté parce que, le connaissant, il va refuser tout net.

Je ris, et soudain, je ne ris plus. Catherine s'est arrêtée comme moi sur le pas de la porte. Je ne vois pas son expression, mais elle doit avoir la même que la mienne : les yeux écarquillés, le rouge aux joues, la bouche ouverte et le filet de bave qui menace de couler. Karim est en train de bosser à son établi, une scie à la main. Il fait des mouvements de va-et-vient sur une planche de bois, l'air concentré, la sueur perlant sur son front, ses biceps, ses pectoraux, ses abdos. Nom d'une culotte mouillée, Karim est torse nu !

On n'entend que le bruit strident de la scie contre le bois et on est toutes les deux incapables de bouger devant cette vision affolante. Soudain, Karim lève la tête et nous aperçoit. Il fronce les sourcils, se passe la main sur le front pour en essuyer la sueur (*Oh ! my Godness !*), attrape son débardeur qui traînait en boule près de l'établi et nous cache une partie du spectacle (*ooohhh !*).

— On n'avait pas dit 17 heures ? demande-t-il à Catherine, en s'approchant de nous.

— Heu... hum, il est 17 h 10, articule difficilement cette dernière en jetant un coup d'œil à sa montre pour ne pas croiser son regard.

Je la comprends, j'en suis à fixer mes pieds.

Tiens, il faudrait que je pense à me mettre du vernis sur les orteils, c'est presque l'été.

Karim se passe la main dans les cheveux (*à l'aide ! Retenez-moi !*), puis esquisse un sourire désarmant (*c'est une vraie fournaise cet atelier, vous ne trouvez pas ?*).

— Je n'ai pas vu l'heure tourner. Ça va, Morgane ?

Il me fait la bise avec ses joues collantes de sueur et j'en perçois subrepticement le goût salé quand mes lèvres les effleurent.

Je vous vois venir avec vos grands airs. Je sais ce que je vous ai dit à propos de détourner le regard devant Karim nu sur son établi. Mais :

1 — Il n'était pas totalement nu.

2 — Mater, ce n'est pas tromper jusqu'à preuve du contraire.

3 — Vous avez fait pareil, je vous ai vues avec la langue aussi pendante que la mienne, alors ça va, les sermons !

On a accepté bien volontiers le verre d'eau qu'il nous a proposé (c'est fou ce qu'on peut vite se déshydrater à baver devant un corps de rêve) et Catherine nous montre les premières photos de leur collaboration. Elles sont sublimes. Les sculptures sont mises en valeur avec un jeu d'ombre et de lumière subtil, les meubles sont présentés dans le décor brut de l'atelier, ce qui en fait ressortir toute la noblesse. Son travail me conforte dans l'idée qui germe dans mon esprit au sujet de la joaillerie et dont j'aimerais lui parler.

Il semble bluffé par le talent de Catherine, mais comme il n'est pas très doué pour exprimer ses sentiments, il se contente de hocher la tête en guise d'approbation. Je lance alors un regard appuyé vers Catherine pour l'encourager à demander à notre artisan sexy d'apparaître sur quelques clichés, c'est le moment.

— Non, répondit-il aussitôt, catégorique, croisant les bras.

Dingue comme ses biceps ressortent quand il fait ça...

Aïe ! Catherine me donne un coup de coude pour que je l'aide à le convaincre.

— Tu ne seras pas obligé de poser. Elle te prendra en photo quand tu seras en train de travailler, c'est à peine si tu la verras faire. Regarde, tu ne nous as même pas entendues entrer tout à l'heure !

Tu m'étonnes ! Le seul bruit, à part celui de la scie, c'était celui de nos mentons tombant au sol et de nos langues se déroulant à la manière du loup de Tex Avery.

Karim secoue la tête d'un air borné. Catherine n'insiste pas et se prépare à partir (oh, l'autre ! hé ! quand c'est moi, elle ne lâche pas le morceau aussi facilement, c'est pas juste). Je lui fais tout de même un clin d'œil pour lui indiquer que je vais plaider sa cause lorsque je serai seule avec lui, puis la raccompagne à sa voiture pendant que l'ermite têtu reste dans son repaire.

— J'ai du mal à croire qu'il ne se soit jamais rien passé entre Karim et toi, dit-elle sur le ton de la confidence. Je ne sais pas comment tu fais, j'ai l'impression d'avoir trompé Jérémy rien qu'en ayant posé les yeux sur lui, tout à l'heure !

A qui le dis-tu ?

— C'est pourtant vrai. On est amis et rien d'autre.

Elle sonde mon regard de ses grands yeux bleus pour vérifier si je mens. Je ne cille pas.

— Oh ! il est gay, c'est ça ?

Je me retiens d'éclater de rire. Enfin, extérieurement. A l'intérieur de moi, c'est l'hilarité totale, le pliage en deux, le mal aux abdos, les crampes aux mâchoires. Imaginez la tête de Karim quand il apprendra que Catherine croit qu'il préfère les hommes ! C'est trop tentant, je suis obligée !

— Eh oui, dis-je en soupirant, la mine faussement déçue.

— Quel gâchis... Au fait, tu voulais me parler ?

Un peu de sérieux, s'il vous plaît, l'heure est grave.

Je lui explique le projet de communication qui est en train de prendre forme pour accroître l'activité de la joaillerie. Si tout se déroule comme prévu, on aura besoin d'elle et de ses talents de photographe.

— C'est bizarre que Marissa et mon père soient d'accord avec ça. Ils me tiennent toujours à l'écart des affaires de la joaillerie d'habitude. Enfin, surtout elle.

J'évite soigneusement de lui dire que ce projet confidentiel est le fruit d'une coalition entre une fée et un dragon, sinon elle pourrait trouver ça louche.

— Compte sur moi, m'assure-t-elle. Et encore merci pour ce que tu fais pour Nanny. Je sais qu'elle t'apprécie, même si elle ne l'avouera jamais. D'ailleurs, il n'y a pas qu'avec elle que tu marques des points. Mon père n'a pas arrêté de parler de toi lors de notre brunch, dimanche dernier.

Boum boum, boum boum.

— Ah oui ? Qu'est-ce qu'il a dit ?

— Des petites choses, par-ci par-là. Ton prénom est sorti à plusieurs reprises dans la conversation. Je le lui ai fait remarquer en me moquant un peu de lui, vu les relations électriques que vous avez eues jusqu'à présent, et il a fini par admettre que t'engager était ce qui pouvait arriver de mieux à notre famille. Même Nanny n'a rien trouvé à redire à ça. Tu fais l'unanimité et je crois bien que ça ne s'est jamais produit au sein de notre trio.

Heureusement qu'on est en plein cagnard, ça justifie le fait que mes joues soient cramoisies. L'unanimité, hein ? Pas sûre de la faire longtemps avec ce que j'ai à lui dire...

— A ce sujet, il faut que je t'avoue quelque chose. Je t'ai menti sur le fait qu'il n'y ait personne dans ma vie. Il y a bien quelqu'un.

— J'en étais sûre !

— Oui, enfin, c'est tout récent et un peu compliqué...

Son téléphone, qu'elle tient à la main, se met à sonner.

— C'est Jérémy, il m'attend et je suis déjà en retard, dit-elle en s'engouffrant dans le SUV. On en reparle autour d'un thé cette semaine et tu me racontes tout, d'accord ?

J'acquiesce bêtement en la regardant s'éloigner.

Vous êtes témoins, j'ai essayé.

Je retourne à l'atelier où Karim est en train de balayer la sciure près de son établi.

Vous êtes prêts ? Ça va être drôle !

— Tu ne sais pas la dernière ? Catherine te croit gay !

Karim s'arrête de balayer. Karim fronce les sourcils. Karim croise même les bras.

Oh non, moi qui voulais me concentrer sur son visage !

— Pourquoi ?

— Selon elle, c'est inconcevable qu'il ne se soit rien passé entre nous. A vrai dire, quand on y réfléchit, ça se tient. Si tu as résisté jusqu'ici à mon corps de rêve, c'est forcément que tu préfères les garçons ! Il n'y a pas d'autre explication possible, dis-je pour plaisanter.

Karim pose son balai, l'air nerveux, et s'approche de moi en s'essuyant les mains sur l'arrière de son jean (*regarde son visage, Morgane, son visage !*).

— Je ne suis pas gay, dit-il, ancrant son regard au mien.

Pff, qu'est-ce qu'il peut être susceptible !

— Je sais, c'était pour rire...

Il avance encore et son corps imposant vient se planter devant moi. Je recule d'un pas, plus très sûre que l'idée de me moquer de lui à ce sujet était bonne.

Les mecs et leur virilité, j'vous jure !

Il s'approche encore, le visage fermé, sans me quitter des yeux. On dirait que ma salive se transforme en métal dans ma gorge. Je recule encore et mon dos heurte le mur.

— Ne te mets pas dans un état pareil. D'un autre côté, il n'y a rien de mal à aimer les hommes.

Tu t'enfonces, Morgane.

— Si j'étais gay, je ne ferais pas ça.

Et là, il plaque ses deux grandes mains sur mon visage et m'embrasse à pleine bouche.

Bon ben, je confirme : il n'est pas gay.

Chapitre 16

Je lui agrippe les poignets, le repousse violemment et me dégage du mur, sous le choc.

— Qu'est-ce qui te prend ?

Il fait quelques pas en arrière et évite mon regard. Il semble vivre une vraie tempête intérieure. Lui, d'habitude si calme, si impassible, est agité et nerveux. Je ne comprends rien. Je suis perdue. Comment en est-on arrivé là ? Est-ce que j'ai dit ou fait quelque chose pour provoquer ça ? D'accord, je n'ai pas arrêté de le reluquer, mais ce n'est pas la première fois, et je n'étais pas la seule aujourd'hui !

Mon cerveau crie à la trahison et menace de me dénoncer à Grégoire, mon cœur est parti s'enfermer dans les chiottes de sa boîte de nuit pour gerber. Mon entrejambe, lui, demande à revoir l'action, il n'était pas prêt (j'y peux rien, s'il n'a aucune morale).

— Pourquoi ?

Ma voix résonne dans l'atelier, tout comme cette question dans ma tête : Pourquoi il a fait ça ? Pourquoi maintenant ? Pourquoi moi ? Pourquoi je me sens si mal ? Pourquoi je lui en veux ? J'attends son explication dans un silence interminable et des larmes me piquent les yeux. Des larmes de colère, de frustration, d'incompréhension.

— Je suis désolé, je... je pensais que...

Il se prend la tête dans les mains et se détourne de moi.

Bon, raisonnons de manière pragmatique (si c'est possible). Il a sûrement agi sans réfléchir. On peut peut-être surmonter cet épisode complètement surréaliste et faire comme si rien ne s'était passé... Combien de fois j'ai, moi-même, imaginé franchir le pas avec lui ? (*oui mais tu ne l'as jamais fait et c'était avant que Greg Le-panier-percé te transforme en carpette sentimentale*).

— Parle-moi, lui dis-je, en faisant un pas vers lui.

Il recule. Il ne veut pas que je l'approche, encore moins que je le touche.

Je vais m'asseoir sur le vieux canapé et attends qu'il se décide. S'il voit que je n'ai pas l'intention de partir avant de l'avoir écouté, il sortira sûrement de son mutisme.

Son front est plissé, ses mâchoires crispées. Il regrette, c'est clair. On peut peut-être passer à autre chose, non ? J'aimerais déjà en être au stade où on plaisante, hilares, en se remémorant cet épisode ridicule dans notre solide amitié. Mouais, ce n'est visiblement pas pour tout de suite.

— Ecoute, on peut oublier ce qui vient de se passer. C'est arrivé, OK, mais il n'y a pas de quoi en faire un plat. Ce n'était rien, juste un moment d'égarement, voilà tout, je suggère, pour alléger l'atmosphère chargée.

— C'est ce que tu penses ? me demande-t-il, posant enfin les yeux sur moi.

J'y lis le tourment, le remords (la déception ?).

— Karim, tu es mon meilleur ami. Je ne vais pas laisser ce... ce geste changer ça.

Je suis incapable de dire le mot « baiser », ça me

paraît tellement déplacé et surtout culpabilisant. Oui, je me sens coupable. Coupable de l'avoir laissé faire, même quelques instants, coupable d'avoir pu lui envoyer les mauvais signaux sans le vouloir, et surtout coupable qu'un autre homme que Grégoire m'ait embrassée.

Il vient enfin s'asseoir à côté de moi, non sans garder une certaine distance.

— Je ne sais pas ce qui m'a pris, commence-t-il, le regard fixé sur le mur d'en face. Enfin si, je sais. J'ai l'impression que tu m'échappes. Quand je t'ai connue, tu sortais d'une relation qui t'a fait morfler. Tu semblais décidée à ne plus laisser un homme t'approcher de trop près, enfin, sentimentalement parlant, précise-t-il et je lève les yeux au ciel. J'ai écouté toutes tes histoires de coucheries sans lendemain en espérant qu'un jour ou l'autre tu serais prête pour plus. Prête pour moi.

Ma mâchoire se décroche de stupéfaction. Non seulement Karim aligne plus de deux mots à la suite, mais ce qu'il est en train de m'avouer me fait l'effet d'une bombe. Je ne bouge plus, je le regarde comme s'il était une autre personne, quelqu'un que je ne connais pas. Je n'arrive pas à analyser ce que je ressens.

— Ces derniers temps, tu as changé. On dirait que quelque chose fait briller tes yeux. Enfin, pas quelque chose, quelqu'un, poursuit-il, toujours sans me regarder. Je sais que ce quelqu'un n'est pas moi. C'est ce type plein de pognon qui te fait tourner la tête et ça me rend dingue. Te voir aujourd'hui, dans cette petite robe, à me détailler avec ce que je pensais être du désir, ça m'a fait déraper. Je suis désolé, Morgane. Il fallait que j'essaie. Il fallait que je tente le coup. Je n'ai pas réfléchi à tout ce qu'on risquait de perdre. Je devais le faire. C'est tout.

Silence. Mon cœur bat dans mes oreilles. Un martèlement brutal, comme s'il tapait du poing contre le mur. Je ne sais pas quoi dire. Je ne sais pas quoi faire. Je tire nerveusement sur ma robe.

J'aurais dû mettre mon short en jean.

— Karim, je...

— Ne dis rien. Je sais.

Je me tais et prends seulement sa main. Il se raidit, les traits de son visage se durcissent, mais il ne bouge pas. On reste comme ça plusieurs minutes, puis je me lève pour partir.

Avant de passer la porte, je me tourne vers lui et croise son regard. Sans un mot, je lui adresse un sourire timide auquel il répond tristement.

Ce que j'ai fait ensuite ? Je suis rentrée chez moi, j'ai enlevé cette maudite robe et j'ai filé sous la douche pour me laver de cette impression de saleté qui me colle à la peau. Depuis, je revois la scène en boucle, comme si mon cerveau appuyait sur le bouton « *repeat* » pour me faire sentir encore plus mal. Karim m'a embrassée.

Il y a quelques semaines, j'aurais répondu à ce baiser et Dieu sait ce qui aurait pu se produire ensuite. Il y a quelques semaines, j'aurais envoyé valser notre amitié pour sentir son corps puissant contre le mien, son goût amer et doux dans ma bouche, ses mains immenses sur moi. Je fantasmais sur son regard ombrageux, sa peau mate, son visage carré, son désir ignoré qui aurait trouvé un écho au mien. Aujourd'hui, j'ai juste envie de pleurer.

Comment va-t-on surmonter ça ? Est-ce qu'on va réussir à agir comme avant ? Je ne passerai plus la porte de son atelier sans vérifier que ma tenue n'est ni trop courte, ni trop moulante, ni transparente. Je ne laisserai plus traîner mes yeux sur sa plastique de rêve. Je pèserai mes mots avant de faire la moindre allusion graveleuse dont j'ai le secret. Je ne serai plus moi. Et lui ?

Je ne veux pas croire que notre amitié soit fichue.

Le soir, je débarque chez Grégoire avec le moral dans les chaussettes. Il le remarque et me prend aussitôt dans ses bras.

— Qu'est-ce qui se passe ? me demande-t-il d'une voix douce, m'embrassant les cheveux.

— C'est Karim, on s'est... pris la tête.

Ma conscience me toise, mais ne dit rien.

J'ai besoin de réconfort. Je veux juste oublier tout ça, au moins ce soir, et lui seul peut m'y aider. Il ne me pose pas de questions. Il attend peut-être que je lui en dise plus, mais je le fais parler d'autre chose, de la joaillerie entre autres. Oui, je suis chamboulée, mais j'ai aussi une mission à mener à bien.

On a laissé la tenue d'infirmière au placard. Je n'avais pas le cœur à me déguiser. A la place, on a fait l'amour lentement, intensément. Par ses caresses, ses baisers, ses coups de reins, Grégoire semblait revendiquer chaque partie de mon corps comme étant la sienne. C'était comme s'il voulait être l'unique homme de mes pensées, de mon cœur, de tout mon être. Il l'est. Sans aucun doute. La preuve : j'ai bien cru que les trois mots magiques allaient s'échapper de ma bouche quand il m'a serrée contre lui après l'orgasme puissant et simultané qui nous a submergés. Il m'a regardée avec une intensité toute nouvelle, comme si j'étais devenue essentielle à son existence, précieuse comme un diamant rare. Ça m'a fait du bien. J'avais besoin de ça. Après ce qui s'est passé avec Karim, j'ai une piètre opinion de moi-même. J'ai l'impression d'être une allumeuse, une pauvre fille qui joue avec les sentiments des autres, une nana frivole qui fait du mal aux gens qu'elle aime.

Je n'ai pas eu le cran d'avouer à Grégoire ces trois mots dont on attend toujours une réponse réciproque, quoi qu'on en dise. Alors j'ai essayé de le retranscrire dans mon regard ardent, dans mon baiser éperdu, avant de m'endormir dans ses bras.

Voilà trois semaines que je n'ai pas mis les pieds à l'atelier. C'est compliqué. On s'est envoyé quelques textos, histoire de faire semblant que rien n'a changé, mais ça sonne faux. Je ne sais pas ce que j'attends (un miracle sans doute, ou bien que le temps fasse son effet). Je n'ai rien dit à Grégoire au sujet du baiser. A quoi bon ? Ça n'arrangerait pas les choses, ça les empirerait même.

J'ai aussi essayé de parler à Catherine de ma relation avec son père, mais elle est totalement accaparée par ses cours et par son projet avec Karim qui va faire l'objet d'une exposition dans dix jours. Je suis d'ailleurs invitée au vernissage, tout comme Grégoire. J'angoisse déjà. Karim est censé être présent, mais je ne sais pas s'il viendra. Il semble donner du fil à retordre à Catherine à ce sujet et j'élude chaque fois qu'elle me demande un coup de main pour le convaincre.

Je ne suis pas plus avancée sur l'affaire Marissa. Toutes mes recherches n'ont rien donné. Cette vipère a tenté de remiser une nouvelle fois Adélaïde Vassel au placard, prétextant qu'elle court-circuitait son travail par ses interventions auprès de ses contacts historiques, mais Grégoire ne l'a pas laissée faire. (Ça commence à me faire mal à la nuque toute cette gratitude à lui témoigner.)

Ça m'a décidée à mettre les bouchées doubles (*sans mauvais jeu de mots, promis*). Il faut absolument démasquer cette saboteuse, alors, je n'ai pas eu le choix. J'ai mis mon ego de côté et contacté la seule personne capable de m'aider.

J'ai rendez-vous ce soir avec Tristan dans un café du

centre-ville. Ce pauvre type croit sûrement que mon initiative est un prétexte pour renouer avec lui. Il peut penser ce qu'il veut, je m'en moque. J'espère juste que je ne vais pas me faire avoir par ce manipulateur-né.

J'ai dit à Grégoire que je n'étais pas sûre d'être rentrée pour le dîner. Je lui ai sorti l'excuse bidon d'une réunion d'auto-entrepreneurs qui se tient dans la ville d'à côté pour ne pas avoir à lui dire que je serai en train de boire un verre avec mon ex dans le but de faire virer sa bombasse de collaboratrice. Vu comme ça, avouez que j'étais bien obligée de mentir.

Tristan est en retard. J'attends comme une idiote depuis un quart d'heure en scrutant tous ceux qui passent la porte du café. J'ai les mains moites et le cœur qui bat à cent à l'heure. J'essaie de me convaincre que le revoir ne me fera aucun effet, pourtant, je redoute ce pouvoir qu'il avait sur moi à l'époque. J'espère que je suis immunisée maintenant.

On s'est connus à l'école de commerce. Nous étions les deux meilleurs élèves de la promotion. C'était une concurrence perpétuelle entre nous pour atteindre la première place. Pour valider notre dernière année, on nous a fait travailler sur un projet commun et c'est comme ça qu'on s'est rapprochés. Nos idées étaient complémentaires, audacieuses, innovantes. On passait des nuits entières à bosser comme des dingues pour parfaire notre plan marketing. L'ambiance bon enfant tout d'abord a fait place à l'attirance et au désir. J'ai cru trouver en lui mon alter ego. J'admirais son ambition, son bagout, son opportunisme forcené. J'étais plus studieuse, moins calculatrice, mais tout aussi impulsive et téméraire, quand il s'agissait d'obtenir des résultats. Après avoir décroché notre diplôme, on est parvenus à se faire embaucher dans la même société de communication. On a emménagé ensemble dans la foulée. Nos amis nous appelaient le *golden couple*. On réussissait tout ce qu'on entreprenait à deux. On gagnait bien notre vie, notre carrière prenait un envol fulgurant. Je nous voyais déjà monter plus tard notre propre boîte de pub où nos idées culottées et ingénieuses feraient un malheur.

Sauf que ça ne s'est pas passé comme ça. Tristan a commencé à prendre la grosse tête. Notre directeur avait un peu trop tendance à oublier que j'existais dans notre duo gagnant. Il lui faisait part des nouveaux projets en premier, au lieu de nous convoquer tous les deux. J'ai découvert alors à mes dépens à quel point il est difficile pour une femme de défendre ses chances dans un poste à responsabilités. Je mettais les bouchées doubles, restais tard au bureau pendant que Tristan et les autres trinquaient à leur dure journée dans le bar du coin. J'avais besoin de prouver que j'avais tout aussi ma place que lui et pourtant, malgré mes efforts, c'était toujours lui qui recevait les lauriers. Notre relation s'est dégradée. Il minimisait mes récriminations, m'assurait que personne ne remettait en doute mes compétences, que tout le monde reconnaissait mon travail. Alors pourquoi c'était lui qu'on invitait aux déjeuners clients ? Pourquoi on trouvait normal de me faire servir le café en réunion ? Pourquoi on lui tapait dans le dos à la moindre suggestion, quand on me regardait de manière condescendante chaque fois que j'ouvrais la bouche pour émettre un avis ? J'avais l'impression de devenir dingue. J'étais la collègue parano et névrosée qu'on évitait à la machine à café. Quand Tristan a été approché pour devenir associé de l'entreprise, j'ai commencé à douter de tout : de mes capacités, de mon jugement, de lui.

C'est quand je l'ai surpris, le pantalon baissé, en train de s'envoyer l'assistante événementiel sur la table de conférence, que j'ai compris. Dans son plan de carrière, je n'avais servi que de faire-valoir. Et dans son plan de vie, je n'avais pas la moindre place.

J'ai appris quelque temps plus tard, par une source compatissante et bien informée, que Tristan s'était évertué depuis le début à court-circuiter toutes mes idées, les faisant siennes avant que j'aie le temps de les présenter, profitant de son statut de jeune loup ambitieux pour soutirer toutes les informations des projets à venir avant moi pour mieux se les accaparer, ne me laissant aucune chance de prouver que je pouvais faire aussi bien que lui.

J'ai tout plaqué : boulot, appart, mec. Ma fierté a décuplé ma colère et m'a empêchée de me morfondre. Mais, au fond, j'étais dévastée. J'ai tout repris de zéro. J'ai voulu couper les ponts avec mon ancienne vie, prendre un nouveau départ. C'est en parlant avec Justine, qui travaillait depuis plusieurs années à son compte, que j'ai décidé de me lancer. J'allais revenir à l'essentiel, à ce qui me tenait à cœur, à ce qui ne me demandait pas d'écraser les autres pour me faire une place au soleil. Et cette nouvelle vie me convient. Avec le recul, je ne regrette pas d'être là où j'en suis, mais repenser à Tristan et à ce qu'il m'a fait me laisse toujours un goût amer.

— Morgane Genet ! Je n'arrive pas à croire que tu m'aies recontacté !

Je suis tirée de mon passé par un homme aux cheveux gominés, portant un pantalon à pinces, des chaussures en cuir, une chemise marron et une cravate ton sur ton.

— Bonjour Tristan.

Je ne me lève pas. Hors de question que je lui fasse la bise ou qu'il pose la main sur mon épaule. Plutôt crever ! Je remarque l'énorme montre à son poignet pendant qu'il s'installe en face de moi. Vous savez ce qu'on dit au sujet des hommes, c'est comme pour les voitures : grosse montre, petite...

Laissez-moi juste préciser que Grégoire ne conduit pas son SUV donc ça ne compte pas et que ses boutons de manchettes rutilants sont ridiculement petits.

Tristan sourit à la serveuse derrière le comptoir et celle-ci rapplique aussitôt en minaudant. J'ai déjà la gerbe, ça commence bien. Il n'a pas changé. Ses traits sont plus affermis, ses épaules peut-être plus carrées, mais ses airs de filou sont toujours bien là.

— Alors, qu'est-ce que tu deviens ? me demande-t-il une fois nos commandes passées.

— Je vais bien.

Ouais, bon, il va falloir que je sois plus loquace si je veux parvenir à mes fins, mais je me méfie de lui. Il a ce petit rictus suffisant qui me donne envie de tout laisser tomber, mais il est hors de question d'avoir fait ça pour rien. Il faut que je reparte d'ici avec du concret.

— Mariée ? demande-t-il, cherchant une alliance à mon doigt.

— En couple, je rétorque pour qu'il m'épargne sa mine faussement apitoyée.

— Ne me dis pas que tu te tapes un de tes petits vieux, dit-il en riant de sa propre blague.

Je bois une gorgée du verre qu'on vient de m'apporter et m'intime à moi-même de ne pas relever. Ça l'encouragerait.

— Ecoute, je jouerais bien aux douces retrouvailles mais, si je voulais te voir, c'était pour te parler boulot, dis-je pour aller droit au but.

Mon ton est sec et froid. Ça a l'air de le choquer. Eh oui, je suis complètement immunisée par l'effet Tristan le charmeur et j'en suis soulagée. Le ressentiment est intact cela dit, mais je ne lui laisserai pas la satisfaction de lui montrer qu'il a marqué mon cœur au fer rouge.

— Ah, tu voulais avoir affaire à un spécialiste. Tu ne pouvais pas mieux tomber, je suis le meilleur dans le domaine mais, ça, tu le sais déjà.

Quel con !

Comment ai-je pu être amoureuse d'un type aussi imbu de lui-même ? Comment ai-je pu être à ce point aveugle ? Avoir été jeune et naïve n'excuse pas tout, certainement pas de s'être sous-estimée en sa présence !

Allez Morgane, tu as de la bouteille maintenant, tu n'as plus qu'à le prendre à son petit jeu, tu peux le faire.

— C'est pour ça que j'ai fait appel à toi. Je suis en train de renouer avec mes premières amours, le marketing, et on m'a conseillé de me rapprocher d'une certaine Marissa Andrade pour m'aider dans mon plan de com'.

— Pourquoi tu ne me le demandes pas directement ? s'étonne-t-il, visiblement meurtri dans son amour-propre.

Bien fait !

— N'y vois rien de personnel, seule une femme peut m'apporter son expertise dans ce domaine.

— Je peux en savoir plus ? tente-t-il, un sourire carnassier aux lèvres.

— Je travaille sur un concept révolutionnaire de protection périodique, tu sais, les règles, le sang qui coule chaque mois, tout ça.

Sa mine dégoûtée me fait marrer intérieurement. Parlez de ragnagnas à un homme, et il laissera tomber l'envie de creuser le sujet.

— Effectivement...

Il me regarde quelques instants sans un mot, intrigué, et je n'aime pas ça. Je ne veux pas qu'il mette son nez dans mes affaires. Moins je lui en dirai, plus j'aurai de chances de ne plus jamais avoir affaire à lui de ma vie.

— Marissa, tu dis ?

Il commence à consulter son smartphone en fronçant les sourcils.

— Brune, les cheveux bouclés, bien foutue, toujours bien fringuée, j'énonce pour le mettre sur la voie.

Tristan n'a jamais retenu les noms, mais remémorez-lui une fille bien roulée et il se surpassera.

— Ah ! Marissa ! s'exclame-t-il avec un sourire salace.

Il croise mon regard et reprend une expression neutre. Trop tard, je comprends déjà qu'il la connaît aussi bien à la verticale qu'à l'horizontale. Ça me fait un point commun avec cette pétasse : l'expérience, tout sauf mémorable, de la miniquéquette de Tristan. *Beurk.*

— Personne n'a su me dire si elle était en free-lance ou si elle bossait pour une entreprise en particulier, mais toi, tu sais, n'est-ce pas ?

Il resserre sa cravate dans un geste nerveux que je lui reconnais bien. Je ne le quitte pas des yeux. Il a ma réponse et je la veux.

— Eh bien, ça fait longtemps que je ne l'ai pas vue...

— Tristan... Je ne connais personne qui saura mieux me renseigner que toi. Regarde-moi, j'en suis à contacter mon ex pour me sortir d'une impasse, c'est bien que j'ai épuisé toutes les autres options. Tu peux bien faire ça pour moi en souvenir du bon vieux temps, tu ne crois pas ?

J'ai posé ma main sur la sienne. J'ai posé ma foutue main sur la sienne, bordel ! Et ce que je lui dis pour l'amadouer est malheureusement la pure vérité.

Je n'ai qu'une envie : rentrer chez moi pour me doucher à l'eau de Javel.

Tristan reprend son rictus de tombeur et, d'un air magnanime, se met à griffonner un nom sur une serviette en papier après avoir sorti un stylo de la poche de sa chemise.

— La dernière fois que j'ai entendu parler d'elle, elle bossait pour cette boîte.

— Merci.

Je range rapidement ce sésame dans mon sac, soulagée d'être parvenue à mes fins malgré ce que ça m'a coûté.

— Alors, tu veux qu'on continue la soirée chez moi, en souvenir du bon vieux temps ? me demande-t-il d'un air aguicheur.

Eurk !

— Ecoute, ça aurait été avec plaisir mais, en ce moment, je suis totalement comblée sexuellement. J'ai du mal à marcher droit, c'est pour te dire ! je réplique, me levant à la hâte pour mettre fin à ce calvaire.

— Tant mieux pour toi, déclare-t-il, en tentant de reprendre une contenance après ce que je viens de lui balancer à la tronche.

Muuhhaahhhaahh !

On sort du café et je le salue furtivement en m'éloignant vers ma voiture. Tristan me suit. En m'approchant d'Adam, je comprends que la Mercedes CLK cabriolet, garée à côté, lui appartient.

— Jolie voiture, me lance-t-il une fois à bord de la sienne.

Il met ses lunettes de soleil et commence à décapoter son bolide.

Frimeur !

— Cadeau de mon chéri, je réplique avec un sourire rayonnant.

Il refait son tic avec sa cravate, puis me fait un dernier signe de tête avant de démarrer en trombe, façon quéqué.

Mission accomplie ! C'est qui la plus forte ? Morgane fée face à son passé !

Chapitre 17

Alors, au programme, j'ai prévu : deux rounds de sexe intense avec Grégoire (et sans capote depuis qu'on est officiellement clean, c'est le pied ! enfin, la queue ! enfin, vous m'avez comprise), puis, une fois que Monsieur Je-m'écroule-avant-le-3e-round aura sombré dans un sommeil profond et réparateur (faut dire, je suis épuisante comme fille), je dégainerai mon ordinateur portable et commencerai mon investigation sur le dossier Marissa, à partir du début de piste que j'ai obtenu, non sans mal.

J'atteins le hall de l'immeuble et appelle l'ascenseur en me réjouissant de la soirée qui m'attend. La cabine s'ouvre et je me retrouve nez à nez avec Justine et Gilles, habillés drôlement chic pour un soir de semaine.

— Morgane ? s'étonne Justine en m'apercevant.

— Salut, qu'est-ce que vous faites là ?

Elle regarde Gilles nerveusement, puis me renvoie la question.

— Grégoire habite ici, je réponds, comme si c'était une évidence.

Tiens, maintenant que j'y pense, on n'a jamais évoqué le sujet. Justine semble attendre que son chéri prenne la parole. *Etrange...*

Gilles finit par dire d'un air détaché :

— J'ai un appartement au troisième.

Sérieusement ? Ça gagne aussi bien que ça, un gérant de pub ?

— Ah oui ? Eh bien, il faudra qu'on s'organise un dîner entre voisins, un de ces quatre, fais-je, amusée.

Ils acquiescent sans grande conviction et se sauvent comme des voleurs, prétextant une réservation au restaurant.

Justine ne perd rien pour attendre ! Je ne sais pas ce qu'elle me cache, mais une chose est sûre : c'est du lourd.

J'arrive à l'appartement, et constate que Grégoire n'est pas encore rentré. Ah oui, j'ai oublié de vous préciser qu'il m'a confié un double des clés. Inutile de vous dire que, ce jour-là, j'ai fait une telle crise d'angoisse qu'en allant rendre visite à Léonard juste après, j'ai vidé en cachette toute sa Ventoline. Eh, j'ai vérifié qu'il en avait d'avance ! Pour qui vous me prenez ?

Je suis en train de me laver frénétiquement les mains (des fois que la connerie de Tristan se transmette par simple contact), quand j'entends la porte d'entrée s'ouvrir. Je me précipite pour accueillir Grégoire. Après ce que j'ai vécu ce soir, je n'ai qu'une envie : me blottir dans ses bras.

— C'était bien ? me lance-t-il, en se dirigeant directement vers la cuisine avec le sac en plastique qu'il tient à la main.

— Plutôt pénible, je réponds en le suivant.

Et mon câlin, alors ?

— Il y avait beaucoup de monde ? demande-t-il en posant le sac sur le plan de travail.

— Hum, hum...

Il ne peut pas arrêter avec ses questions ? J'ai

l'impression que mon nez s'allonge (et je suis censée être la Fée Bleue, pas Pinocchio !).

Il se tourne enfin vers moi et je peux voir qu'il a les traits tirés. Il a dû passer une sale journée.

Changement de programme : prévoir un bon massage pour le détendre avant nos rounds torrides. Marissa attendra.

— Tu as acheté du japonais pour le dîner ?

— Arrête de me prendre pour un con, Morgane.

Sa voix dure et menaçante me fait l'effet d'une gifle.

— Pourquoi tu dis ça ?

Ses yeux sont remplis de colère et je ne comprends pas du tout ce qui se passe.

— Quand j'ai su que tu rentrerais tard, j'ai voulu te faire plaisir en allant chercher des plats chez le traiteur asiatique. Au feu rouge, Victor m'a fait remarquer que ta voiture était garée sur le parking d'en face. Et moi, comme un abruti, je lui ai dit que ça ne pouvait pas être la tienne puisque tu n'étais pas en ville. Est-ce que tu imagines de quoi j'ai eu l'air quand on t'a vue sortir du café avec ce type qui te suivait en te matant le cul ? As-tu la moindre idée de ce que j'ai ressenti en te voyant lui sourire pendant qu'il frimait avec sa décapotable ? Est-ce que tu réalises à quel point j'ai eu l'air con en croisant le regard compatissant de Victor dans le rétroviseur ? Depuis quand ça dure ?

Ce n'est pas possible ! Je ne suis pas restée plus de deux minutes sur ce parking, trop pressée de me débarrasser de Tristan, et il a fallu que ce soit à ce moment-là que Grégoire passe en voiture ! C'est quoi ? Un alignement maudit des planètes pour me pourrir la vie ? Un karma vengeur ?

— Ce n'est pas du tout ce que tu crois.

— Tu as raison. Je te croyais différente, je croyais qu'on pouvait construire quelque chose ensemble, malgré ta manie de te défiler dès que ça devient sérieux. Mais je comprends maintenant. Il n'a jamais été question que tu partages ma vie. Tout ce qui t'intéresse, c'est le fric !

J'ai envie de pleurer. D'ailleurs, je pense que je pleure. Ses mots me font mal, son regard m'assassine. Comment peut-il croire ça une seule seconde ?

— Tu te trompes. Laisse-moi t'expliquer.

— Ce n'est pas la peine. Tu devrais t'en aller.

Il me tourne le dos et jette rageusement le sac du traiteur dans la poubelle. Je ne l'ai jamais vu dans cet état.

— Ecoute-moi au moins !

— Je ne veux pas entendre tes raisons, encore moins tes mensonges. Au revoir, Morgane.

Et il sort de la cuisine, me laissant plantée là, complètement sonnée. Il claque la porte de sa chambre et je le suis pour tenter de mettre fin à ce malentendu.

— Grégoire, je t'en prie, écoute-moi, dis-je en posant ma joue contre la porte close. Je t'ai menti au sujet de ce soir pour éviter que tu t'imagines n'importe quoi. Je suis allée voir mon ex, OK ? Mais ce n'est pas ce que tu penses. J'avais besoin de lui pour une information qu'il était le seul à pouvoir me fournir. Tu aurais flippé si je t'avais dit que je le voyais. Et il n'y aurait vraiment pas eu de quoi, je t'assure.

Silence. Je continue. Je n'ai plus rien à perdre puisque j'ai déjà l'impression d'avoir tout perdu.

— Je l'ai fait pour la joaillerie. Ta mère et moi soupçonnons Marissa de travailler pour la concurrence. Je n'ai pas réussi à le prouver jusqu'à présent, elle semble être un vrai fantôme : pas de profil Facebook, pas un seul site qui la référence. Tristan était ma dernière option. Il a le bras long dans ce domaine. Il fallait que j'essaie. C'est un sale con et j'espère ne plus avoir affaire à lui de ma vie, mais il m'a fourni une information qui pourrait m'aider à démasquer Marissa. Tu comprends ?

La porte s'ouvre brutalement et le visage de Grégoire irradie de colère.

— Mais qui t'a demandé de te mêler de ça ? Pour qui tu te prends, à insulter la loyauté de mes employés ? Ma mère t'embobine avec sa paranoïa et, toi, tu fonces tête baissée ? Tu crois que coucher avec moi te donne le droit de fourrer ton nez dans mes affaires ? Je dirige cette joaillerie, Morgane. C'est moi qui prends les décisions, c'est à moi de juger les personnes qui travaillent pour mon entreprise, certainement pas à toi ! Et me sortir cette excuse bidon pour aller boire un verre avec ton ex et faire je-ne-sais-quoi d'autre, je m'attendais à tout, sauf à ça de ta part. Ton côté fantasque me plaisait, je le trouvais attachant, rafraîchissant. Mais maintenant, j'en ai marre. S'il te plaît, rentre chez toi.

Cette fois, c'est sûr, je pleure. J'ai le nez qui coule, la lèvre qui tremble et les larmes qui me brouillent la vue. Je suis dévastée. Il me déteste. Je peux lire la haine dans son regard. Tout ce que je voulais, c'était l'aider, sortir la joaillerie de la faillite. Je pensais bien faire. Mais je l'ai déçu.

Je récupère mes affaires et m'éloigne, sans oser le regarder. Avant de passer la porte, j'extrais la serviette en papier griffonnée de mon sac à main et la pose sur le comptoir de la cuisine, avec le double des clés. Puis, avec un immense sentiment de gâchis, je sors de son appartement et de sa vie.

Je ne sais pas où aller. Je n'ai pas envie de rentrer chez moi. Je ne me suis pas sentie aussi seule depuis longtemps. J'irais bien au pub pour m'atomiser à l'alcool et ne plus penser à ce qui vient de se passer, mais on est jeudi, jour de fermeture. Le karma, je vous dis ! Inutile de frapper à la porte de Justine, elle est avec Gilles. Alors, je me dirige vers le seul endroit qui peut m'apporter un peu de réconfort.

Je soulève le pot en céramique sur le rebord de la fenêtre, attrape la clé de secours et ouvre la porte. L'odeur de bois, de cuir et de métal m'enveloppe aussitôt. Dehors, le soleil commence à se coucher et éclaire l'atelier d'une lumière ambrée. Cet endroit m'apaise, j'ai l'impression d'y être en sécurité, comme dans un cocon. Je m'écroule sur le vieux canapé en cuir et pleure tout ce qu'il me reste de larmes. Puis, épuisée, je sombre dans un sommeil où le visage méprisant de Grégoire vient me hanter.

— Morgane...

Une voix rauque murmure mon prénom.

— Morgane, réveille-toi.

Une main rugueuse me secoue doucement l'épaule.

J'ouvre les yeux et découvre Karim, penché sur moi, le regard inquiet.

— Quelle heure est-il ? je lui demande en me redressant, encore ensommeillée.

— 6 h 30. Qu'est-ce que tu fais là ? Tu as des ennuis ?

Pourquoi est-il déjà à son atelier ? Ne me dites pas que lui aussi s'est mis au footing matinal ! Soudain, le visage de Grégoire revient s'imprimer dans mon esprit et l'envie de pleurer avec.

— C'est Grégoire. On s'est disputés.

Et me revoilà avec le menton qui tremble.

— Chut, tente-t-il de m'apaiser. Ça va s'arranger.

Il me caresse gentiment les cheveux avec un air tendre qui me rend encore plus triste.

— Karim, est-ce que... je peux ?

Avec des yeux implorants, je lui fais comprendre que ce dont j'ai besoin à cet instant, c'est d'un gros câlin amical.

— Bien sûr.

Il m'enserre alors de ses bras de géant et je répands mon chagrin sur son épaule pendant de longues minutes.

Quand je suis un peu calmée, Karim prépare un café. On le boit ensemble et on tente de parler de choses banales, histoire d'alléger l'atmosphère.

— Tu es tombé du lit ? Je ne pensais pas que tu te levais si tôt pour aller à l'atelier.

— Je ne dors pas bien ces derniers temps, marmonne-t-il, en fixant sa tasse.

On parie combien que j'y suis pour quelque chose ?

Super, ça m'aide vachement à me sentir mieux, cette petite causerie.

Pourtant, je mentirais si je disais que je n'étais pas heureuse de le revoir.

— Tu m'as manqué, je lui avoue.

J'ai envie qu'il le sache, même si j'ai l'impression de marcher sur des œufs chaque fois que je m'adresse à lui. On a perdu cette facilité à être ensemble, mais notre amitié semble avoir résisté à l'épisode malheureux du baiser.

— Toi aussi, murmure-t-il sans toutefois oser me regarder. Tu sais, tu peux m'en parler si tu veux...

Je secoue la tête.

— Non, c'est gentil. Je vais y aller. Merci pour l'épaule compatissante.

— Ça sert à ça, les amis, déclare-t-il avec un petit sourire en coin.

Sa remarque me donne de l'espoir. Au moins pour lui et moi...

Avant de partir, je lui demande s'il s'est décidé à aller à l'exposition de photos de Catherine.

— Je sais pas. C'est pas trop mon truc.

— Fais-le au moins pour elle. Ça lui ferait vraiment plaisir.

— Tu y seras, toi ?

Ma gorge se serre à cette idée. Je hausse les épaules, puis sors de l'atelier, la tête basse.

Je passe à mon appartement pour prendre une douche et me changer. Il est encore tôt. Bien trop tôt pour commencer ma journée de travail. Ça me laisse donc largement le temps pour broyer du noir.

Quand j'arrive enfin au manoir à une heure décente, je suis soulagée de voir que le SUV de Grégoire n'est pas garé dans la cour. Je salue distraitement Maryse en entrant et monte m'occuper de ma partenaire de crime dans ce fiasco total.

Elle ouvre la porte et je découvre sa mine sombre.

— Bonjour, Grégoire est passé vous voir, c'est ça ? je lui demande, connaissant déjà la réponse.

— Venez vous asseoir, dit-elle, en se dirigeant vers la banquette.

Je ne l'ai jamais vue comme ça. Elle semble désemparée, rongée d'inquiétude.

— Il ne vous a tout de même pas écartée à nouveau de la joaillerie, si ? dis-je, sentant la colère monter en moi.

— Il faut le comprendre. Ça n'a pas été facile pour lui. Il a vécu pendant longtemps dans l'ombre de son père. Aujourd'hui encore, ses moindres décisions sont comparées à la façon de faire de Louis Vassel. En prenant en charge à mon tour la joaillerie après la mort d'Elisabeth, j'ai, certes, aidé l'entreprise à se maintenir à flot, mais j'ai malheureusement contribué à minimiser la légitimité de mon fils à sa tête. Il est tiraillé entre sa reconnaissance pour moi et son besoin d'affirmer son rôle de président. Et je dois avouer que je ne lui facilite pas la tâche. Je suis envahissante, étouffante, je m'en rends compte maintenant. Je commente ses choix, émets sans cesse un avis qu'il ne me demande pas. Et les ennuis financiers que rencontre la joaillerie n'arrangent rien. Il est pris à la gorge, assailli de toutes parts : ses créanciers, la concurrence, les difficultés du marché. Alors, ajoutez à ça sa toxique de mère et vous comprendrez son besoin de m'écarter définitivement des affaires. C'est une sorte d'affranchissement, une manière d'asseoir son autorité, d'avoir l'impression de maîtriser le chaos dans lequel est plongée la société. Je ne lui en veux pas.

— Mais ça vous rend malheureuse ! Il ne peut pas vous faire ça ! C'est moi qui ai mis mon grain de sel dans toute cette histoire. C'est à moi d'en assumer les conséquences, pas à vous !

Je suis indignée. Finalement, le ressentiment est un bon remède au chagrin. En même temps, les explications d'Adélaïde m'aident à comprendre pourquoi Grégoire s'est montré si virulent à l'idée que je me sois immiscée dans son activité, même si c'était pour la bonne cause.

— Je suis inquiète pour lui, dit-elle, les yeux dans le vague. Ces derniers temps, j'avais enfin retrouvé mon fils, pas cet homme détruit qui cache ses démons derrière une façade qui fait illusion auprès de tous, sauf de moi. Je l'ai revu spontané, rieur, détendu, malgré les difficultés qu'il rencontre chaque jour. Mais, ce matin, il était comme éteint. J'ai peur qu'il ne sombre à nouveau. Lorsqu'on est mère, rien ne nous importe plus que le bonheur de nos enfants. Je ne peux me résoudre à le voir redevenir aussi malheureux.

Je regarde mes pieds. Tout est ma faute. J'aurais dû me mêler de mes affaires, j'aurais dû rester à ma place au lieu de vouloir jouer les espionnes au rabais. Je prétends m'épanouir dans mon travail d'auxiliaire de vie et pourtant, à la moindre occasion, je me lance dans un plan marketing d'envergure pour sauver la boîte de mon jules qui ne m'a rien demandé. C'est tout moi ça, Morgane, la fée tout foirer.

— Que s'est-il passé ? m'interroge Adélaïde, plongeant ses yeux inhabituellement compatissants dans les miens.

Je soupire, le cœur lourd, et lui raconte mon entrevue avec Tristan, la découverte de Grégoire, sa colère, sa déception, son interprétation totalement erronée de mes intentions.

— Je suis désolée, dis-je en baissant la tête. J'ai voulu bien faire.

— Vous avez essayé, constate-t-elle de manière fataliste. Je dois reconnaître que je vous ai mal jugée. Vous avez apporté à cette famille bien plus qu'une simple aide à domicile. J'espère sincèrement que ça va s'arranger avec mon fils.

Je suis clouée sur place. Le dragon vient de me faire un... compliment ! Il va se passer quoi ensuite ? Elle va cracher des pétales de rose ? C'est peut-être le bon moment pour percer le plus grand mystère jamais résolu de cette maison ?

— Vous pouvez bien me le dire maintenant, où vous les cachez, vos soi-disant bijoux volés ?

— J'emporterai ce secret avec moi dans la tombe !

Justine m'ouvre la porte en soutif et culotte, l'air affolé.

— Oui, je sais, je suis en retard. Entre, j'en ai pour cinq minutes, m'assure-t-elle, courant dans le couloir.

Elle a accepté de m'accompagner à l'exposition de Catherine. Cette dernière m'a prévenue que son père ne serait malheureusement pas présent. Il est en déplacement toute la semaine. Je me suis bien gardée de lui dire que ça m'arrangeait, d'autant plus que Justine m'a demandé de passer la prendre chez Gilles. Alors, ça m'évite de risquer de croiser Monsieur Je-t'ai-rayée-de-ma-vie-plus-vite-que-mon-ombre dans l'ascenseur. J'aurais été cap' de me ridiculiser au point de le supplier de me redonner une chance. Il me manque. J'ai l'impression d'être seule au monde sans lui. C'est à peine si j'arrive à mettre un pied devant l'autre.

J'entre dans l'appartement de Gilles et y découvre une décoration soignée et cosy. On est loin de l'image du tenancier de bar, avec pompe à bière sur le comptoir de la cuisine et vieilles publicités d'alcool encadrées aux murs. L'atmosphère est feutrée, les couleurs sont chaudes.

— Encore un coup de lisseur et on pourra y aller, me dit Justine, en se dirigeant vers ce qui semble être la salle de bains.

Elle a fini de s'habiller et porte une robe mauve et une ceinture dorée, très classe. Moi aussi, j'ai voulu faire honneur à Catherine. J'ai mis une robe trapèze noire décolletée dans le dos qui met en valeur ma chute de reins, des talons aiguilles qui me font déjà mal aux pieds et j'ai soigné maquillage et coiffure. Je n'ai toujours pas le moral, mais me saper en Britney Bitch pour la petite sauterie, ça aurait fait mauvais genre.

— Dis donc, tu m'expliques comment Gilles peut s'offrir ce type d'appart ? je lui demande dans le reflet du miroir.

Elle place une mèche dans son appareil de torture pour cheveux et pince les lèvres.

— Je n'ai pas le droit de te le dire, fait-elle, la mine contrite.

— Oh ! ça va, je ne vais pas le cambrioler, qu'est-ce que ça peut faire ? !

— Ce n'est pas ça. Ne m'en veux pas, j'ai passé une sorte de... d'accord avec lui. D'ailleurs, s'il apprend que tu es venue ici, je n'ose imaginer ce qu'il va me faire !

Il commence à m'énerver, Gillou, avec ses cachotteries ! Et pourquoi elle a ce sourire rêveur et les pommettes roses en me disant ça ? Ça y est, elle a disjoncté ! Quand je vous dis que l'amour rend cinglé. Finalement, c'est peut-être pas plus mal que Grégoire m'ait jetée, ça m'a évité de finir comme elle.

Je regarde ma montre et m'impatiente.

— C'est bon, on peut y aller ?

— J'ai presque fini. Il ne me restera plus qu'à prendre mon sac dans la chambre et on sera parties !

— Bouge pas, je vais le chercher, dis-je pour gagner du temps.

— Non, attends !

J'ouvre la porte d'où elle est sortie plus tôt et j'ai aussitôt une impression de déjà-vu. *Bizarre...* Les murs sont rouges, comme la tête de lit en cuir matelassée et les draps de soie. Quand mes yeux tombent sur les tables de nuit ornées de cuir et d'un anneau doré sur le côté, je suis sous le choc.

Justine m'a rejointe et semble paniquée. Elle porte les mains à son visage et, moi, je la regarde, abasourdie.

— Vous... vous fichez quoi là-dedans ?

Je demande, mais je me doute bien de la réponse.

— Tu n'aurais pas dû voir ça. Tu ne peux pas comprendre, dit-elle en saisissant son sac à main et en me poussant vers le couloir, avant de refermer brusquement la porte.

— Si, si, je comprends très bien.

Justine, ma meilleure amie, se prend pour Anastasia Steele, voilà ce qui se passe !

— Ecoute, est-ce qu'on pourrait faire comme si tu n'avais rien vu ?

On est en retard, mais ce que je viens de découvrir vaut bien une petite pause, non ?

— Tu... tu aimes ce genre de trucs ?

Jamais je n'aurais cru ça d'elle. Des images dansent dans mon esprit : Justine, les yeux bandés, se faisant fouetter les fesses. Gilles, avec un regard de pervers usant d'un tas de machins flippants pour la faire crier.

Bbbrrr. Vite, dégagez-moi ces images tordues de la tête !

Justine essaie de se justifier.

— Il faut le vivre pour le comprendre. Tu en as une idée réductrice, c'est normal. Mais Gilles m'a initiée progressivement, avec beaucoup de délicatesse et de respect, et ce qu'on vit ensemble est indescriptible. Il ne me force à rien, je suis totalement consentante et j'ai honte de l'avouer devant toi, mais j'aime vraiment ça. Il m'a fait découvrir des choses incroyables, des plaisirs insoupçonnés. Je sais de quoi ça a l'air, mais c'est bien plus profond, beaucoup plus intense que tout ce que tu peux t'imaginer, tant physiquement qu'émotionnellement. Ne me juge pas, Morgane.

Je suis mal à l'aise. Ma meilleure amie, adepte du SM ? Je n'aurais pas misé une seule culotte Aubade là-dessus ! Comme quoi, tout le monde a ses petits secrets. Et puis, elle au moins, elle semble heureuse. Alors, qui suis-je pour la juger ?

— Allez, dépêche-toi, sinon je dis à Gilles que tu as été une vilaine fille, je la menace en la poussant du coude.

Elle me sourit, soulagée, et nous laissons les fouets et cravaches derrière nous pour nous rendre à l'expo.

Chapitre 18

En chemin, Justine m'avoue tout : le contrat de confidentialité que Gilles lui a fait signer avant d'aller plus loin, la fortune dont il a hérité et qu'il a investie dans l'immobilier, son envie de tenir un pub pour rencontrer des gens et rester connecté à la vie de M. Tout-le-monde.

Elle semble libérée de me parler de tout ça et, moi, je suis contente qu'on n'ait plus ce tabou entre nous (mais admettez que j'avais raison : c'était bien du lourd !).

Bon, bien sûr, j'ai promis de ne rien dire à personne (pas même à Karim qui contribue, sans le savoir, à leurs jeux sexuels tordus).

Lorsque nous arrivons à l'exposition, je suis encore sous le choc des révélations de Justine. Nous entrons dans la salle, présentons nos invitations et commençons à faire le tour des photographies. J'ai beau être pressée de découvrir celles de Catherine, je ne peux m'empêcher d'asticoter Justine.

— Et c'est vrai que vous avez un mot d'alerte, si ça fait trop mal ?

— Chut, fait-elle en regardant autour d'elle, gênée.

— C'est quoi le tien ? Mojito ? Tequila ?

— Ne compte pas sur moi pour te le dire, rétorque-t-elle à voix basse.

— Allez, quoi ! N'oublie pas que, sans moi, tu serais encore en train d'essayer d'attirer l'attention de Gilles au lieu de te prendre des coups de canne. Tu pourrais me remercier !

Justine secoue la tête de dépit. Elle regrette sûrement déjà de m'avoir tout dit. Elle capitule pourtant et se penche pour me le confier à l'oreille (trop faciles à faire plier, ces soumises !).

Catherine choisit ce moment pour venir à notre rencontre. Elle est magnifique dans une robe bleu roi qui fait ressortir ses yeux. Comme toujours, elle porte des bijoux assortis et je me dis qu'à elle seule elle est une publicité parfaite pour la joaillerie.

— Vous êtes là ! Alors, comment trouvez-vous l'exposition ? nous demande-t-elle d'une voix nerveuse.

— Très bien, mais on a surtout hâte de découvrir tes œuvres !

— Elles sont au fond de la salle, sur la droite.

Nous nous apprêtons à nous y rendre, lorsque Catherine nous arrête.

— Heu... est-ce que je peux t'emprunter Justine une minute ? Une copine a une urgence capillaire. Elle est coincée dans les toilettes et n'ose plus sortir tant qu'on n'aura pas résolu la situation. Seule une professionnelle peut la tirer de là.

Elle nous fait le coup des grands yeux implorants. Justine hausse les épaules et accepte de la suivre.

— A tout de suite ! me lance Catherine d'un ton enjoué, en s'éloignant.

La salle commence à se remplir et je me fraie un passage jusqu'au fond de la pièce. Le gros des invités est encore en train d'admirer les premières œuvres et je me retrouve donc seule pour découvrir le travail de

Catherine. Enfin presque seule, car je sens soudain une présence dans mon dos. Quand je me tourne, mon cœur s'affole comme s'il était en plein festival techno. Grégoire est là, dans un costume impeccable. Il me regarde, impassible, et je ne sais pas si je dois fuir ou courir dans ses bras.

— Bonsoir, me dit-il.

Sa voix résonne dans tout mon être. Une vibration sensuelle et addictive que je veux sentir encore et encore. C'est comme si j'avais été en manque tout ce temps, loin de lui. Et, d'une simple parole, Grégoire, mon dealer-dandy, m'envoie au nirvana.

Je reste muette, immobile. J'ai l'impression que, si je bouge ou dis quelque chose (une connerie, à tous les coups), il va disparaître, comme une hallucination produite par mon esprit complètement dépendant.

Qu'est-ce qu'il fait là ? Il était censé être en déplacement. Est-ce que mon déo fait encore effet ? J'espère que je ne sens pas la transpiration ! Ce qu'il est beau ! Pourquoi faut-il qu'il soit aussi canon ? Arrête de le fixer comme ça, Morgane. Ce type t'a rayée de sa vie, n'oublie pas. Ravale ton filet de bave, t'es ridicule !

Il fait un pas vers moi sans me quitter des yeux. Je sens son parfum. Mon cerveau cherche désespérément ses pare-feu antigaffes, mon cœur est en transe et mon entrejambe réclame une serpillière !

Grégoire saisit une mèche de mes cheveux qu'il passe derrière mon oreille et je ferme les yeux. Il y a quelques mois, il a fait exactement la même chose, avant de me repousser avec un « bonne nuit » déconcertant. *Méfiance.* Pourtant, ce geste d'apparence anodin provoque en moi de doux frissons. Tant pis s'il joue avec moi, tant pis s'il me jette dans la seconde, j'ai besoin de ce vertige que lui seul sait me donner.

— Tu avais raison pour Marissa, me dit-il doucement.

Je rouvre les yeux, retenant mon souffle.

— Dès qu'elle a compris que ses avances étaient sans effet, elle s'est vengée en allant démarcher tous ceux qui voulaient me voir mordre la poussière.

Je serre les poings. Si j'avais cette pimbêche en face de moi, elle goûterait à mon crochet du droit !

— Elle s'est fait embaucher à la joaillerie sous son nom de jeune fille. Elle est divorcée, mais a gardé le nom de son ex-mari pour ses activités professionnelles. Elle se fait appeler Marissa Angèle.

— Tu parles d'un ange ! dis-je, les dents serrées.

Grégoire me sourit et je vois apparaître sa fossette craquante sur le menton. *Wourf !*

— Je refusais d'admettre qu'elle puisse être déloyale et que je me sois trompé sur elle. J'ai beaucoup réfléchi à tout ça et, cette semaine, j'ai fait des recherches à partir du nom sur la serviette en papier que tu m'as laissée. Ça m'a mis sur la voie. Marissa n'en est pas à son coup d'essai. C'est une sorte de veuve noire du marketing. Si sa proie à la tête d'une entreprise lui résiste, elle se débrouille pour la pousser à la faillite. Je l'ai virée sur-le-champ.

Un poids disparaît aussitôt de ma poitrine. Mon cœur danse maintenant à poil, en pleine soirée mousse.

Grégoire me prend la main et, aussitôt, mon entrejambe entonne du Queen : « *We will, we will rock you !* »

— Je te demande pardon, Morgane. Pardon d'avoir douté de toi, pardon de m'être emporté, d'avoir dit toutes ces choses que je ne pensais pas.

Je pose un doigt tremblant sur ses lèvres et lui souris, submergée par l'émotion. Puis j'approche mon visage du sien et effleure sa bouche de la mienne, résistant à la tentation de l'embrasser avec toute la fougue qui me consume pour ne pas ruiner la soirée de Catherine.

On est dans un lieu respectable ici, les langues et les filets de bave sont priés de rester à l'entrée.

En même temps, tout le monde s'accorde à dire que *Le Baiser de l'hôtel de ville* de Robert Doisneau est un chef-d'œuvre, alors ils seraient bien hypocrites de s'offusquer, pas vrai ?

Grégoire doit être de mon avis, car il me plaque contre lui et m'embrasse avec passion.

Plus rien n'existe. Il n'y a que lui, son parfum, sa peau, sa chaleur, ses lèvres (et son baobab, à qui je semble avoir cruellement manqué). J'aime cet homme. Je l'aime, c'est sûr. Alors, pourquoi le lui cacher plus longtemps ?

— Je t'aime Grégoire, dis-je, à bout de souffle, en plongeant les yeux dans les siens.

— Eh bien, c'est pas trop tôt ! s'exclame-t-il, avec un sourire désarmant. Je t'aime depuis le jour où tu as mis un pied dans ma vie.

Il reprend possession de ma bouche et ses lèvres aussi insatiables que les miennes finissent de me transformer définitivement en Morgane, la fée carpette débordante d'amour.

Flash !

Nous tournons la tête vers cette lumière vive et apercevons Catherine, son appareil-photo à la main.

J'ai un mouvement instinctif de recul.

Non, non, je n'étais pas du tout en train de rouler une pelle à ton père en pleine expo, je lui faisais juste du bouche-à-bouche. Oui, à la verticale, tout à fait, c'est une nouvelle technique de sauvetage. Il allait faire un malaise, alors je l'ai réanimé. Il va mieux, oui, bien mieux, tu vois, ça a marché !

Alors que je panique, Catherine s'approche de nous avec un grand sourire.

Grégoire lui embrasse les cheveux et la couve d'un

regard complice. J'aperçois Justine, au loin, qui nous observe, émue, les larmes aux yeux. (Le syndrome carpette n'atteint pas que moi, on dirait.)

— Je suppose que vous n'avez pas eu le temps d'admirer mes photos, devine Catherine, moqueuse.

Je jette un coup d'œil anxieux à Grégoire qui lâche sa fille pour venir m'enlacer.

— Tu lui as dit pour nous ? je lui demande, mal à l'aise de m'afficher aussi ouvertement avec lui.

Catherine se met à rire.

— Il n'en a pas eu besoin ! Je l'ai vu tout de suite. Certainement bien avant vous ! Désolée de t'avoir menti au sujet de l'absence de mon père, Morgane, mais je devais être sûre que tu viendrais ce soir.

Je tombe des nues. Catherine est non seulement au courant pour nous deux, mais elle a orchestré nos retrouvailles. Elle déchire, ma belle-fille, vous ne trouvez pas ?

Je tente maladroitement de me justifier.

— J'ai essayé de te le dire plusieurs fois, mais... et puis ensuite...

— J'étais curieuse de voir comment tu allais me l'annoncer, s'amuse-t-elle toujours. Mais, rassure-toi, j'ai su qu'il se passait quelque chose entre vous dès le jour de l'accident. Vous auriez dû vous voir faire connaissance, il y avait une telle alchimie ! Ça crevait les yeux ! Et tu connais mes tentatives pour caser mon père. Après ton apparition, il n'a plus été le même : rêveur, souriant, intrigué, comme si tu lui avais jeté un sort.

Je rougis jusqu'aux oreilles.

— Morgane, comme la célèbre fée, rappelle alors Grégoire, en souvenir de notre toute première rencontre.

Je le regarde tendrement, puis remarque qu'un attroupement commence à se former non loin de nous.

Nous nous approchons pour voir ce qui suscite tant d'intérêt et je suis alors subjuguée devant l'immense cadre accroché au mur. Il s'agit d'un pêle-mêle de photos floues en noir et blanc. Le décor semble le même sur chacune d'elles, tout comme la silhouette mouvante qui échappe à l'objectif sur chaque prise. On dirait une danse, une chasse à l'instant volé. C'est poétique, captivant, sublime. Les gens autour s'exclament tous sur cette prise de risque parfaitement assumée, la beauté du rendu, la maîtrise du mouvement, la symbolique du sujet qui se dérobe à nos yeux intrigués. Chacun y va de son interprétation de cette œuvre magistrale, pendant que je m'émerveille du travail que Catherine a réalisé pour saisir l'âme de cet ami qui m'est si cher. Elle a réuni sur cette œuvre immense toutes ses tentatives échouées pour faire poser Karim, pour le mitrailler sans qu'il ne le sache, pour capturer tout l'amour qu'il met dans son art, cette concentration intense et silencieuse, ses paroles faites de gestes inlassables sur le bois, le cuir, la pierre, cette carrure brute et distante qui impose le respect, mais renferme un cœur noble et craintif.

— Tu as réussi, dis-je, émue, en me tournant vers elle. C'est lui, c'est tout à fait lui.

Elle semble dépassée par cet engouement inattendu. Je la serre dans mes bras, sincèrement heureuse pour elle. Les visiteurs, découvrant qu'elle est l'auteure de cette merveille, viennent tour à tour la féliciter.

Je recule pour la laisser savourer cette reconnaissance méritée et mon regard est attiré par un homme qui s'avance lentement vers nous. Un sourire immense s'accroche alors à mon visage.

— Il est venu, dis-je.

— Qui ça ? me demande Grégoire qui a repris possession de ma taille.

— Karim !

Je vais à sa rencontre et le salue chaleureusement. Je sais l'épreuve que c'est pour lui d'affronter tout ce monde. Il a même fait un effort vestimentaire : il porte un jean brut et une chemise cintrée qui contient difficilement sa musculature. Je remarque d'ailleurs que beaucoup de femmes se sont totalement désintéressées des photos sur les murs et admirent maintenant ce bel homme qui croise les bras sur son torse en guise d'armure.

Si tu savais que ça affole encore plus nos hormones quand tu fais ça !

Je m'apprête à faire les présentations et me rends compte que Grégounet le boudeur est de retour. Il observe Karim, la mâchoire crispée, et me presse un peu plus fort contre lui.

Les mecs, j'vous jure !

— Grégoire, je te présente Karim, mon meilleur ami.

Ils se serrent la main avec, chacun, une lueur de défi dans le regard.

Est-ce que quelqu'un dans la salle pourrait nous évacuer toute cette testostérone ? On étouffe ici ! Merci !

Heureusement, Catherine arrive à la rescousse, accompagnée de Justine. La conversation s'oriente sur le travail des autres exposants. Je n'écoute que d'une oreille. Je suis sur mon nuage, vous savez, celui à côté de l'arc-en-ciel, avec les Bisounours.

Je croise le regard de Karim. Seuls ses yeux me parlent. Ils me disent qu'il est heureux pour moi, déçu aussi que ce ne soit pas lui que mon cœur ait choisi, qu'on reste amis quoi qu'il arrive, mais que si ce type qui a les mains sur moi me fait le moindre mal, il se fera un plaisir de lui raboter le crâne avec sa scie à métaux !

Message reçu, Hulk.

Justine se sauve retrouver son chéri au pub, Catherine entraîne Karim vers un coin de la salle pour leur interview avec la presse locale et nous voilà à nouveau seuls, Grégoire et moi.

— Tu dois être très fier, dis-je en regardant sa fille parler à un journaliste.

Karim, à côté d'elle, ne desserre pas les dents et se contente de hocher la tête chaque fois que leur interlocuteur s'adresse à lui. Il est venu. Il ne faut pas trop lui en demander, non plus. Grégoire suit mon regard et je sens son corps se contracter contre le mien.

— Tu crois que Catherine sort avec lui ?

— Mais, non. Ne sois pas ridicule, je réponds en riant.

— Tu as raison, il est bien trop vieux pour elle, dit-il d'un ton assuré.

— Ah oui ? Tu crois ça ?

Je lève un sourcil taquin et lui fais prendre conscience du comique de sa réflexion : si Karim est trop âgé pour sortir avec sa fille, lui est, dans ce cas, carrément périmé pour être avec moi !

— Ça ne me plaît pas, grogne-t-il, sans les quitter des yeux.

— Ne t'en fais pas, d'après ce que je sais, ce n'est pas de Karim dont tu devrais te soucier et puis, Catherine croit toujours qu'il est gay, dis-je, amusée, en me rappelant que je n'ai pas encore eu l'occasion de faire un démenti.

— Pourquoi pense-t-elle ça ?

J'élude aussitôt.

— C'est une longue histoire. Et si on rentrait ? Il y en a un qui m'a presque autant manqué que toi !

— Qui ça ?

— Jacques !

— C'est qui ce Jacques ? demande Grégoire, méfiant.

— Jacques Ouzzi ! Allez, viens, on va lui prouver qu'on peut faire plus de remous que lui !

Faites pas cette tête, avouez qu'ils vous manquaient, mes jeux de mots pourris !

Dix mois plus tard.

Une fois qu'on a tous bien chanté faux, Grégoire souffle ses bougies. Cette année, on fête son anniversaire en petit comité, faute de budget. Seuls la famille et le personnel de maison sont présents. De toute façon, donner une réception au milieu des cartons n'aurait pas été des plus distingué. Le manoir est en vente. Son entretien est un vrai gouffre financier, la moitié des pièces n'est pas occupée et Grégoire s'est décidé à laisser partir cet héritage familial pour la survie de l'entreprise. Une page se tourne. Adélaïde va s'installer à la maison de retraite dans une semaine. Elle l'a proposé d'elle-même quand le comptable a présenté le bilan annuel désastreux de la société. C'est aussi elle qui a suggéré de vendre le manoir. Grégoire a longtemps refusé avant de se rendre à l'évidence : il n'avait pas vraiment le choix.

Horace et Maryse vont en profiter pour prendre une retraite bien méritée et, grâce à son amitié de longue date avec le gérant du restaurant étoilé du centre-ville, Grégoire a réussi à obtenir une place pour Edwige à l'Astrance. Quant à Emilien et Victor, ils restent au service de la famille Vassel jusqu'à ce que Catherine améliore sa conduite et que Grégoire se fasse à l'idée de voir disparaître ce dernier vestige de sa vie passée dans le luxe. Autant dire que ce n'est pas pour tout de suite.

J'ai bon espoir que Gilles rachète le manoir. Justine

s'est fait sévèrement punir quand il a su qu'elle m'avait tout dit (mais je la soupçonne de le lui avoir volontairement avoué pour goûter à la douce cravache. Elle est barge !). Enfin, bref, j'ai donc parlé à Gilles de mon idée de faire du manoir une résidence non médicalisée pour seniors. Cela permettrait de réunir toutes ces personnes âgées, enfermées dans leur solitude. J'imagine déjà Ghislaine s'occuper des parterres de fleurs devant l'entrée, Léonard organiser des dégustations de cafés, Geneviève veiller à ce que les colis de ce dernier arrivent à l'heure, Huguette assurer que ça ne peut pas être Belmondo qui pisse sur les plantes de Ghislaine. Il faudrait mettre l'électricité aux normes, tout comme la plomberie, faire quelques travaux d'aménagement et d'isolation, mais c'est faisable. J'ai essayé de le convaincre et je pense que l'idée fait son chemin. Il faut dire que j'étais venue au pub accompagnée de Catherine, tout aussi enthousiaste que moi pour ce projet. Elle l'a ferré avec ses yeux de chat Potté et j'ai vu Gilles mordre à l'hameçon comme un gros poisson.

Après de longs pourparlers et un intense travail au corps (qu'est-ce qu'il ne faut pas faire !), j'ai réussi à faire accepter à Grégoire que sa fille emménage avec Jérémy. Bon, en vrai, ça fait des mois qu'elle dort chez lui et a investi son appartement avec presque toutes ses affaires mais, ça, c'est un secret entre une princesse, un dragon et votre fée préférée.

Quant à Karim, l'exposition lui a amené un monde dingue sur son site Internet. Maintenant, son carnet de commandes déborde jusqu'à l'année prochaine.

Et moi ? Moi, je continue de m'occuper de mes petits vieux. En parallèle, Grégoire m'a engagée comme consultante en marketing pour renouveler l'image de la joaillerie (je fais ça au black et suis payée en nature. Je ne vous raconte pas les heures sup' pour la bonne cause !). On va très bientôt lancer la campagne que j'ai en tête depuis des mois. Mes seniors chéris ont accepté de se prêter au jeu devant l'objectif de Catherine. Ça donne de magnifiques portraits d'eux en noir et blanc accompagnés d'un bijou Vassel en couleur. On y a ajouté une citation de leur cru sur la valeur sentimentale qu'ils portent à ces trésors d'or et d'argent. Il en ressort un message tendre et poignant, plein d'humour parfois aussi, quand on voit ce que ça a donné avec Ghislaine : « Mon alliance, mon unique bijou, mais surtout la seule chose de valeur que m'ait offerte mon goujat de mari ! »

Comme il fait beau, on a sorti les tables de jardin. L'ambiance est conviviale. J'ai le sentiment d'avoir ma place ici. Après tout, je fais encore partie du personnel de maison pour quelques jours. Dire que je fais partie de la famille serait un bien grand mot, mais chaque membre a une place particulière dans mon cœur.

Catherine s'approche de son père avec un paquet rectangulaire.

— Joyeux anniversaire, papa.

Il déballe son cadeau et tout le monde s'extasie devant la photo encadrée de lui et moi en train de nous embrasser. Je reconnais immédiatement cet instant volé. C'était le soir de l'exposition, juste après qu'on a échangé les trois mots qui m'effrayaient tant et qui sont pourtant chaque jour plus évidents. La photo est magnifique. J'en ai la larme à l'œil.

Une fois le gâteau coupé et servi, je m'approche de l'oreille de Grégoire pour lui faire part de ma surprise.

— Comme on est en restriction budgétaire, j'ai fait appel à Morgane, la fée nympho pour ton cadeau.

Et là, j'ai toute son attention.

— Elle t'offre d'exaucer n'importe quel souhait d'ordre sexuel, j'ajoute d'une voix chaude.

Grégoire sourit. Autour de nous, tout le monde mange du gâteau avec enthousiasme, pendant que ma main s'aventure clandestinement sur sa virilité qui réagit aussitôt à mes caresses. (Elle a le mérite de ne pas faire son âge. L'entraînement intense, ça préserve !)

— N'importe quel souhait, dis-tu ? me demande-t-il, clairement intéressé.

— Oui, enfin, il y a juste un minuscule astérisque sur celui du plan à trois : pas d'autre femme. J'y peux rien, c'est Morgane la jalouse qui rédige les conditions générales des souhaits.

— Ça m'aurait étonné, répond Grégoire avec un sourire en coin. Mais ça tombe bien, je pensais à tout autre chose, ajoute-t-il, la voix rauque.

Il se penche à son tour à mon oreille et me murmure son vœu torride. *Oh ! oh...*

Note pour ce soir : prévoir du lubrifiant. Beaucoup de lubrifiant.

Il m'embrasse, puis se lève soudain et fait tinter sa cuillère contre son verre.

— Votre attention, s'il vous plaît. Je profite de cette occasion où nous sommes tous réunis pour vous raconter une histoire. Il était une fois une fée qui est apparue dans ma vie avec bosse et fracas, grâce à ma fille et à sa conduite désastreuse (Catherine se cache le visage et on rit). Elle sème sa bonne humeur et son brin de folie dans cette maison et partout sur son passage. Vous serez d'accord avec moi pour dire que, sans elle, notre quotidien aurait moins de saveur. Cette fée merveilleuse partage ma vie depuis un an et je me réveille chaque jour plus chanceux de l'avoir à mes côtés, même si je préférerais qu'elle évite de retarder mon alarme en douce.

Tout le monde sourit et me regarde avec émotion. Je ne sais plus où me mettre. Pourquoi il fait ça ?

J'ai perdu un pari dont je ne me souviens pas ? Il se venge parce que je l'ai forcé à conduire ma voiture aux couleurs girly pendant une semaine pour le sevrer de Victor ?

Grégoire se tourne vers moi et je vois qu'il est stressé, car sa pomme d'Adam fait un va-et-vient nerveux dans sa gorge.

C'est quoi, ce traquenard ?

— Morgane, je t'aime. J'aime ton imagination débordante. J'aime tes jeux de mots lamentables. J'aime tes coquillettes-jambon. J'aime ta mauvaise foi assumée, ta jalousie mal dissimulée. J'aime ta joie de vivre, ta générosité, tes valeurs, ta spontanéité. J'aime tes forces agaçantes et tes faiblesses attendrissantes. Tu m'as sorti de ma torpeur, redonné l'envie, redonné l'espoir. Grâce à toi, je n'ai plus peur de l'avenir, ma fée battre mon cœur.

Mais qu'est-ce qui lui prend ? Il a mangé du space cake ? Je me suis trompée sur la commande du gâteau, c'est ça ?

Le voilà qui s'agenouille devant moi et sort une petite boîte carrée de la poche intérieure de sa veste.

Oh non !

— Morgane Genet, veux-tu m'épouser ?

Mon cerveau crie : *« Cours Forest, cours ! ! ! »*

Mon cœur pleurniche : *« Pourquoi ? Mais pourquoi ? On était si bien comme ça ! »*

Mon entrejambe pique sa crise : *« Du sexe une fois par mois, voilà ce qui nous attend ! Il veut ma mort, c'est ça ? »*

Là, clairement, je panique. Et devinez ce que je fais, quand je panique...

Exactement !

Quoi ? Vous êtes encore là ? Mais c'est fini, les amis ! Ne faites pas cette tête, je n'y suis pour rien. Il faut voir ça avec Morgane, la fée durer le suspense.

Remerciements

Les aventures de Morgane n'auraient pas été les mêmes sans quelques fées et bien-fée-teurs.

Cécile D. Ce roman nous a réunies autour d'un titre à lui trouver et voilà qu'est entrée dans ma vie une fée, une vraie, qui m'a offert son amitié. Merci d'avoir été là dans les relectures, l'attente impatiente et chaque étape de cette histoire qui n'a pas fini de s'écrire. Merci *ma fée une belle rencontre.*

Claire. Tu es là, à chaque moment, et je sais que je pourrai toujours compter sur toi. Quelle chance d'être ton amie, *ma fée tant de bien à ma vie.*

Marie, le temps nous manque souvent, mais ta présence et ta joie de vivre sont de vrais trésors. Merci mon amie lumière, *ma fée le monde meilleur.*

Moman, tu as surmonté les scènes les plus hot écrites par ton bébé, avec pour seul commentaire : « quelle coquine cette Morgane » qui m'a tant fait sourire. Merci d'être une de mes forces, *ma fée naître mes jours.*

Mon Gremlins. Tu illumines mon cœur et ma vie. Bientôt, on se l'écrira notre histoire pour enfant, *ma fée ma fierté.*

Myriam. Tu m'inspires par ton énergie et tes anecdotes délirantes (et pourtant véridiques !). Merci d'être un moteur, *la fée mille projets.*

L'équipe HQN. Merci pour cette chance et cette

collaboration si enrichissante. *La fée de mon rêve une réalité.*

Je n'oublie pas Gilles Milo-Vacéri. Merci Gilles. Merci d'avoir encouragé mes débuts sans même le savoir. Merci d'épauler tant de plumes, moi comprise, dans nos aventures éditoriales. Merci de me donner l'occasion de me surpasser en collaborant avec toi. Merci *Chevalier au grand cœur.*

Merci à vous qui lisez ces lignes. J'espère que Morgane vous aura fait sourire, diverti et communiqué un peu de sa douce folie. Et bravo d'avoir tenu jusqu'ici avec mes jeux de mots pourris. *Fées mon admiration.*

Composé et édité par HarperCollins France.

Achevé d'imprimer en avril 2017.

BLACK PRINT

Barcelone

Dépôt légal : mai 2017.

Pour limiter l'empreinte environnementale de ses livres, HarperCollins France s'engage à n'utiliser que du papier fabriqué à partir de bois provenant de forêts gérées durablement et de manière responsable.

Imprimé en Espagne.